经历。

# contents--
## 目录

p 08------**卢小飞: 为理想生活的战士**

+ 愿做鲲鹏飞万里, 鄙弃燕雀恋小巢
+ 只有成为他能够接受的人, 他才能把心里的话告诉你
+ 我是一个有点文学青年情怀、善于观察、善于探索的记者
+ 我们的价值不能作为商品, 我们是为了理想在努力
+ 我一定要直言, 这与其说是出于责任, 不如说是出于本能

p 020-----**王庚年: 以世界眼光人类胸怀传播中国声音**

+ 传播力公信力决定媒体影响力
+ 北大精神应是对真理的不懈追求
+ 广播、电视、电影是我至今都从事过的职业
+ 关注新媒体就是关注未来, 拥有新媒体就拥有未来

p 030-----**王求: 改革是为下一代铺路**

+ 我喜欢用北大的方式恋爱、生活
+ 从北大出来, 走到哪儿都像肩上扛着国家
+ 在台湾采访张学良, 仿佛回到上一个世纪, 我对他非常崇敬
+ 不给年轻人希望, 你这个单位的改革就没有希望

p 040-----**王林: 时尚杂志的人文派**

+ 那时候每回写作文都很得意, 老师把我的作文当范文念, 但一进北大就傻眼了
+ 我们的当代艺术要多一些纯真, 多一些对自由的追求, 少一些故作高深, 少一些人为的喧闹
+ 我们在沿着杂志应有的文化本源行走, 不仅仅是正在流行的"时尚化"
+ 看着中国当代艺术市场井喷状的火热, 怎么能不对中国的时尚产业做一点联想

p 050-----**刘学红: 永远不老的"中国青年"**

+ 一个同学告诉我, 你的高考作文上了《人民日报》
+ 第一次实习写的报道, 就改变了一个人的命运
+ 增长的是年轮, 不老的是心态, 我不安于现状, 总想弄出点新名堂
+ 我们现在"河当中", 所要把握的是不要在过河时把自己淹死

p 060-----**孙冰川: 三十年磨砺 三十年耕耘**

+ 而立之年上大学, 我觉得做记者可以为民请命, 为民说话
+ 我一心想去报社当记者, 没想到在新闻局一呆就是22年
+ 过去怕突发事件报道会影响老百姓的情绪, 现在怕老百姓得不到信息会影响情绪
+ "新闻无学"是因为我们新闻理论研究还不深

p 070-----**汪大昭: 千里之行 始于"足"下**

+ 当时的课堂笔记, 我一点都不舍得扔, 有时候, 还会重新拿出来翻翻
+ 当一个体育记者, 非常重要的是掌握历史, 掌握越多, 下笔越有力
+ 我不愿意写, 派我写也不写, 不能干违心的事

p 080-----**吴佩华: 用心打造"离你最近的报纸"**

+ 一个老师兴奋地把我从课堂叫出去, 说: "你还上什么课呀, 都考上北大了!"
+ 我被分到《北京青年报》的原因就是年龄最小, 如果《少年报》要人, 肯定也是我去
+ 集团目标是2004年底达到零售10万份, 我们第一天起印就是14万份, 后来再没有低于这个印量
+ 首先要找准读者的需求, 需求找得越准, 就离读者越近
+ 报纸已经成为很多人割舍不掉的生活方式, 只要有人愿意过这样的生活, 报纸就不会消亡

p090-----张雅宾：都市报要有主流话语权

　　+ 我报志愿时才知道有个专业是学新闻的

　　+ 要说印象最深的还是老师

　　+ 莫说做这份职业就是为了吃饭，这对记者是天大的侮辱

　　+ 打造一份有公信力和权威性的报纸，这是趋势

　　+ 记者这个行业，从来都不缺能写稿子的人，而是缺思想者

p100-----杨迎明：大体育 大情怀

　　+ 大处着眼，大处着心，大处着智，这是一种北大情怀

　　+ 一个民族的体质和精神健康，左右这个国家的现在和未来

　　+ 我们的体育报道附加的东西太多，应更多地向人性靠近，而不是向成绩靠近

　　+ 网络是浅阅读，还不能取代纸媒体的深度阅读

　　+ 新闻的本质，一定要说真话，不要讲一样的话，不要舆论一律

p110-----彭波：走在传媒潮流的前沿

　　+ 我是"运动员"出身的"裁判员"

　　+ 我骨子里的"创新"是北大给我的

　　+ 让国际新闻不再是"形势教育"

　　+《华尔街日报》发行人说：在中国，我们看好的是《中华工商时报》

　　+ 当时有人说机关刊"市场化"根本不可能实现，而我坚信"市场化"是唯一出路

p122-----陈晓海：用发自内心的热情关注社会

　　+ 老师告诉我，我对问题的回答很有自己的想法，北大鼓励的就是这种独立思考

　　+ 你可以见到困难绕着走，你也可以主动给自己出难题

　　+ 广播事业再往前走，就要走数字多媒体之路

p132-----英达：撩动中国笑神经

　　+ 我一直想亲手塑一个斯诺先生的像，立在斯诺墓前

　　+ 我在北大校园深处，从气氛、环境、群体中，学到了方法，是北大改变了我

　　+ 一个人以自己有幽默感为荣，中国情景喜剧的发展就好办了

p142-----唐师曾：随时准备上路

　　+ 北大对我来说是一种精神的联系

　　+ 我可能是中国最早推崇卡帕的人

　　+ 我是知行合一的记者

　　+ 没有话语能力，图片就会一文不值

　　+ 我不是作家，我朝作家努力

p154-----司景辉：京城"地铁报"第一人

　　+ 北大方阵打出了"小平您好"，大学生游行队伍就像一个欢乐的大海洋

　　+《信报》操作标准：要闻必读，娱闻入目，画龙点睛，冲击有术

　　+ 什么叫不说人话？就是打官腔、讲套话；什么叫人话？大多数读者一眼就看得明白、看懂的话

　　+ 现在报纸拼的是"组织"：组织人，组织信息，组织版面

p164-----汪文斌：寻找遥控器和鼠标的结合点

　　+ 我们的战略是：视听、互动、多终端；今后所有的媒体都会被互联网化

　　+ 我属于传统教育一路读书上来的好学生，怀着报效祖国的想法，有种理想主义情结

　　+ 哪个单位能让我跑遍全国，我就挑哪个

　　+ 消灭专题，讲人的故事，用感性来叙述理性问题

# contents--目录

p 174-----朱玉：新闻路上笑着流泪

+ 我从来没有想过，会为一个遥远的、陌生的县城，流下如此多的眼泪，只因为，在地震后，我走进了它，看到了它的模样
+ 有人说我天生就是做记者的，但在读大学时可没人这么说，我自己也不觉得，可能身上的某种潜质和记者的要求比较切合
+ 记得当年上学时，心里总觉得北大应该永远属于我；后来，发现自己真的要走了，就问自己，她怎么不要我了
+ 想象不出哪个职业比记者更有趣，这活儿有时把我累得要死，有时让我烦得要命，但更多的，让我乐不可支，也许这就是幸福

p 184-----王鲁湘：书斋里走出的电视精英

+ 我是叶朗先生的开门弟子
+ 毫无疑问，我是最早认识到精英知识分子要充分利用电视媒体的人之一
+ 凤凰有句话："把女生当男生用，把男生当畜生用"；只要自己还热爱电视工作，被当成畜生生也是心甘情愿的
+ 我以后肯定要回到书斋，搞点研究，搞点收藏，就满足了

p 196-----吕岩松：不入虎穴　焉得虎子

+ 这段生死经历就像淬火，人需要一种超越，需要一种历练
+ 驻外记者的特质，是对文明多样性发自内心的认同，是对另一种文化、另一个民族发自内心的尊重，甚至是欣赏
+ 一个真正好的国际报道记者，肯定是既对国内特别了解，又对驻在国有比常人深入得多的理解和把握
+ 作为记者，思考的习惯非常重要；这种习惯给我一种抒发性情的幸福感
+ 上北大的人也许是一个平凡的人，但他毕竟在一个不平凡的环境里待过，这是他的一次人生经历

p 208-----聂震宁：从作家到出版家

+ 我的作品里面有悲苦、有调侃、有揶揄、有抒情，但却没有厌世
+ 写作是要追求个性的，但作为一个编辑要有包容的心态
+ 采取文化管理事实上是务本之道，因为出版业本就是文化
+ 中国出版集团的出版物要做"官窑"

p 218-----李彦宏：众里寻他千百度

+ 百度：一个北大毕业生创办的公司
+ 上帝关上了一扇门，就一定会给你打开一个窗，百度就是上帝给我开的窗户
+ 日子过得是不是充实，是不是高兴，只有你自己知道，不能用金钱来衡量
+ 我希望把这个大幕真正地拉开，让大家都能看看里面的美妙景 色

p 228-----沈灏：总有一种力量让我们泪流满面

+ 诗人有种温暖的孤独感
+ 传媒是一个有可能让理想和现实结合起来的行业
+ 我没有类型倾向，只是愿意做有脑子的媒体

p 236-----刘亚东：游刃文理的科技记者

+ 我心里总有一种难以割舍的人文情怀
+ 驻外5年，我跑遍美国，成了一个"活地图"
+ 科技记者要在某一个领域成为专家
+ 新闻与生活之间存在着血肉的联系

p 246-----王利芬: 追问奔涌的时代河流

+ 实现我的梦想，上中国最好的大学

+ 在电视的职业理想中，我找到了人生价值实现的方式

+ 《赢在中国》是一个电视节目，更是一次创业者的集体跋涉

+ 我们节目的灵魂，就是关注精神家园，关注社会与人都协调全面地发展


p 256-----张泉灵: 我比别人多活了几辈子

+ 在北大最重要的收获是我真正找到一个我喜欢的事情，就是做电视、当记者

+ 白岩松给我打了一个电话，他说我一直想告诉你，直播其实就是一层纸，我觉得你已经捅开了

+ 2008年，对于一个新闻人的成长，也许是空前绝后的


p 266-----董倩: 最会倾听的提问者

+ 我考入历史系，但是我不喜欢历史，怎么办？

+ 《东方之子》制片人时间说：给你半年时间，要行你就干下去，不行你该去哪儿去哪儿

+ 在《央视论坛》做陌生的话题太艰难了，什么时候想起来都觉得艰难，但艰难时期往往是人成长最快的时候

+ 我从各方面都不具备成为明星的素质，我脑子没往那边想过，我就知道我想把问题问清楚

+ 在美国，我第一次意识到自己工作的重要性


p 276-----王烁: 最好的财经新闻"活"在社会责任感上

+ 能在一个清冷单纯的环境读三年书，对我帮助很大

+ 要做新闻的话，经济报道是一个非常有空间的地方

+ 《财经》第一期出版时，我说就这是中国最好的杂志

+ 任何一个纸面媒体，必须在两三年之内寻找到网络生存方式，否则直面死亡


p 286-----聂晓阳: 用新闻的眼光"瞭望"

+ 作为记者，我经常感觉自己是很多人的眼睛，也是很多人的腿

+ 用心去"感受"新闻，将对生命的尊重，落笔在字里行间

+ 在我眼里，北大到处都是开放的课堂

+ 进入"后媒体时代"，我有一个担心


p 296-----许知远: 静谧的观察 独立的表达

+ 大学时代你应该有对世界更广阔的理解，对传统与未来的深入探索，对人类普遍情感的追求

+ 一所大学真正的精神，体现在那些勇于尝试、叛逆却并不幼稚的学生身上

+ 社会对人的塑造太强大了，你不能完全逃避，但是要找到对抗的方式，要发出自己独特的声音

+ 做一切职业的前提就是你要成为一个人，一个独立的人，一个丰富的人

+ 我是一个社会的观察者，我内心有感觉和想法，会表达出来，这就是我的定位


p 306-----康辉: 保持学生气的"国脸"

+ 你就是一根萝卜，把你放在《新闻联播》的主播台上，你也许就会成为最容易被议论的萝卜

+ 某种程度上我对工作的认真，就是不想让自己在观众面前出洋相

+ 工作久了人会变得很浮躁，我来北大就是想让自己保留点学生气

+ 从现在开始，学习从工作之外去享受生活的乐趣

# 为理想生活的战士

北京大学学籍卡

姓　　名／卢小飞
性　　别／女
出生日期／1951年4月
籍　　贯／河北
入学时间／1973年
毕业时间／1976年
所在院系／中文系
专　　业／汉语
获得学历／本科
获得学位／未设学位
工作单位／《中国妇女报》
现任职务／总编辑

## 毕业后主要经历

1976年　西藏日报社　编辑、记者
1983年　人民日报社　先后在农村部、经济部担任编辑
1987年　人民日报社　驻西藏首席记者、首都记者组组长
1993年　人民日报社　各地传真版主编、记者部副主任
1998年至今　中国妇女报社　常务副总编辑、总编辑
2007年获得中国新闻界最高奖——长江韬奋奖

卢小飞

## ／愿做鲲鹏飞万里，鄙弃燕雀恋小巢

1976年，北大中文系毕业的卢小飞毅然选择到西藏工作，被分配到西藏日报社担任记者，7年间跑遍了西藏的山山水水。1987年，卢小飞第二次进藏，担任人民日报社驻西藏记者站首席记者，4年间她采写数十万字报道，曾在社会上引起了强烈反响。青藏高原11年的工作经历，见证了卢小飞在新闻职业道路上的成长，也见证了她与丈夫朱晓明的爱情。

记　者：毕业时你和爱人为何选择去西藏？
卢小飞：我做出去西藏的决定，是偶然性与必然性的双重结果。

去西藏的机会是偶然的，当时我和朱晓明正在谈恋爱。我们同在陕西延安插过队，在北大是一个班的，在很多原则问题上想法都比较一致，二年级的时候就渐渐走到了一起。他当时在校学生会宣传部，听说学校要派一批毕业生去西藏工作，就回来跟我说："西藏现在特别需要建设人才，咱们去吧？"我当时头脑特别简单，也没想那么多，立刻就说"好啊"。

必然性在哪儿呢？有两点。第一是跟我的性格有关。我这个人天生喜欢冒险，喜欢一切有挑战性的事物。所以对西藏我不仅不怕，反而觉得有新鲜感、有挑战性，内心充满了期待。

第二就是父母对我的影响。我的父母是在解放大西南以后随十八军进藏的，在西藏工作过。我很小的时候，家里总有来自西藏的客人。我记得三年自然灾害的时候，别人都吃不饱，我们家老有酥油，还有西藏的黄羊肉。父亲后来担任八一电影制片厂副厂长，拍电影《农奴》的时候，那些农奴出身的西藏演员经常到我们家来，我们放学后也常常到他们住的地方去玩，关系特别好。所以我对西藏有亲切感。这种渊源让我觉得去西藏工作是顺理成章和自然而然的。当我告诉父亲要进藏工作，他当时就同意了。后来父亲还为此写了首诗："阔别雪域二十载，山河依旧入梦来。女儿接我移山志，憾恨顿消心花开。"

我先生家里那边一度有点困难。他是长子，妈妈和妹妹起初都舍不得他去，给他很大的压力，让他十分为难。他来找我商量，我就跟他说，反正我是决定要去的，要么一起去，要么咱俩"拜拜"。他是个品行相当好的有志青年，善良，正直，真诚无私，他自己非常想去西藏，所以最后还是排除各种困难实现了这个愿望，我算是推动他下了这个决心吧。朱晓明在西藏待的时间比我长，一去就是13年，我是前后两次加起来11年，我们把青春都奉献给了那片高原。他现在是中国藏学研究中心党组书记，是西藏问题的专家，正是从那时起走上西藏研究这条路的。

当时每个去援藏的人都要写决心书，我这个人一直比较反叛，不喜欢这种形式主义的东西，于是只写了两句诗："愿做鲲鹏飞万里，鄙弃燕雀恋小巢"。

记　者：你先后在西藏工作了11年，请谈谈你在西藏工作期间的状态。
卢小飞：第一次去是1976年，大学毕业以后，我跟朱晓明两个人一块儿去，一直到1983年。这期间我一直在西藏日报社当记者、编辑。

《西藏日报》给了我一个最大的平台，没有那么多约束，我什么都敢写，什么都可以写。我可以到处跑，只要通公路的地方我都可以去，在那里进新闻的门槛比较低。有机会应该去那个地方，对人的锻炼特别大，是肉体与精神不断交互作用的，受用终生。

直到今天，下乡采访对我依然是一种美好的回忆。西藏农牧民很好客，他们总是用穿得油亮亮的皮袍子擦擦茶碗，倒上酥油茶恭敬地递过来。我第一次喝特别不习惯那个味道，忍不住吐出来，后来还是屏住呼吸一饮而尽，再以后就不仅习惯而且爱喝了。

当地农牧民喜欢吃风干的牛羊肉，主人拿起刀一块一块割下来热情地招呼客人。我学着当地人的样子一块一块往嘴里塞，其实是咀嚼和品味西藏文化。这样一种心态让我的藏族朋友们迅速接纳了我。

通常，年轻女记者下乡是比较麻烦的，但我和其他男记者一样摸爬滚打，每到一个新地方，我都能迅速地和当地干部群众打得火热。作为刚毕业的大学生，那时我也经常进行实地调查研究，研究西藏的历史，记录下历史人物的故事，还常常跟我的藏族同事们就一些话题进行讨论、辩论。

记　者：1987年你第二次进藏，当时是出于什么考虑？

卢小飞：主要是出于两方面的考虑。一方面是报社的需要。1987年3月，人民日报社开始在各地重建记者站，而我在西藏工作过7年，对西藏的历史和现状都有充分的了解，还有些人脉关系，能够很好地开展工作，同时我也对西藏怀有深厚的感情，愿意去那里。

另一方面则是出于个人事业的考虑。第一次进藏的时候，我还很幼稚，怀着单纯的理想主义的情怀；而到第二次进藏的时候，人成熟了，更平实更扎实，面临的任务也并不复杂，就是建好人民日报社驻西藏记者站，并培养和物色一名合格的接班人。

第二次进藏我经历了拉萨骚乱，当时我并不惊慌，作为一个有社会责任感的记者，我的任务就是到新闻发生的现场，告诉我的读者那里发生了什么；同时，我有责任通过其他渠道向上级领导反映当地群众的感受，向社会传达真实的声音。

西藏发生的几次突发事件，我都尽力赶到现场，在第一时间发回独家新闻。那段时间，我一个月的发稿量就相当于报社交办全年的任务。当时中央电视台没有西藏记者站，我曾两次接受新闻联播栏目组的电话访谈直播，把拉萨的情况告诉给全国观众，让更多的人能够全面了解事情的真相。

法国《人道报》有一位女记者，曾问我当时怕不怕，我说怎么不怕？当石头满天飞的时候，我比兔子跑得还快。其实我不是完人，也不是最优秀的记者，但是我在最关键的时候抓住了机会，在西藏拉萨骚乱事件成为焦点的时候，我迅速发出了自己的声音，于是我一下子在人群中脱颖而出。现在想来，我两次进藏的选择都是对的。我承认我当初比较理想主义，但理想主义者的方向是对的，别人没有这种理想，没有这种勇气，而你有，那么你就有了成功的机会。

第二次进藏的时候我带着我的女儿，那时候她7岁。我就是想让她也经风雨见世面，接受人生历练。她在西藏上小学，和藏族同学们一起学习、生活，我刻意不去学校接送她，就是想培养她独立、坚强的品格，现在看来在西藏的这段经历对我女儿是很有益的。

记　者：都说西藏是个工作条件艰苦的地方，你是如何适应的？

卢小飞：我去了以后就想，我跟其他人又有什么不同呢？藏族同胞世世代代生活在那里，以菩萨的心态面对今生来世，作为同类，我们有什么可说的？我没有那种特别的优越感和所谓的自豪感。而且我们这一代人，经历过农村插队的苦难生活，各种政治运动的熏陶、"文化大革命"的蹉跎岁月，曾经沧海的人都会对世事有所洞察，会比较坚韧，不是我一个人，很多人，整整一代人，许多人做得比我还好。

## ／只有成为他能够接受的人，他才能把心里的话告诉你

记　者：好记者应该具备什么样的基本素质？

卢小飞：新闻敏感是一个优秀记者的天性，或者叫记者的素养。就像我们说某某长着一个新闻鼻，我觉得凡是具有这种灵敏新闻鼻的人应该对所有新事物有一种直觉的反应，应该及时抓住那个新闻点。当然，还需要有多方面的素养，包括社会学、政治学、人类学等等，从社会学家角度研究社会问题会更客观一点。另外重要的一点是学会从对方的角度考虑问题，通常认为最难采访的人我都可以撬开他们的嘴巴，方法就是跟他平等交谈，然后找一些便利的话题，十四世达赖喇嘛的画师安多强巴（已故）和我是好朋友。一名合格的记者要知道怎么能够成为你采访对象的朋友，你只有成为他能够接受的人，他才能把心里话以及心里的诉求告诉你。

我最鄙视从新闻发布会上拿现成新闻稿用，我总跟同事们说，用别人的新闻稿是我们当记者的耻辱，我从不用别人给我的新闻稿，因为你没有参与证实它的真实性；还有就是记者收红包的问题，拿了就变成一种买卖关系了。为什么国际上对我们新闻界总是有负面舆论？一个是看不上你这个人，千人一面；还有就是看不上我们记者拿红包。

你看现在为什么有些记者特别被大家所推崇？就是因为他们都有自己的见解。他们是圣人吗？他们是哲人吗？他们就是普通人，他们只是好学好思。

记　者：今天的记者和以前的记者相比有何异同？

卢小飞：我觉得今天的年轻人眼界更宽，主要是因为社会在变，人们获取信息的渠道也更多了。我在网上看到很多年轻人写的东西，他们写得真好。年轻人有这样一种积累是很好的，而且他们的眼光、敏锐程度以及独到的见解都是可贵的。

但今天年轻人的不足在哪儿呢？不够吃苦、扎实，有些浮躁。因为我们这个社会是浮躁的，同时北京也是一个商业化泛滥的社会。这个时代确实容易给人带来浮躁，但这样一个时代同时也检验着年轻人的人生观，考验你会不会在这个浮躁的社会颠来倒去，会不会因为你要追求某一种商业利益而放弃你作为新闻人最宝贵的原则。作为一名记者，因为你要深入采访，就需要全身心投入。如果从网上搜集信息，一天当然可以写出很多东西；但我们要去深入采访，可能就要花好长时间，这也是一种考验。

记　者：你是怎样与采访对象进行沟通的，尤其是在民族地区采访的时候？

卢小飞：我认为大家是平等的，你没有什么可吹嘘的，没有什么特别的优越之处。采访少数民族群众更需要建立在尊重对方的基础上。民族之间的相互尊重体现在很多方面，包括生活方式的接受、对语言文化的尊重，我们对藏文化的保护和热爱是并行的。中央政府在保护民族文化方面是花了很大代价的。不过，我们对于藏语言的学习、对于理想信念的虔诚，比起我们父辈那一代差很多。

我们始终不能说中原的文化就比藏文化更先进、更文明，不同文化之间是不可比的，我们只能考量每一种文明的进程以及相互之间的联系。他们也有灿烂的文明，民族需要融合和交流。我从来都是这样一种观念，所以藏族同胞才接纳我。

了解历史，特别是现当代史就会知道，历史上西藏的老百姓根本就没有西藏独立这个概念。我去山南拉加里采访，那里曾经是吐蕃王朝发祥地，因为与唐王朝通婚，当地土王曾以李氏后裔自居。去藏北地区采访，当地头人颇有些自豪地说，我们过去直接归清朝皇上管的，连西藏地

方政府也不能拿我们怎么着。到了西藏，你会知道，主张"藏独"的是极少数人，而且是来自境外的分裂势力。

## ／我是一个有点文学青年情怀、善于观察、善于探索的记者

从《羊毛大战的背后》到《中西部的希望》、《东北的探索》，再到《黄金时代缺少了什么》、《为孩子改造成年人世界》系列、社会发展中的妇女权益等等。三十多年来，卢小飞创作出了无数优秀作品，多次获奖，并一次次在社会上引起巨大反响。

记　者：你在多年的记者生涯中采写过无数的优秀作品，比如《羊毛大战的背后》反响很大，采写的原因和过程是怎样的？

卢小飞：这是我在人民日报社的时候写的文章，是为揭示羊毛大战原因写的。当时有很多大战，什么辣椒大战、茶叶大战，其实它的背后都是市场流通不畅这一个原因，今天为什么不会有这样的大战发生？这是因为改革力度大，我们的流通体制比较完善了，产业之间能相互制衡，而且资源配置的手段更多了，就是说市场化程度更高了。当时正值计划体制开始朝着有计划市场经济体制转轨的初期，市场化程度很低，地方保护主义者出于本地利益保护要封锁，但民间这种自发的经济力量又要反抗，随行就市，谁给的价格更高，我就往哪儿卖。那时不光内蒙，北方所有羊毛主产区都要封锁羊毛原料，要维持他自己的生产。甲乙丙三方，一二三产业之间的矛盾，羊毛大战写的是当时这种情况，现在看来还有意义。

当时各方面都非常肯定这篇文章，因为它提出一个问题。在改革初始阶段，我们有几个方面的矛盾，一是产业之间的矛盾；还有一个更重要的就是后来被学者明确提出的利益集团之间的矛盾。那时我作为一个记者，对经济学研究很有限，只是敏锐地发现问题，我把我看到的东西跟一些经济学家讨论，他们说小飞你抓到一条大鱼，我把它提在文章里面，就是说不同利益集团之间的摩擦，而"利益集团"这个词在当时是有点耸人听闻的，所以没明确提出来。但是这个概念最早见之于报端的就是我这篇文章。

我们后来的说法是"立体式观察"，就是要站在高处多角度观察一个问题。《人民日报》有个坚持客观独立的传统，你不能从利益集团的角度观察问题，也不能单纯站在群众的角度，而是要站在国务院总理的角度来思考问题，同时你要关照到各个不同的利益集团。对我一个普通记者来说，我也不懂利益集团是什么诉求，我就是要采访他们，通过采访我就知道了，所以我先后采访了很多人。做记者不能只见树木不见森林。有人只看到了羊毛产业，羊毛制品加工厂；客观事实是，还有草原，还有牧民，还有依托畜牧业延伸的产业链条上的各种机构，总之我采访了很多人。

记　者：《为孩子改造成人的世界》系列报道是怎样酝酿出来的？

卢小飞：这个系列是我和别人合作写成的。最初是我们发表的《黄金时代缺少了什么》引起了读者热评，参考读者来信的同时，我作为一个母亲，感受到读者、母亲、记者三者碰撞出的火花，而后产生了这个系列。现在的孩子很小就接触成人社会的一切，受到社会不良信息的浸染，这会影响他们一生。五岁的小孩开始选美，孩子之间比吃穿、比谁的爸爸官大。这个成人社会对孩子的影响很成问题，正是基于这种担心和考虑形成了这些报道。

记　者：你怎样评价自己？

卢小飞：当机遇出现的时候我把握住了，由于我的个性和这种坚韧，我取得了一些成就。我并没觉得自己是一个特别棒的人，我只是有一些自己的个性和追求，由于这样那样的机遇才作出了今天的成绩。这不是在谦虚，我一直这样看。

我是一个有点文学青年情怀、善于观察和探索的记者，这是我的优点。我的缺点是什么呢？我觉得我的理论功底还不是很扎实，我的学识还不够广博，特别是经济学，你要采访经济界人士，这个时候怎么办？就如哲人所讲的，你要站在巨人的肩膀上。你就尽量站在巨人的肩膀上，多看别人的东西。以前那个时候没有互联网，我就拼命到资料室找资料，能找的东西特别有限，但对我还是有一些帮助的。

## ╱我们的价值不能作为商品，我们是为了理想在努力

1998年，卢小飞离开人民日报社记者部副主任一职调任中国妇女报社常务副总编辑，并于2000年11月开始任中国妇女报社总编辑。十年《中国妇女报》的工作经历又开辟了她人生的一个新战场，妇女问题成为她关注的焦点。

记　者：《中国妇女报》关注什么样的女性问题？
卢小飞：这张报纸是党联系妇女群众的桥梁和纽带，也是妇女报人所扮演的角色。正因为是桥梁和纽带，所以我们要关注妇女的诉求，关注妇女在成长进步中所遇到的问题。

1995年联合国第四次妇女大会通过的《行动纲领》里对于妇女权益和妇女发展规定了12个关切领域，这12个关切领域也都是我们妇女报所关切的，包括妇女的就业、参政、教育、健康、婚姻家庭、传媒发展的平等还有生殖领域的平等，等等。从这样的使命看，这张报纸是妇女运动的一面旗帜，我们必须要在国际社会所公认的这些领域里发出自己的声音，同时我们也积极倡导男女两性平等发展。我们报道的不管是新闻事件还是新闻人物，以及我们自己策划的内容，都是围绕这些大的方面开展的。

记　者：你认为妇女与传媒之间存在怎样的联系？
卢小飞：妇女与传媒之间的联系主要在两个方面：一是要鼓励更多妇女参与传媒，就是妇女的话语权一定要掌握在自己手里，没有话语权你永远没有机会来争取妇女的平等权益，实现妇女的解放。

二是要积极地鼓励和引导传媒，不能把妇女塑造成低人一等的人。时代发展到今天，仍然有很多传媒有意或者是下意识地把妇女塑造成另类或是低人一等的人，我们很多女同胞自己都不觉得，身边老是有一种不经意的歧视，歧视就是低人一等；而且也不能把妇女塑造成传统的、居家的人，要改变人们对妇女的刻板印象，现在大部分传媒在这方面还有欠缺。

记　者：《中国妇女报》面临哪些困境？
卢小飞：我们这张报纸的性质要求我们必须为理想去努力，现实社会中的商业运作与妇女全面发展的目标是有冲突的。像马克思主义妇女观、女性主义等等观念性的思想产品很难形成卖点。我们的卖点主要放在妇女合法权益上。

记　者：2004年7月《中国妇女报》推出了全国第一家手机报——《中国妇女报》彩信版，你如何看待新媒体？
卢小飞：之所以关注新媒体，是因为新媒体代表了科技发展的方向。在今后媒体发展中，新媒体不可能是唯一的渠道，但会成为主要的渠道。借鉴国外经验，我们得出一个结论：传统媒体在发展上确实有很多制约，有很多掣肘。这种情况下怎么办？就必须得发展数字媒体。其实我当时做手机报就是一个信念，做新媒体我们可能没有条件，但创造条件也得上。怎么创造条件？就得占领先机，做手机报我们是国内第一家。后来实践证明这是对的。那年我们和合作方

决定合作打造手机报是在四月底，过了"五一"我们开始动手，然后7月1号我们发布新闻，手机报的雏形出来了。

接下来我们得研究下一步手机报怎么发展，还得研究电子报，此外还有我们的互联网怎么发展，怎么与传统媒体互动起来。这些问题都需要研究。

## ╱ 我一定要直言，这与其说是出于责任，不如说是出于本能

1973年到1976年，卢小飞与朱晓明在北大中文系求学三年。1996年，她的女儿也考入北大心理系。北大的精神传统，在卢小飞身上留下深深的烙印。

记 者：青年时代在北大的生活中，留给你印象最深的是什么？

卢小飞：我觉得最大的收获其实并不是学业上的，因为学校教给你的知识永远都是有限的，关键是教你一种方法，给你一个学习做人的过程，从而完善你的世界观和人生观。当年我遇到的一些老师都特别好。

还有一件事也让我受益匪浅：当时号召老学者、中年学者、青年学生，老中青三结合，教学与社会实践相结合，老师和学生们一起热烈讨论后决定编一本古汉语常用字字典。围绕编字典，古汉语教研室的老师设置了很多课程，比如古代汉语、现代汉语、古音韵、汉语理论、辞书等等。当时我们接受的知识也许不够系统，但作为人生的一段历练，在辞书编写过程中我们学到了课堂上学不到的东西。从讨论大纲到辞书的体例、词条的选择，再到每一词条的卡片、义项解释，可以说，我们是用吃螃蟹的办法学习古代汉语，每个词条都是老师和学生一起撰写和讨论。在这个过程中，我们既学习了知识，也从老师那里学到了工作方法。在定稿阶段，我们几个同学和老师都住在商务印书馆，真正的"三同"（同吃、同住、同劳动）。

当时，我有幸和王力先生一个组，对我提出的问题他会引经据典地解释。所有人都感叹他惊人的记忆力，哪本书、翻到第几页、甚至第几行他几乎都能指出来。这样一种口传亲授的教学，后来的学生是体会不到的。我到西藏工作后，还跟王力先生通过信，他还跟藏学家王尧先生提起我，说我肯定行，这个评价其实给我很多力量。回京休假时，我又专门去看望他。我觉得人和人之间挺有意思，挺蹊跷的，在那样一种政治高压下，一个老先生和一个女学生有种爷爷和孙女般的友谊。北大的传统，很多时候是靠师生之间的这种交流来传承的。

记者：听说你的女儿也是北大毕业的学生？

卢小飞：我女儿是1996年考入北大心理系的，2000年毕业。她曾经在北大学生会任职，办一些讲座等活动的时候，我也帮助过她。比如那时候长江三峡大坝合龙，她想策划一次介绍三峡的讲座，我帮助她邀请了一些人；还有"一二·九"学生运动，我帮她邀请我父亲的诗友们去讲北大当年"一二·九"的历史，让现在的学生们体会老一辈的使命感。我觉得这是挺好的事情，既是帮助女儿，也算是对母校的回馈吧。

记者：作为1970年代从北大走出来的知识分子中的一员，你觉得知识分子群体的社会责任感应当如何去体现？

卢小飞：我们这一代知识分子承载着一代人的希望，我们的价值选择是毫不犹豫的，比如提倡和践行大公无私或公而忘私。当然很多人因为时代的演进有了新的变化，时下流行公私兼顾，但士大夫传统中"先天下"文化也是我们应该继承的一种历史文明，最起码也应当立足本职关注社会。

现在的公民社会中具有社会责任感的人越来越多，不过，有一些人会因为体制束缚，而不能充分释放自己。比如一些官场文化盛行的机关部门，缺少一种宽松的思想文化环境，不能启迪人们的创造力，或激励人们去畅所欲言。我属于勇字当头敢说真话的一类人，即便是面对大领导，我也会像朋友一样跟他们讲话，这是我的一种秉性。所以说，一种氛围的营造是很重要的，知识分子尤其不要蹑手蹑脚，否则会成为一个没有思想和创造力的群体，还怎么成为国家的栋梁？

我就特别爱提意见，有了自己的见解，如骨鲠在喉不吐不快。如果为了保全自己，我也可以像有些人一样不说，但我的秉性要求我一定要直言，与其说是出于一种责任，不如说是一种本能，或者说是一种价值观。

## 采访手记

对卢小飞的采访是在她的办公室进行的。办公室里摆满了绿植和盆花，墙上陈列着她在西藏拍摄的4幅照片。她说她的西藏情结是从小就有的，她和她先生给女儿取名叫朱玛——一个藏族名字，意思是仙女。

交谈中她最开心的时刻，一是每次讲到她的先生，看得出她很尊重和欣赏他；一是谈到她作为党的十五大代表，是实实在在的民选代表，这一点令她感到特别自豪。

也有不完美的事情，说到这里她很动情。她说她不是一个十全十美的母亲，因为女儿曾经对她不满意，觉得最需要妈妈的时候她没在身边。女儿小的时候，她告诉女儿你是穷人的孩子，女儿出国留学她也只给了一百多美元；她对女儿更多的是言传身教，养成女儿正直、诚实、节俭、坚强、独立的性格。现在，卢小飞很疼爱她的外孙女，她说教育外孙女就像教育女儿一样，不溺爱。

采访结束时，卢小飞说，到了她回家买菜做饭的时间，这对她很重要。卸下荣光，她只是一个普通女人，热爱生活。

采写/费里芳 常玉洁 郑成雯 吴胜

# 以世界眼光人类胸怀传播中国声音

北京大学学籍卡

姓　　名／王庚年
性　　别／男
出生日期／1956年8月
籍　　贯／河北
入学时间／1975年
毕业时间／1978年
所在院系／北大中文系
专　　业／文学
获得学历／本科
获得学位／未设学位
工作单位／中国国际广播电台
现任职务／台长、总编辑

## 毕业后主要经历

1978年　任中国国际广播电台国内部记者、主任记者、驻香港记者站首席记者
1991年　在中央办公厅调研室工作，先后任调研员、助理巡视员
1995年　任国家广电总局（部）电影局副局长、电影剧本规划中心主任
2001年　任中央电视台副台长
2004年　任广电总局党组成员、中国国际广播电台台长、总编辑

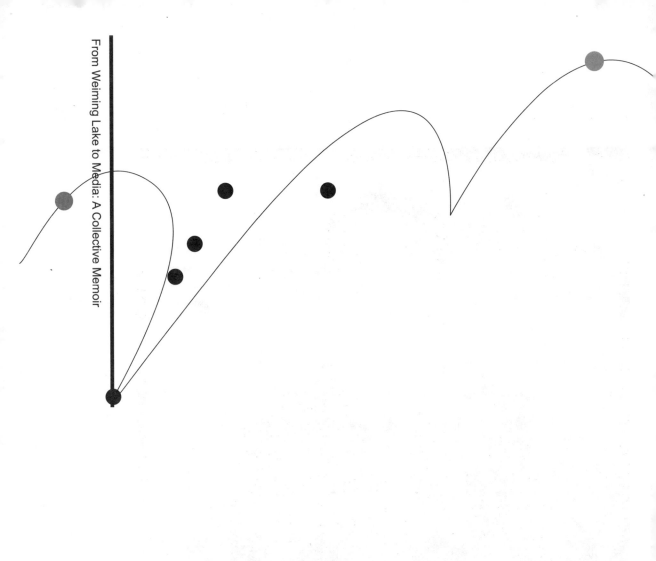

王庚年／提供图片

## ／传播力公信力决定媒体影响力

2004年12月，正在中央党校中青班学习的王庚年，被中央的一纸调令从中央电视台副台长的岗位，调回他离开了13年的中国国际广播电台，担任台长、总编辑、分党组书记。直面媒体行业的内外变局，接过国际台改革发展的接力棒，王庚年深感使命光荣，责任重大，也对未来充满了坚定信心。"一万年太久，只争朝夕"，在这种信念的引领下，他带领国际台全体干部职工，坚持开放办台、改革立台、创新强台、人才兴台，锐意抓改革、求创新、谋发展。几年下来，国际台在"构建现代国际广播体系"的征程中，迈出了坚实的步伐。他们的努力，引起了传媒界和其他有关方面的关注。

记　者：2008年第9期的《求是》杂志刊登了你的一篇文章——《让中国的声音传播得更广更远》。写这篇文章的动因是什么？

王庚年：我在这篇文章中，着重谈的是国际台的发展理念和战略。应该说，这篇文章浓缩了我们对现代媒体发展规律的思索，也是全台上下自觉实践科学发展观、构建现代国际广播体系的实践总结。《求是》是我们党在思想理论战线的重要舆论阵地，具有很强的理论性、指导性、权威性，其读者层次高。我们认为，中国国际广播事业是国家文化事业的重要组成部分，国际广播事业的发展，对推动我国社会主义文化大繁荣、大发展，也有积极作用。于是，我写了这篇文章，一方面，这是广电系统对我国关于"提高国家文化软实力"发展战略的回应；另一方面，也是抛砖引玉，希望更多的领导同志和社会各界关注、了解国际传播的重要性，就如何提高我国文化整体实力和国际竞争力进行探讨。文章刊发出来以后，反馈还不错。

记　者：世界传媒的地理版图分布很不均衡。以欧美主流媒体如美国之音、英国BBC为典型代表的西方传媒长期以来占据了强势地位。作为中国唯一一家面向全球的广播媒体，中国国际广播电台如何应对这一挑战？

王庚年：在与西方媒体的竞争中，"西强我弱"的局面在短期内还很难改变。全球最大的5家媒体，有4家在美国，时代华纳、新闻集团、迪斯尼、维亚康姆都是资讯和娱乐结合起来的综合媒体。此外，西方国家媒体手段比较丰富，传播力强。而我们所有媒体都是单一媒体手段，从宣传上看引导手段单一，形不成声势；从经营上看赢利模式单一，形不成规模。这就是我们为什么研究媒体发展趋势，把国际台重新定位，要向现代综合传媒发展的原因。可以说，在当前高新技术日新月异的情况下，谁掌握了最新传媒手段，谁的信息就传播得更快更广，谁的影响力、控制力就更强。应对挑战，要靠自强，而做强自身，需要走综合媒体发展道路，需要将现代技术用足，需要把综合实力提高，以形成与我国国际地位相适应的国际传播竞争力。因此，我们要积极发展一切有利于国际传播的媒体形态，采取一切有利于国际传播的技术手段和传播方法，尝试一切有利于国际传播的工作方式和运行机制，开拓一切有利于国际传播的发展领域。

记　者：2007年12月，中国第一家广播孔子学院在中国国际广播电台成立。这主要出于什么考虑？目前这方面的工作进展怎样？

王庚年：孔子学院以传播中国语言文化为基本任务，是我国实施汉语国际推广战略的重要机构。这几年，国家对汉语国际推广高度重视，设立了汉语国际推广领导小组办公室，在全球范围内组建有100多家孔子学院。孔子是中国文化的一个符号和形象，而孔子学院这个名称，也体现了中国语言文化将逐步融入世界的发展趋势。我们国际台是孔子学院的理事单位之一，去年，我们在总结四十多年对外汉语教学的经验、顺应国家汉语国际推广战略的基础上，与国家汉办合作，正式揭牌组建了广播孔子学院，承担起以3158个海外听众俱乐部为基础，用对象国母语和43种语言网站教授汉语的职责。目前，已建和在建的广播孔子学院共有十多家，分布在亚、欧、非三大洲的重点外宣地区。我们计划，未来五年内，力争使广播孔子学院目标学员达到2000万人，使其成为各国学习汉语言文化、了解当代中国的重要渠道，为让中国走向世界、让世界了解中国，做出更大贡献。

## ／北大精神应是对真理的不懈追求

记　者：我了解了一下你的简历。你是1978年恢复高考后第一年从北大毕业的？

王庚年：我们入大学是在"文化大革命"即将结束的1975年，那是一个特殊的年代。从"文化大革命"开始一直到1972年，大学就中断招生了。1972年才开始恢复招生。当时招生的方式，是选拔或者推荐，以县为单位，并不实行全国统考，但也要组织考试。考试的难易程度，由各个地区掌握。由于我在读完高中之后，到一所中学去教过书。所有的课，诸如语文、数学、化学、物理等，我几乎全都教过，因此，学习的基础比较好，我在县里考了第一。我是1975年上的北大，当时最想学的专业其实是化学。

记　者：在北大中文系的学习生活是怎么过来的？你觉得从老师和同学们那里都学到了什么？他们中有没有人令你至今印象深刻？

王庚年：北大是一所人人向往的学校，北大中文系更是令人高山仰止。当时，国家推行学制改革，精简学制，我实际上的是三年。其实，对于进入北大求学的学子来说，不论是三年还是四年，都很短暂。但是，一所好学校的良好教育和学风，会在一个人的心里留下深深的烙印。

我们在学校的时候，北大中文系设有文学、新闻、汉语和古典文献四个专业。我是在文学专业。刚入校时，我18岁多，在全班50个人中年纪最小。我们班大的有三十几岁。"文化大革命"对教育的摧残，是很严重的，学生们的水平也参差不齐。有的同学入学时连四大名著都还没有读过，而我在小学阶段全读了。

那几年社会的急剧变化，对一个不满20岁的年轻人心灵带来的撞击，远不是其他时代的年轻人所能够感受得到的。但是，这种震撼对于学文科的学生，又是一笔宝贵的财富。

北大历来有名师授课的传统。当时，刚刚从牛棚中解放出来的名师的教学积极性，也高于以往任何时候。几十位知名的教授，全部给本科生开课。比如，王瑶教授在现代文学史领域很有成就，听他讲课就非常过瘾。还有，听林庚、袁行霈讲古代文学，听谢冕讲诗歌，听严家炎谈创作，等等。这些老师，严谨求学的精神和渊博的学识，给我的印象极深。北大中文系的名师们是真正做学问的人，他们在学术的道路上精益求精、永不懈怠，又经常以他们敏锐、深沉的目光，在文化界的最前沿探索。

那时候学校图书馆也刚开放。有些西方的小说只有中文系学生可以读，比如说巴尔扎克、雨果、左拉、托尔斯泰、高尔基等。我记得，那些书借来了大家争相传着读。我当时住32楼，门口的一个传达室有一盏灯，我到那儿一蹲，一个晚上就看完一部。第二天早上就馒头裹咸菜，吃了就背着书包去上课。

所以说，北大上学的那几年，对我的一生受益匪浅。北大就是有北大的个性。一想起北大，就能想起她和中国历史的联系，和中国社会的联系，就感觉她是具有很深的内涵的一个学府。

我现在还经常回北大。特别是前几年，但凡在海淀那边活动，比如吃完晚饭之后，我自己开着车去，把车停在旁边，去未名湖转一圈，感受一下学校的气氛。

记　者：你如何理解北大的精神，对你有什么影响？

王庚年：北大在百多年的发展进程中，形成了自己的精神，一个是爱国、进步、民主、科学的光荣传统，再一个是勤奋、严谨、求实、创新的优良学风。我的体会，自己一生当中，从北大得到的最深刻教诲或烙印，是对真理的追求。我觉得，我们学国学，学中文，而且有幸在北大中文系，北大把我们引进门，给了我们这么一把万能钥匙。这是北大真正的人文精神。

## ／广播、电视、电影是我至今都从事过的职业

记　者：中文系毕业以后，为什么没有走上文学的道路而选择了新闻？

王庚年：我1978年北大毕业后，本想去报纸干副刊，后来被分配到国际台。从1978年到1991年，在国际台一直工作了13年。作为新闻媒体工作者，忠实地完成着自己的任务，报道着、记录着、反映着国家和民族的变化，把自己的努力融入到国家整个改革开放事业中，见证了国家的发展，见证了民族的复兴。

记　者：你曾担任国家广电总局电影局副局长，并兼任国家广电总局电影剧本中心主任。你觉得中国电影发展的瓶颈在哪里？

王庚年：我在电影局工作五年多，感觉专业最对口，所以工作非常投入，应该说也很有成果。虽然辛苦，但有成就感。当时存了18箱资料，已经准备在电影报开专栏了。

当年，我就说过，将来，真正能在国际影坛上和好莱坞一争高低的，是中国电影。现在，世界各国都存在着民族电影和好莱坞的竞争。美国这种文化霸权仍然四处可见。面对这种情况，我们的民族电影，第一步是生存，第二步是发展。应该说，这几年，中国电影的发展是好的，但是发展得还不够。不够的原因是什么？电影其实是最具有产业化前景的文化产品之一。你只要进影院，哪怕在"文化大革命"期间，都要买电影票。电影也是商品，这个属性是不变的。电影最具有产业化的可能，也具有打造品牌的可能。我觉得，今后电影的发展一定要实行产业化，打造品牌，依据品牌进行相关产业的开发，形成上下游都有的产业链，这样才能走向良性循环，而不是走单打一的靠票房生存的发展模式。而到目前为止，中国电影还没有摆脱靠票房生存的这么一个状况。

记　者：现在《花木兰》，包括《功夫熊猫》用的都是中国文化的元素。有人担心，这些元素被美国好莱坞使用之后，我们怎么办？

王庚年：这其实是杞人忧天。文化是全球的，是全人类的。我们身为文化从业人员，需要有一种开放、包容、宽广的人类胸怀。文化是一个民族的胎记。我们中华文化源远流长，丰富多样，五千多年来薪火相传，代代不衰，为我们文化工作者提供了取之不尽、用之不竭的优秀题材和资源。而且，文化这个东西不怕交流，越交流越强大。应该在交流、融合中壮大自己，闭关自守是不对的。所以，我们主张古为今用、洋为中用，在全球文化对话中，相互借鉴、取长补短，同时着力突出中国文化特色，以具有竞争力的内容和产品赢得更多的受众。

近几年来，我们一直在研究如何创新传播理念，进而增强传播实效，并提出了"中国立场、世界眼光、人类胸怀"的理念。所谓中国立场，就是传播中国文化的价值理念，通过对外传播中华文化的核心价值观，展现国家文化软实力和民族气质与风度；所谓世界眼光，就是采用宽容、开放、独特、全面的宣传视角，在全球化语境下，用世界通用语言报道世界；所谓人类胸怀，就是用整体观、发展观、本质观的哲学思维，全面看待问题、变化看待事物以及通过现象看本质，站在全人类的立场上进行国际传播。这个传播理念是我们实现由对外广播向国际传播转变的重要环节，其核心还是尊重国际传播规律，在传播内容、传播方法、传播风格等方面，因地制宜、因人制宜，讲究艺术、注重实效。

记　者：你从参加工作至今，刚好30年。其中大部分时间里，你都在当领导，而且老是在不同的单位间换来换去。你怎么看待工作的变动？

王庚年：我所有的工作都是组织安排的，组织决定让我去，就去。我个人觉得，工作的变动，是组织的信任和支持，带来的是岗位的变化和环境的改变，这是很正常的。对于我来说，珍惜每次改变带来的机会，努力工作，创造快乐，总会有不同的收获。

当然，有时候在一个地方工作久了，还不大愿意走。就说国际台吧，来的时候没有想到回来，中间真是有要走的机会，领导说这儿需要你，不能走，就不走了。很多调动其实都是无心插柳。在国际台期间，1985年有一次机会去中央电视台，表都填了，但没有去成。可没有想到，调来调去后来又调到中央电视台了。后来，中办需要一个熟悉外宣的工作人员，我也就去了。我当时就想，既然去了就得干好。结果，干得正好的时候，又调电影局去了，真是没有想到。本以为找到了一个终身的职业了，上级突然让我去电视台工作。所以说，广播、电视、电影是我至今都从事过的职业，而且都在领导岗位上干过。我珍惜每次机会，也尽自己所能，力争在每个岗位上做到最好。我还记得，这次回到国际台，第一次在全台干部大会上就讲，有一位哲学家说，世间万事万物都是一个圆，人生就是一个圆，起点是终点，终点也是起点。国际台是我工作的起点，现在又回到终点。

## ／关注新媒体就是关注未来，拥有新媒体就拥有未来

记　者：你如何看待未来媒体的发展趋势？国际在线网站又将在新兴媒体的发展进程中扮演什么样的角色？

王庚年：简单地讲，未来将会是以互联网为代表的新兴媒体，日渐呈现出不可比拟的传播优势。我个人认为，新媒体是技术进步带来的一种变化，特别是无线通信技术和网络技术，这种技术的出现，带来了媒体的变革。同时，新和旧是相对而言的。我的理解，所谓的新媒体，主要应该是媒体加新技术。引申为一句话，就是传统媒体的内容优势，插上新技术的翅膀，应该就是新媒体。现在，新媒体特别是以互联网为代表的新技术，带来了一场革命。我们国际台在传统媒体领域，与英国BBC、美国之音等国际著名同行相比不具有优势，甚至有很大的差距，短期内也无法改变。但是，世界范围内的多数新媒体业务，都还处于技术试验与运营试验阶段，我们与BBC等的差距还不明显。因此，在这一轮发展周期中，要想迎头赶上，就要积极抢占新媒体技术制高点，积极发展新媒体业务。所以，我经常讲"关注新媒体就是关注未来，拥有新媒体就拥有未来"。

我们的"国际在线"兼具传统媒体和新媒体的特点。尤其是它具有网络媒体的多媒体特性，正日益成为一种事实上的全媒体，是我们整合资源、形成大外宣格局的理想平台。毫无疑问，"国际在线"是我们构建现代国际广播体系的一个重要环节。我们将统筹协调好传统广播和"国际在线"为代表的新兴媒体的发展，发挥新兴媒体整合平台的功能，使用和依靠传统无线广播的媒体资源，扩大传统媒体影响力，利用新媒体技术从传统媒体获取信息，进行二次传播，扩大传播范围，分担传统媒体的采编成本。同时，我们将运用高新技术，尤其是数字技术、网络技术，大力发展以网络广播、网络电视、手机广播、手机电视为代表的新媒体业务，提升传统媒体，使广播成为可听、可看、可查阅的"超级媒体"。

记　者：两年前，国际台曾在社会上公开招聘10名专职驻外记者。这是中央新闻媒体首次面向社会公开选拔驻外记者人才。你为什么要高调宣布这项活动？

王庚年：可以讲，媒体之间的竞争，归根结底是人才的竞争。既然我们形成了向国际现代综合传媒发展的思路和共识，我们就需要优秀复合人才的支撑。但是，我们原来的媒体业务是单一的，人才结构也是单一的，为了适应事业的发展，急需门类齐全、数量充足、结构合理的优

秀人才队伍。于是，从2006年开始，我们积极拓展国内和国际人才渠道，着力引进外语水平高、能适应全球媒体竞争的国际型人才，精通新闻业务、熟练掌握新兴技术的复合型人才，能够比较全面了解和把握对象国政治、经济、文化和社会发展的高端型人才，并通过积极引进、大胆使用、深度开发、严格考核、有效激励等系列手段，使人才队伍规模得以壮大，结构得到优化。面向社会招聘专职驻外记者，就是一个很好的尝试。过去，国际台的驻外记者都是兼职的，数量也远远不够，因此，我们要从社会招聘符合条件的、有志于从事国际传播的人才，加入到国际台的队伍中来。实践证明，拓展用人思路，公开招聘，广纳贤才，是一个见效快、成本低的措施。"为有源头活水来"，我们向社会招聘人才，形成良性发展机制，这既是吸纳人才的重要途径，对我们体制内的现有人员也是一种激励。

目前，国际台的队伍非常年轻，40岁以下的占60%，30岁以下的36%。在人才方面我们有一系列的培养和选拔的举措，而且都有别于原来事业单位体制的那种模式。我们二十多岁的"80后"处级干部比比皆是。发展的潜力很大，后劲好。有了机制，给了舞台，年轻人发展就会很快。

记　者：社会上对"80后"众说纷纭，那你对"80后"怎么看？
王庚年："80后"是在市场经济环境中长大的一代人，他们成长的时期，正处于中国社会价值观和行为方式转型期。"80后"这一代人，对网络、传媒等信息传播方式，体验非常敏锐，吸纳能力很强，在今年的涉藏等与西方媒体的舆论斗争中，"80后"就起到了主力军作用。

"80后"的天然条件很好，他们生下来就赶上了好时候，我们国家从来没有像现在这么扬眉吐气。他们不知道过去还有那么一个困难时期，曾经动乱，经济到了崩溃的边缘。他生下来就知道，我挺好，我这个国家挺好。美国人有的我也有，美国人吃的我也吃，美国人穿的我也穿，你凭什么说我不好？所以，他们身上的爱国是基于这么一种存在，这种存在决定他的爱国意识是天然的。但是这种先天的东西需要经过后天的反复的验证，才能成为自己相对稳定的的价值取向。因为他虽然根植于沃土，但根系还需要更发达。因此还要学习，要实践，要思考，而且要遵循规律，按照规律办事。的确，一些旧的体制、价值观念正在"80后"的身上瓦解，新的价值观念在他们身上重新塑造、建构、形成。他们的生活方式和价值观念，也对社会造成了强烈冲击。不可否认，在他们身上，的确存在一些缺点，但他们的昂然自信、富有创新的精神，也有别于60年代、70年代出生人的鲜明特点。"80后"的心中没有权威，不轻信什么，更敢于挑战权威和传统理念。但是，不能不服从真理，真理就是权威。在真理面前，任何人都要服从。追求真理、服从真理，这也正是北大精神的真谛。


采写/宋卫平 孟庆伟

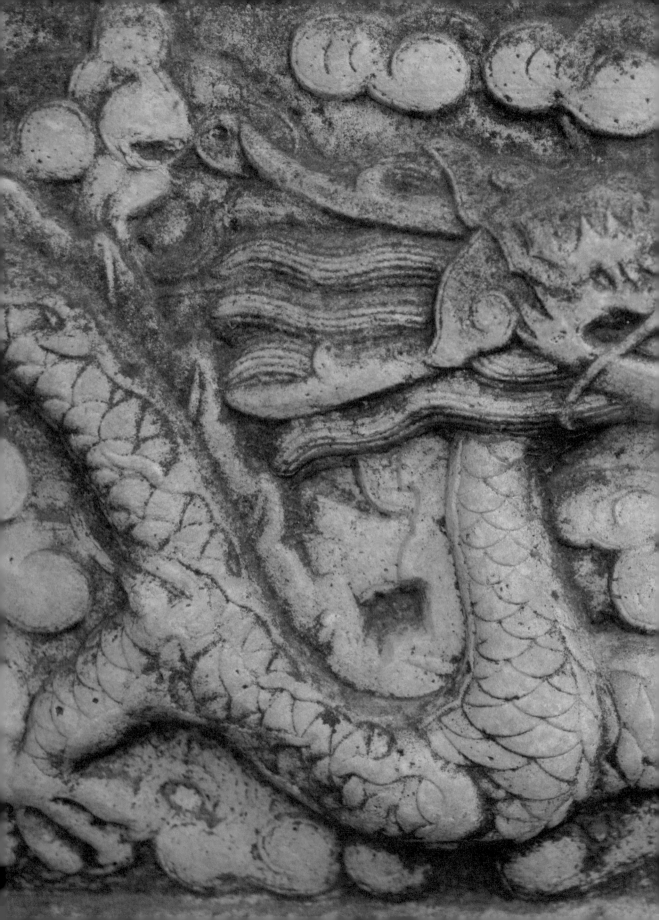

# 改革是为下一代铺路

北京大学学籍卡

姓　　名／王求
性　　别／男
出生日期／1954年8月
籍　　贯／山东
入学时间／1977年
毕业时间／1980年
所在院系／北大中文系
专　　业／新闻专业
获得学历／本科
获得学位／学士
工作单位／国家广播电影电视总局
现任职务／中央人民广播电台台长、分党组书记

## 毕业后主要经历

1980年　北京广播学院学报
1982年　中央人民广播电台，历任对台湾广播部编辑、副主任、主任、
　　　　台港澳广播中心主任、高级编辑
1999年　中央人民广播电台，历任分党组成员、副台长、副总编辑
现任国家广播电影电视总局党组成员、中央人民广播电台台长、分党组书记

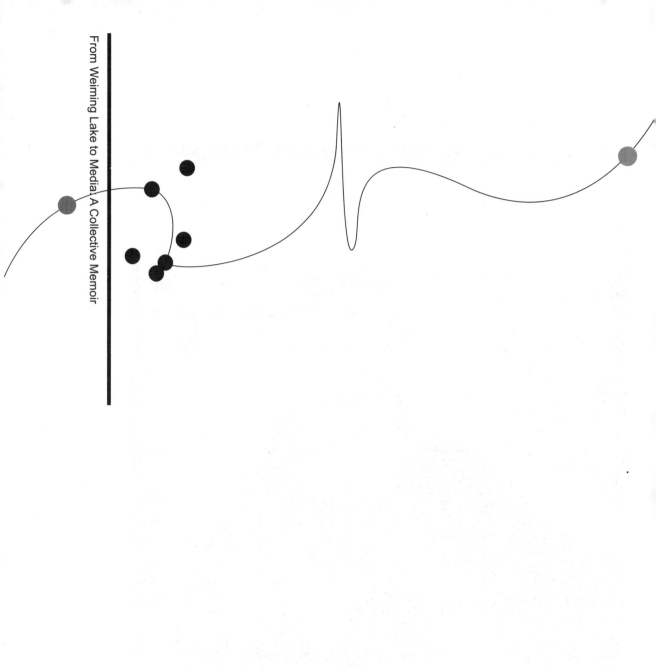

From Weiming Lake to Media: A Collective Memoir

王求

## ／我喜欢用北大的方式恋爱、生活

记者：你是怎样进北大的？北大的学习生活对你产生了怎样的影响？

王求：我是插过队的，是从插队的地方到北大的。当时在河北满城县插队，1976年作为最后一届工农兵学员上大学，当年正好粉碎"四人帮"，所以入学推迟到第二年2月份，2月份到学校后，又到大兴分校待了半年才回到北大，进入中文系新闻专业学习。说起对北大的感情，不光是我，可能所有的北大人都有同样的感受，就是北大是一个培育学生独立、自主、创新精神的学校，她鼓励学生进行独立思考。经过这种学风的熏陶，毕业后不管到什么地方脑子里都在琢磨创新的事。我觉得受益最大的就是这种创新精神，不管到任何一个单位，任何一个工作岗位，都会不断地去想怎么把自己的工作做得更好。因此那段学习经历对我一生非常重要。

记者：你还记得当年的老师吗？

王求：当然记得。北大的学术基础是一般学校比不了的，当时给我们授课的许多老师都是大师级的，比如袁行霈先生，他们不仅自己学问好，课讲得也非常好。听他们讲课，课堂上鸦雀无声，掉个针都能听见。还有郑兴东、蓝鸿文、甘惜分等，都是一流的教授。每一堂课都觉得非常新鲜，过去说学知识就像海绵吸水那样，在北大真的就有这种感觉。当时图书馆座位少，学生多，每天都要抢。所以我早上起床以后就直奔图书馆先去占地方。那种学习气氛，非常有意思，以后不可能再经历。

记者：当年在学习之外都有什么活动？

王求：我喜欢运动，在学校的时候又是田径队员，又是篮球队员，还打排球、游泳。北大有这个条件，当时游泳池、运动场、篮球馆都有，我一下课老在这几个地方活动。在北大，我还得过北京市高校运动会400米栏第二名，那是1979年。发的奖品是一个小本，上面写着第几名，可能现在还在。

记者：听说你和爱人就是在大学时认识的？

王求：对。我爱人是北大物理系的。我母亲和她父亲原来在一个单位。走的时候说多照顾，原来不认识，到了学校就没有再接触。等到快毕业的时候又开始谈恋爱，然后就成了一家子。那是大学的收获，我们班还成了两对。现在都过得非常好，可能都是北大出来的，比较对路子吧，我喜欢用北大的方式恋爱、生活。

记者：毕业之后再回去过吗？

王求：去年我还带着朋友去北大校园转了一圈，物是人非，今非昔比。教室也不一样了，都是现代化大楼了。过去我们在的时候还没有那么多的楼，都是旧的。图书馆是1970年代盖起来的，食堂也很破，印象很深刻。现在全都改造了，都是新的。

## ／从北大出来，走到哪儿都像肩上扛着国家

记者：从北大毕业以后，你是怎么开始广播事业的？

王求：我1980年2月到了北京广播学院，本来让我当团委书记。但我当时不愿意做政治工作，他们说不愿意干就到学报吧，所以我就到了广院的学报，编了大概不到两年。1982年9月我又调到中央人民广播电台一直工作到现在，一干就是26年。所以对中央台应该说感情很深。26年，人的一生有几个26年？

从北大出来后，老觉得自己有社会责任，到哪儿都好像肩上扛着国家似的。

记者：你在中央台，从助理编辑、编辑一直干到高级编辑，行政职务也一步步做到台播部主任、副台长、台长。你怎么理解电台的功能？

王求：我们作为国家电台有两个基本功能：一是国家公共服务平台的一个组成部分。二是国家应急体系的一个组成部分。一旦有事，像地震、水灾，没有电没有任何别的通讯设施的时候，广播就是救急的。像日本、英国国民家里都发一个救生袋，那个袋里面装着好多东西，其中就有一个收音机。今年应对南方的冰冻雪灾和四川的抗震救灾，广播的这种作用非常突出。两次直播，都滚动播出了十几天。在媒体中，电视有绝对的优势，广播是不能比的，也不必要去跟人家比。我们有我们独特的优势，可以发挥独特的作用。李长春从年初到现在已经多次批示，他说在各种媒体争芳斗艳的时代，广播的作用是不可替代的。

记者：中央人民广播电台的改革是从《音乐之声》开始的吗？

王求：改革是从对港澳的《华夏之声》和《音乐之声》这两套节目开始的，这两套当时都是我管的节目。由我这儿提出改革方案，寻找合作对象，举个例子就是《音乐之声》。

当时一个朋友跟我建议，按照台湾类型化的方式改造我们的节目。类型化指整个一个频率都是一个类型的节目。像北京台、交通台还不是真正的类型化。但是《音乐之声》完全是流行音乐，板块怎么分？是线性还是非线性？我在台湾也接触过他们的广播，知道他们做得好，做得成功，像美国80%的电台赚钱，都是什么电台呢？各种各样不同类型的音乐台，乡村音乐，摇滚音乐都赚钱。因为它成本低，有的一个电台就三个人。我听了以后挺受鼓舞的，说可以试试。有这样的机会不能放过。经过6年实践证明，改革取得了明显的成果。

记者：当时改革在整个广播界产生了怎样的反响？

王求：完全不一样了。《音乐之声》在改革之前，2001年之前，全年的合同额最高签订的是600万，实际收入是200万。从2002年到现在，第一年是2千万，第二年2300万，今年是6千万。这不是一个概念、一个量级了。一个广播频率能做到这个份上，我觉得也是一种创新。直到现在这套节目还是收听率相当高，从2002年那一次改革到现在这轮改革开始，这算是一个阶段。这个阶段的改革对中央台来说是革命性的。它奠定了一个基础，就是将来电台往哪个方向发展。

## ／在台湾采访张学良，仿佛回到上一个世纪，我对他非常崇敬

记者：你在广播电台的26年中，有17年都是从事对台广播，有什么特别深的体会吗？

王求：对台广播是政策性、政治性非常强的一个业务工作。我在台播部很受锻炼，印象非常深刻的是对台广播的改革创新。1987年以前，两岸是隔离的，没有来往。1980年元旦，对台广播创办了广播电视的第一个主持人节目，徐蔓的《空中之友》。这是中国大陆最早的主持人节目，当时非常受台湾听众欢迎。徐蔓一改过去那种一定要解放台湾的高调的广播腔调，用亲和力很强的新方式让台湾听众感受中国大陆的变化。当时有台湾的听众说，徐蔓如果去台湾，去竞选的话，当个台湾"国大"代表毫无问题。

记者：在这么多年的采访、编辑工作的经历里，印象最深的是哪次？

王求：1992年9月2日，经过十分复杂的交涉，18位大陆记者终于以正式、公开的身份进入台湾采访，实现了两岸双向新闻交流的一次重大突破。我是当年18位赴台采访的记者之一。我在台湾采访了张学良。一个多小时的采访，仿佛回到上一个世纪。你说他是英雄也好，是有争议的人物也好，他始终是一个爱国者，我对他非常崇敬。"西安事变"促成了国共合作抗日，他的功劳最大，为此整个后半生都被软禁。他很少接受记者采访。之前，只接受过日本NHK电视记者采访谈抗日战争。这是他第一次接受中国大陆记者的采访。当时只允许去四个人，新华社、人民日报、电视台、记协，第一批名单没有我。我说你们不能没有广播记者，力争的结果

是让我进去了。我做的那个录音报道后来获得了中国新闻奖一等奖，当时很多听众打电话、来信，特别是东北听众，群情激动。

记者：当时的台湾给你留下怎样的印象？

王求：1992年台湾有点像今天的浙江，经济富裕，我对此感受很深刻。再一个就是对传统文化的传承，台湾比大陆要完整，没有遭到那么多破坏。到哪儿都能看到汉字，虽然是繁体，让人感到很欣慰。不管是蒋介石还是蒋经国都对中国文化传承得比较好。到了李登辉才变，去中国化这些东西才出来。但是再去中国化，到了端午节要吃粽子，到了元宵节要吃元宵，这是不可能改变的。所以你再讲什么闽南话、台湾话，最后还是中国话的一种。

## ／不给年轻人希望，你这个单位的改革就没有希望

记者：你怎么看广播的没落与以后的发展？

王求：在当今这个时代，广播已经开始没落了，是传统媒体里面没落比较快的一个。但它不应该是这样，应该还有潜力可挖，像《音乐之声》就是一个典型的例子。作为中央台一把手，我有这样的责任。一个是完成好党和国家的宣传任务，再有一个要让中央台干部职工有生活上的改善，经济上的改善。不然的话人都跑了，年轻的都不来了，中年的、能干的都跑了，光剩下老人了还怎么弄呢？一个媒体到那种程度就可悲了，还得要改革，要创新。所以最近几年，中央台下了很大功夫。

中央台是个老单位，是一代一代传承过来的。从延安时代延续到现在将近70年。离退休的干部近580人，延安时代90多岁的老同志现在还健在。现在改革有成果了，不能说你光管在岗的人，其他人不管，你都得关照到。这就造成一定的经济压力。

这是作为一个媒体领导每天都在思考的问题，好多改革是围绕着这个来的。我们这种类型的主流媒体尤其存在着这种问题，一方面要完成党和国家的宣传任务，但是同时经费不足，要自己去创收，这就造成了矛盾。一方面你要纯洁、干净，另外一方面你又要去赚钱。在市场上赚钱没有手段不行，你的手段正当可能无效，不正当要违规，甚至犯法。这是比较难的事，经常陷入这种矛盾当中，但是矛盾也要做，并争取做得更好。中央台这几年做得不错，2002年开始改革，创收每年都有20%的增幅。今年如果顺利的话，增幅还有可能扩大，这对一个传统广播媒体，已经相当不错了。

记者：目前正在进行的改革是怎样的？

王求：上一轮的改革从2002年开始，是进行频率专业化，管理频率化。目前进行的这一轮改革，我们叫内合外联，多元发展。这是我们这一届班子的一个改革思路。以资源整合为特征，以制度、流程、体制、机制等组织体系创新为手段，以发展公益性事业和发展经营性产业的"双轮驱动"，全面培育和发展核心竞争力。从2008年7月份开始，我们推出了一套人事、机构、薪酬制度，存量不变，增量部分重点放在干得多的、干得好的这些人身上。

记者：看来这次改革力度很大？

王求：这回力度比较大，如果再不改，中央台作为一个百足之虫真僵了，就不行了。在这次改革中，《中国之声》提了三个80后副处级干部、部门副主任。你不给年轻人希望，你这个单位也没有希望。你作为一个媒体，都是老人在这儿主事，肯定思维、观念会受限制。我也胆子大，这个班子又年轻。反正我一号召，他们就跟着干，咬着牙挺过去。

《中国之声》要彻底改，整体运作是按照线性方式，大进大出，大采访、大编辑部，整个观念

都变了。这两次灾害报道，就是抗冰雪和抗震救灾，我们虽然做得很好，但也发现了一些问题。为了解决这些问题，就要彻底地改革。2009年1月1日推出。 改革也是我的责任，为下一代，为以后的人铺路。不能说你为了保你的官，什么都不干了。当然你不干也行，但是那毕竟不是一个长久之计，包括干部队伍，你不让他年轻化，将来谁来接班呀？

## 采访手记

采访完王求，回去的路上，我的脑子里一直闪现着"风风火火"这个词。即使不了解他的出身背景，只要和他见过面、谈过话的人恐怕都会忍不住问："你是山东人吧？"气宇轩昂，笑声爽朗，王求身上带着典型"山东人"特征。虽然他说自己和当年比，性子已磨平了不少，但听完他的介绍，你会觉得他仍然敢于说别人不敢说的话，做别人不敢做的事。

王求告诉我们，在台播部当副主任时，一次在处级干部会上，他站出来替技术部门干活的同志"请命"，当众让台领导下不来台。为了替电台创收，跟人家拼酒，四两一杯的咣当一口就喝了下去。

王求说他是急性子，有事恨不得一下子干完，容不得拖拉，但有些场合他又很有耐心。进入台领导班子后，王求管了两年后勤，正好赶上一次分房，整天有老同志找，需要耐心细致地做工作，有时候晚上接电话，一打就是三四个小时。

采访结束后，我们提出翻拍书柜里他十多年前采访张学良时的一张老照片，带去的相机却不太会弄，王求从座位上站起来，拿过相机，帮着找出正确的按键，直到我们满意地完成拍摄任务。

临走时，看见广播电台一楼大厅的公示牌上贴着新任处级干部的公示表，一张张看过去，三十岁出头的占了大多数。

采写/穆莉 孟庆伟

# 时尚杂志的人文派

北京大学学籍卡

姓　　名／王林
性　　别／男
出生日期／1958年11月
籍　　贯／山东
入学时间／1977年
毕业时间／1981年
所在院系／中文系
专　　业／文学
获得学历／本科
获得学位／学士
工作单位／《VISION青年视觉》杂志社
现任职务／中国青年出版总社副总编辑
　　　　　《VISION青年视觉》社长、总编辑

**毕业后主要经历**

1982年　在中国文学艺术界联合会任职两年
2000年　任《中国青年》杂志副总编辑
2002年　任《生活资讯》杂志社社长、总编辑
2003年　兼任《VISION青年视觉》杂志社社长、总编辑
2004年　中国青年出版总社副总编辑

From Weiming Lake to Media: A Collective Memoir

王林

## ／那时候每回写作文都很得意，老师把我的作文当范文念，但一进北大就傻眼了

记者：1977年参加高考的人很多，对你来说当年考北大是什么样的感觉？

王林：我是作为在校生考进去的，差不多算班里年龄最小的。我们从小学到中学基本没怎么好好上课，就是玩大的，这一点我们比起后来的学生，是很幸福的。恢复高考时，我们也就紧张了半年吧，那时老师带我们复习中学课程，回过头一看，我什么都不会，全忘了。我们紧张了半年，然后就去参加高考了。

在中学的时候我以为自己很会写文章，又会背一些唐诗宋词的，每回写作文都很得意，都被老师当范文去表扬。但是一进北大就傻眼了，我很多师兄师姐都在上学前发表过文章，还写过小说，于是我就有种天上地下的感觉。我记得我们上学不久，写一个分析性文章的作业，我一看别的同学写的就傻了，专业得像报纸上的文章一样。所以后来我基本就是猛读书，要不然差距太大了。

记者：你眼中的北大当年是什么样子？有什么印象很深的事情吗？

王林：我那时大部分时间是在读书。因为刚刚恢复高考，我们班有三十多岁的学生，也有像我们这样不到二十岁的。这些人都具有学习的渴求，但是"文化大革命"十年没有这样的机会，所以一进大学以后，积攒了长久的读书热情一下子爆发了出来。

我从没有想到世界上还有这么多书可以读，有这么多知识可以学。因为以前没有上学，就是玩。现在要读书了，有一种很过瘾的感觉。记得我们那会儿上体育课，或者课间休息时间，大家不是瞎聊天，而是做一种游戏，就是互相接诗句，你读一句诗，我按你的尾字接另一句，断在谁那里谁就输了。可以说，对我们而言，读书已经成为一种乐趣了。

记者：你不是一毕业就在媒体工作吧，为什么后来想去做记者了呢？

王林：毕业的时候，我们都填志愿。我填的志愿全在媒体，比如《光明日报》、《人民日报》这些报纸。后来老师找到我问：为什么想去报社？我说是我性格比较内向，所以我想改变一下，去做记者编辑，这样可以与更多人打交道，与外界接触多一些，可以磨炼自己。但是我的老师还是非常了解我的，觉得我很安静，不适合去报社，最后还是把我分到中国文联。我们是学文学的，中国文联在当时可是中国文学艺术界的最高机关了，是当时很多人都想去的单位，特别是学文学的学生。我在文联干了两年，可能是因为我很难适应机关的生活，觉得工作比较单调，虽然也有机会去采访一些老艺术家，写文学通讯，但是毕竟只是在一个小圈子里做事。后来正好有机会，《中国青年》杂志社缺人，我的同学陈建功把我介绍了过去。那个时候《中国青年》杂志影响非常大，是很好的一本杂志。我在那里做了近二十年的记者编辑，后来做到副总编辑。从2003年开始在《中国青年》主办的《VISION青年视觉》杂志社兼任社长和总编辑。

## ／我们的当代艺术要多一些纯真，多一些对自由的追求，少一些故作高深，
少一些人为的喧闹

记者：你在接手《VISION青年视觉》之前一直对艺术有兴趣、有研究吗？

王林：做这个杂志以前我没有正式或者深入接触过时尚艺术。1982年我刚毕业的时候，那个年代正好是中国艺术复兴的时代，我分到文联时，具体的工作单位是文联的研究室，办公地点就在沙滩的老文化部大院里面。美术家协会也是文联的会员，而美术家协会的活动大部分都在中国美术馆举行，我们只要拿工作证就可以进去。所以基本上那两年在美术馆举办的所有艺术展我都要去看。那个时候对艺术相对了解了一些，但是也仅仅了解一些很简单的情况。

但是真正做杂志的话那点知识远远不够。这本《VISION青年视觉》是一本大型图片杂志，对图片有没有判断能力是非常重要的。你必须对一个图片说三道四，要讲好坏，是怎么回事，这是很专业的。这需要积累。我们觉得做杂志的有两大类人，一是专业人士，比如《VISION青年视觉》的编辑，大部分是学艺术或者服装设计的，没有这些专业人才，这样的杂志是无法做到位的；但既然是杂志，那么另一种人也是很重要的，就是懂得杂志生产规律的人，我觉得现在这样的人不是很多。我做了二十多年杂志，我自己认为找到了一些感觉。其实我不大相信做杂志要先做市场调查那一套，我曾经说过传媒产品是一个特殊产品，只靠调查数据是做不好的。前几年很多杂志生生死死的，它们都曾经有过很漂亮的商业报告书，有过很精细的策划案，可是最后事与愿违。为什么呢？我认为，做杂志最重要的是人，是团队。一个做杂志的人，不仅仅要是专业人士，更重要的是，他一定是一个善于调动团队的工作热情的人。

记者：你接手《VISION青年视觉》在经营方式和内容风格上是否做了调整？

王林：整本杂志的精神没有太大变化，因为这本杂志就是传播时尚精神和时尚文化的，我们的定位一直是一本时尚艺术杂志。这本杂志是2002年创刊的，当时引起市场很大的震动，因为那个时候没有这样形式的杂志——400页，国际流行大开本，以图片为主，杂志的形态本身已经足够震撼。它有很多艺术内容在里面，感觉有点前卫，有点另类。所以对市场影响很大。

但是经过一年后，我们进入了所谓的"读图时代"，连报纸都在使用大量的图片，许多媒体也都开始做视觉类杂志，时尚类杂志也开始把图片放大。这个时候《VISION青年视觉》在形式上的优势就慢慢不再具备了。后来，一些时尚杂志也经常达到三四百页，我们的厚度优势也不具备了。

2003年我刚接手《VISION青年视觉》的时候，我们的广告总监曾经说过：这本杂志要的就是"华而不实"。当时我们的一个口号就是办中产阶级的客厅杂志。他展示出来的是奢华生活，是一些很高端的东西，而我们的广告也都是国际高端品牌。

但是我做了一段时间以后，就觉得有点不太对。我觉得，第一它不能华而不实，因为我坚持的是，一本杂志肯定要以内容取胜，想在市场赢得地位，最终百分之百是要靠内容的优良。于是我就一点点从内容上进行调整，同时在宣传中不再喊一些比较虚的口号，而是把力量集中在丰富内容上。这样，我们让读者去慢慢体会内容，体会到这是一本具有艺术人文色彩的时尚杂志。

《VISION青年视觉》是一本关注当代艺术和时尚的杂志，我曾经说过，如果我们的当代艺术多一些纯真，多一些对自由的追求，少一些故作高深，少一些人为的喧闹，可以让更多的人舒服地靠近，并且产生自然的交流，也许这才是艺术真正有内核的繁荣，也许这才能让我们的时尚产业找到起跳的硬地。我这样说，其实也是对《VISION青年视觉》的一个要求，我不希望它仅仅是一本另类感的杂志，更希望它是一本传播人文思想的杂志。

## ／我们在沿着杂志应有的文化本源行走，不仅仅是正在流行的"时尚化"

记者：这几年时尚类杂志竞争异常激烈，争相打广告附赠礼品，而《VISION青年视觉》仿佛很平静，你有想过改变吗？

王林：大概从2003年开始的吧，市场上各类时尚杂志一窝蜂地争相赠送礼品，有时送的东西的价值远远高于杂志的定价，很不正常。当时我们也曾考虑过这个问题，但我们决定不送礼品。这是因为，第一我们找不到跟杂志相匹配的礼品，我们有什么可送的？那些雨伞、化妆试用品、小包之类，与我们杂志的品质都不相配。第二是我认为如果卖杂志送礼品就能提高杂志的销售量，那是自欺欺人，因为读者是在买你的赠品，并不是买你的杂志。所以我们坚持到现在都不送东西。所有喜欢这个杂志的人，买的就是杂志，就是我们的内容，所以我们要做的就是把内容做好。

记者：你在《VISION青年视觉》2007年卷首语中说过"五年，才知道坚持下来有多么漫长。"你坚持的是什么？

王林：我慢慢感受到现在很多杂志背离了办杂志的本源。我理解的杂志应该是一群人有一个共同的思想，一种共同的需要，需要表达，其中几个人就办了一本杂志，就是我们以前所谓的同仁杂志。这种杂志就是杂志人或者这些杂志人的朋友把自己的东西写出来，抒发出来，和他们的生活境遇相同的一些人，买了这个杂志，产生了强烈的共鸣。办杂志和读杂志的，就这样形成了一个圈子。

这些年有一些时尚杂志和我们以前认识的杂志有点不一样，我对这些杂志的形容是，杂志好像成了一个柜台，柜台布置得非常漂亮，而各类商品摆在上面，销售的不是杂志，而是别的商品。杂志要服务的不是读者而是广告商。所以如果细细地研究十本中国的时尚杂志，会发现很多雷同。很多都是在想着怎么让客户高兴，精力放在广告上。其实我们也经常受到干扰。但是呢，这个时候你肯定需要有一定的坚持，做一种有文化追求的杂志。我们当然也在寻求商业合作，但与此同时，《VISION青年视觉》也坚持我们自己的一些想法，而不会被市场过分地干扰。比如，广告品位和杂志品位不相符时，我们会坚持自己的风格而不会妥协，一般杂志很难做到这点，因为客户肯定是老大，他说什么就是什么，只要给钱上什么内容都行。《VISION青年视觉》不能这样，当然我们要做到这一点也要冒很大风险。

记者：我发现《VISION青年视觉》的口号不是坚持不变的，是在不断地调整吗？

王林：对，是在变。我对这本杂志的理解也是在变的，最后慢慢归于朴实。一本杂志你到底是什么定位，我发现可能并不是创办者说了算，而很可能是取决于读者对你的评价，取决于读者认为你是一个什么杂志。我经常看一些别人对我们杂志的评论，批评也好，赞美也好，都给了我很多启发。我认为这本杂志是开放的，不需要权威，没有权威告诉你什么对，什么不对，主办者和读者共同感受着这本杂志，我们可以达到一种平衡。每一个人都找到自己的感觉，这样就可以了。

记者：现在市场的时尚类、艺术类杂志越来越多，你觉得《VISION青年视觉》在与他们竞争的时候什么是你们的优势？

王林：一个行业整体气氛的形成，实际上对每一个生产机构都是一个好的发展机会。任何商品，不是单独只有一个就好。当同类杂志多了以后，读者肯定会去比较，所以我觉得多了没有关系，竞争越多越好。

我们的优势是做得时间早。但最重要的一点，也是我很少与人谈起的，就是这本杂志有着非常浓郁的人文色彩。很多杂志，注重的是人的外在行为，特别是消费行为，而忽视了人的内心需求。关注人的内心需要，在我们这儿是非常重要的一点。很多杂志不具备细致阅读的功能，大都是快速翻阅的，只满足眼前的当下。但《VISION青年视觉》不是，《VISION青年视觉》第一是有艺术内涵，我们的供稿人都是观念很新的艺术家；还有很重要的一点，我们每期都有很多的人文内容，涉及人的生命、感情、人的生存环境等等。这些，可以让这本杂志更厚重、更有力量。

**／看着中国当代艺术市场井喷状的火热，怎么能不对中国的时尚产业做一点联想**

记者：你给《VISION青年视觉》的定位是窄众吗？是不是给艺术青年看的？

王林：不，不是只办给艺术青年看的。我给它的定位是小众中的大众。它的受众是具有一定时尚精神、对艺术比较热爱、文化修养相对比较高、追求个性的人，在这个层次上，我觉得不分行业，可能从事艺术，也可能从事医学等其他专业。所以我说是小众中的大众。

记者：这本杂志在国外的艺术人士、国外留学生中的口碑很好，你认为是为什么？
王林：《VISION青年视觉》比较国际化，同时我们坚持原创。比如现在很多杂志都从图片社购买图片来使用，这样的风险就是失去个性，因为你能买到的图片，别人也能买到；你能看到的图片，别人也能看到。我接手这本杂志后，就要求编辑向摄影师直接要原创作品。另外我们每期有一个城市栏目，50页到80页左右，是由我们派一个小组去国外的一个城市采访，全部是原创图片。从2004年以后，我们不再向图片社购买图片，而全部是由作者提供。这样，我们可以说自己的杂志是一个国际化原创杂志了。在中国再找这种时尚艺术类杂志，恐怕还是只有《VISION青年视觉》。别的杂志很多也在做国际内容，但可能说不上国际化，因为编辑观念和艺术观念可能远远没有国际杂志的感觉。

有一次我们的城市栏目做了一个加拿大多伦多专辑，派去了两个编辑和一个摄影师去采访，回来后制作得非常好。加拿大旅游局的一位女士是一个在加拿大生活了十几年的华人，她看到这本杂志后非常兴奋，她说不仅仅是因为这个专辑做得很精彩，更让她高兴的是，当她拿着这本杂志给加拿大的同事们看的时候，那些加拿大人都很惊讶，他们不相信中国还有这么超前的杂志。

我们的设计师到北欧采访，与当地的杂志人交流，当他们看到这本杂志时，同样也感到吃惊。曾有一位北欧的杂志设计师问我们杂志的设计师，他能不能到《VISION青年视觉》来工作？因为他太喜欢这本杂志的。

记者：你想五年以后这本杂志会变成什么样子？
王林：这个我不知道。五年以后什么样我也不清楚。五年说短也短，说长也很长。如果说我们的资金很充裕，我们有这个能力的话，那可能会实现一些想法，包括把这个杂志拆分。我们现在每期有一个夹册《视觉中国》，介绍中国艺术家、设计师和摄影师，因为我们的杂志除了这个栏目之外，介绍的基本全是国外的。我们现在非常关注本土的时尚艺术，我们也想为中国的时尚艺术的发展尽一份力量。媒体要做的不仅仅是自己的影响力，更重要的是让这种影响力转换成更多人发展的推动力。我也曾这样说过："艺术气息的弥漫应该催生出时尚之花，但是我们还没有看到属于自己的时尚产业，当人们谈论时尚潮流的时候，话题总是最终落在那些外来的国际品牌上。也许我们有些着急，但是看着中国当代艺术市场井喷状的火热，怎么能不对中国的时尚产业做一点联想。"《视觉中国》这个夹册，就是我设想中的一本中国的视觉杂志，也许到一定时候，条件成熟了，单拿出来就是一本杂志，当然也可以传播到国外，完全可以的。实际上欧洲一些摄影师都希望我们的杂志在欧洲卖，他们每次回来都问在欧洲怎么买不到我们的杂志。

记者：我看你的博客好像也不太说关于杂志和工作的事，都是在记录一些生活琐事。
王林：这可能跟一个人的性格有关，我不喜欢在下班以后还总是想着工作。那些可以做到的事情，在工作时间都可以完成，做不到或者很难做到的，你想得再多也没用。我最困难的时候就是2003年、2004年。2003的时候，我刚接手这本杂志，当时《VISION青年视觉》从上海迁回北京，一切都得从头做起，当时无论是内容制作还是经营，都是很困难的。我们曾经陷入不知道明天还能不能继续这份工作的担忧之中。但回想起来，那时我的心态还是很不错的。这要感谢《VISION青年视觉》的同事。我最不能忘记的，是2004年11月我的生日。那几天我非常苦恼，因为杂志遇到了最严重的生存危机，尽管我做了很多努力，但我还是感觉这本杂志在一天天接近倒闭。有一天下午快下班的时候，我们办公室里突然响起了《祝你生日快乐》的音乐，有同事走过来，向我祝贺生日快乐，我这才想起那天是我的生日。我表面上很平静，其实我心里热热的。那天晚上我们一起到歌厅唱歌，我讲话的时候，竟然激动得讲不下去。我那时

对大家发誓：只要有一分希望，我会用百倍的努力把《VISION青年视觉》带出困境！

记者：你对你这边的员工呢，也是给他们尽量多的时间去放松？

王林：我对《VISION青年视觉》的员工和以前对《中国青年》杂志社的员工有点不同。《VISION青年视觉》的编辑和设计师都不要求天天上班的，有事来，没事可以不来，只要做好自己的那份工作。我希望编辑保持一种自由的状态，因为这本杂志强调的是个性，所以编辑的心态一定是与这本杂志相融的。对设计师，我要求他们尽可能在完成一期杂志的设计后，回家去休息，去玩，做自己的事。因为设计是需要灵感的，需要激情的，他们的工作就是一种艺术创作，用普通的工作逻辑来要求他们是不行的。他们的职位，在别的杂志中叫"美术编辑"，但是在我们《VISION青年视觉》，他们叫做设计师。我和同事的关系很轻松。大家在一起，首先是感觉到快乐，其次才是工作的紧张。

采写/刘艳雪 尤宁 张荣

永远不老的“中国青年”

北京大学学籍卡

姓　　名／刘学红
性　　别／女
出生日期／1957年11月
籍　　贯／山东
入学时间／1978年
毕业时间／1982年
所在院系／中文系
专　　业／新闻
获得学历／本科
获得学位／学士
工作单位／中青在线
现任职务／总经理

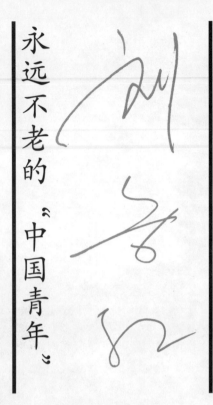

毕业后主要经历

1982年 中国青年报社记者
1994年 创办中国青年报教育导刊
1998年 创办中国青年报网络版
2000年 创立中青在线

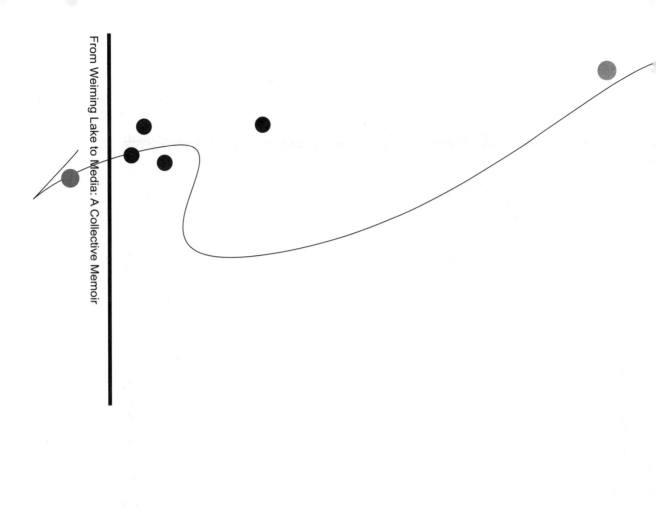

刘学红

提起刘学红，大家可能不是太熟悉。但是很多人可能都知道《中国青年报》，刘学红在那里工作了18年，从记者一直做到周刊主编；也可能有很多人知道中青在线，刘学红在这里当了8年的老总，成为网络世界不多的女掌门之一。

## ／一个同学告诉我，你的高考作文上了《人民日报》

记　者：当时得知恢复高考时，你在哪里呢？听到这个消息心情怎么样？

刘学红：得到这一消息是在1977年10月。我非常高兴，因为上大学一直都是我心中的梦想，只不过这个梦想在那个时候不大好实现。1976年3月，我高中毕业，主动要求到当时环境比较艰苦的北京密云县高岭公社四合村插队，被分配到林业队，负责在山上种树、管理果园。到了第二年，当初插队时的热情开始慢慢地消褪，人也比较冷静了，对自己的未来也有了一些想法。当时，摆在我们插队知青面前有两条路可走；一条是"扎根农村干革命"，另一条就是按照政策插队两年后招工回城。然而，还没到两年，就传来了恢复高考的消息，我们全体知青立刻跑到七八公里外的公社报了名。高考给了我们重新掌握自己命运的机会，在我们的面前展现出了另一条道路，这是当时没有想到的。我们是高考制度恢复以后的第一批幸运儿，是最大的受益者，高考给了我们这一代人发挥才智、实现梦想的可能。如果没有恢复高考制度，我可能还在山区种树，用力气大小来体现自己的价值。对整个国家和民族来说，恢复高考的意义更为深远，从某种意义上看，它是中国社会变革和时代转折的第一声春雷。

记　者：那年北京市高考的作文题目是《我在这战斗的一年里》，你写的作文1978年2月19日被《人民日报》全文刊登，当时全国只选了三篇。还记得当时你的作文里都写了哪些内容吗？

刘学红：1977年12月10日，我们走进了考场。当年的语文高考题基础知识占30分，作文占70分。刚进考场的时候，我还有点紧张。拿到试卷后，发现题目比想象的简单多了。

在作文里，我写了热汗淋漓的劳动，也写了生产队果园的诗情画意——漫山遍野的梨花杏花，瓜果飘香的金秋。很多都是真实生活的写照，冬天顶着刺骨的寒风刨树坑，春夏秋冒着炎炎的烈日施肥、采摘。每年春天，漫山遍野的果树都开花了，一到秋天硕果累累，自己一年的劳动成果都能体现出来。虽然生活有一些辛苦，但现在回忆起来感觉挺愉快、挺浪漫的。

考语文的前一天，我躺在床上，望着屋顶的大梁，跟放电影似的把这一年多的插队生活过了一遍。我当时想，不管作文是什么题目，都要把自己感受最深刻的插队生活写进去。所以，在写高考作文的时候，我只是设计了一个新的主题，再把那些熟悉的事情放进去，一气呵成。

记　者：后来你是怎么知道自己的作文被刊登出来了呢？

刘学红：高考后的一天，我在街上碰到一个同学，她告诉我说，我的高考作文上了《人民日报》，当天中央台的"新闻和报纸摘要"节目还广播了。我将信将疑，并没真当回事。晚上我正坐在桌前看书，一个星期才回来一次的爸爸把一份《人民日报》放到我的桌上，指着一篇文章问是不是我写的。当我看到文章的标题和第一句话"一年一度秋风尽"，就高兴地说：是我写的。新生入学的时候，好多同学都告诉我，他们把我那篇作文当作范文背熟了。对我而言，这篇作文就是一块敲门砖，它帮我敲开了梦寐以求的大学之门。

记　者：当时上大学报志愿为什么会选择新闻专业？

刘学红：最初我是打算报理科的，尤其想报考物理专业，那是我的特长和兴趣所在。但由于复习的时间太短，为了确保成功，临时改成了文科。但并没有想好报什么志愿。有一天偶遇一位同样想高考的同学，问她想报什么志愿，她说想报新闻。我第一次听说还有新闻这个专业，就问她，新闻是干什么的。她说，新闻就是当记者，可以全国各地到处跑。我虽然整天读报纸、看新闻，但并没有把它跟自己今后的职业联系起来。听同学这样一说，我觉得当记者到处跑挺好，于是也下决心报新闻了。那时候，北京只有两所学校设有新闻专业，一个是北京广播学院的新闻采编，另一个就是北大中文系的新闻专业。

进入北大以后，发现这个专业很符合我的天性，比如新闻理论、新闻采写、新闻评论、新闻摄影，这些我都特别有兴趣，学习的压力不是很大。四年的大学生活是我人生经历当中最难忘的一段时光，特别青春。

记　者：北大四年的求学经历对你以后的工作和生活有怎样的影响？

刘学红：我认为北大的文化和学术氛围对学生来说是种无形的熏陶，这是特别关键的。虽然离开校园二十多年了，但是我越来越感到北大的亲切，时常会重返校园去感受校园的美丽和往昔的情感。当你在未名湖畔散步，看到那些白发苍苍的老教授的身影，看到青春勃发的学生们在那里读书，无不潜移默化地影响着你、塑造着你。她的包容、宽松的学术氛围，对生活、对科学的孜孜追求，她人格的独立、思想的自由与学术的民主，都是北大给我的最可贵的精神财富，让我一生受用不尽。

## ／第一次实习写的报道，就改变了一个人的命运

记　者：恢复高考的第一批大学生中，有高中毕业生，也有工作了好多年后去参加考试的，同学之间年龄悬殊、身份不同，再给我们讲讲当时班上的情况。

刘学红：当时报考的学生特别多，我们入学以后，北京又扩招了一批学生，这样，我们北大新闻专业就有了两个班，每班35人。班上同学年龄差距非常大，小的16岁，大的32岁，大家都有着不同的经历和阅历。差异如此之大的一届大学生，在中国高等教育的发展历程中不敢说绝后，但肯定是空前的。那些插过队、有工作经历的同学，无论是思想水平，还是生活阅历，都给我们这些年龄小的同学以帮助和启迪，彼此在一起能学到很多的东西，这些都是现在的大学生享受不到的。

学校对我们这批通过高考考上来的学生特别重视，安排有名的老教授给我们上课。方汉奇教授讲新闻史的时候什么稿子都不拿，讲得特别生动，我们佩服得五体投地。中国新闻学界泰斗甘惜分教授教我们新闻理论，还有像袁行霈教授等都亲自给我们上基础课。现在回头想想，很多的理念、价值观，都是北大老师用自身言行、精神来感染学生的。

记　者：在学校，除了上理论课之外，还参加新闻实践吗？

刘学红：学校把校报的一些采写工作都交给我们新闻专业的学生了，只要有活动就写。我们进校的那年正好是北大建校80周年。还有第一届北京市高校新生运动会在北大召开，这是恢复高考后北京市第一批新生的大聚会。以体育的形式来展示新风貌，对大家来说挺新鲜，学校也特别重视，把运动会宣传报道的工作交给了我们这两个班。大家被分成若干个小组，分别采访各个高校，大家的积极性非常高，比着看谁做的报道好。我们从原来只知道"新闻"这个词，这次真正地去体验了一把新闻采写的实践。运动会结束后，学校对我们的报道非常满意，说这帮准记者干得不错。

记　者：在学校的时候去过媒体实习吗？

刘学红：我们入校的第二年就去实习了，我去的是武汉长江日报社，在那里实习了两个半月。我的发稿量至少是十几篇，不算第一也算前几名的，有几篇在当时还产生了比较大的影响。我比较喜欢写人物，其中的一篇长篇通讯叫《春天啊，春天》，写的是一名搞生物制品研究的老教授的遭遇，为知识分子说话，属于批评性的报道。在《长江日报》发表后，在当地引起了很大的反响，也引起了争议。最后，市里、省里和卫生部都派人来了解情况。这个教授的境遇

随之发生了180度大转变，成为了新闻人物，后来还成为了武汉市政协委员。所以我觉得第一次实习收获很大，对新闻记者的社会责任感和使命感都有了切身的感受。作为一个媒体人，你有了话语空间，以一种客观公正的态度报道出来，就能促进或改变某些社会事件的进程，能帮助许多人实现愿望，改变他们的人生命运。这就是新闻记者跟别人不太一样的地方。

记　者：毕业分配的时候，你为什么选择了中国青年报社？

刘学红：临近毕业的时候，大家满脑子都想着进入人民日报、新华社、中央人民广播电台等这些大单位。《中国青年报》在文革期间停刊了，1978年10月才复刊，一周出两期，当时名气不是很大。有一天，学校把中国青年报社总编辑请来给我们做了一次报告，介绍了这个报纸的传统以及报道特点。这让我们重新认识了这张有锐气的报纸，它敢想敢说敢报道，不仅有深度，而且风格很活泼，所以当毕业分配单位的时候，我第一志愿报的就是中国青年报社，最后如愿以偿。

能够接触到新鲜事物、能够从事自己喜欢的工作，让刘学红乐在其中，但是她并没有停止对新事物探寻的步伐。作为中央级新闻媒体中首家实行市场化运作的媒体网站，管理经营好中青在线对于刘学红来说又是一件颇具挑战性的工作。

## ／增长的是年轮，不老的是心态，我不安于现状，总想弄出点新名堂

记　者：你创办与主持的《中国青年报》教育导刊，做得红红火火，为什么在1998年的时候，又执意去了网络呢？

刘学红：我主持教育导刊整整五年，这五年间我还间作套种，同时办了一份大众媒体首创的电脑周刊。面对信息社会已经发生的这一切，你还敢说电脑不过是一种家用电器吗？又有哪一种家用电器能像电脑这样让人感到振奋或恐惧？电脑在改变着世界，也在改变着每一个人的学习方式、工作方式和生活方式，它是一场实实在在的革命。我越来越被它迷住了：小小的电脑屏幕就像一个魔幻的窗口，能够变化出不可思议的东西。我上中学时就喜欢物理，没想到这个兴趣在电脑领域获得了满足。所以，当电脑日益兴盛尤其是网络兴起之后，我便从教育导刊出来，新组建了一个电脑网络部，专门从事电脑网络方面的新闻报道。后来，我又主动请缨，一边办电脑周刊，一边筹备《中国青年报》网络版。2000年，一家公司想与报社合资成立一个网站，于是中国青年报网络版在5月15日摇身变成了中青在线网站。我也就顺理成章地成了网站的总经理。增长的是年轮，不老的是心态。这是《中国青年报》记者独有的风采，我也未能幸免。所以，总不安于现状，总想搞出点名堂。

我觉得媒体网络化是未来一个不可逆转的趋势，早转总比晚转强。当然，做网站很辛苦，压力也很大。既没名又没利，跟当记者完全是两种感觉，创业初期可以说有天壤之别。但这是我喜欢干的事，我喜欢做不确定性很强的事情，享受那种挑战和探索的感觉。有人说网络是年轻人的天地，同龄人中能像我介入网络这么深的不太多。网络领域的变化非常快，而我对这些变化一直保持着好奇心。我觉得保持这种对任何事情的新鲜感，也是从事新闻这个职业的一个基本素质，如果你对任何事情都没有了兴趣，你也就不适合干这一行了。

记　者：中青在线与传统的党报上网有什么区别呢？

刘学红：最大的区别在于，中青在线一开始就是公司化市场运作，新闻信息的发布只是网站的任务之一，更多的是要为青年提供网络方面的服务、举办相关活动来形成自己的经营特色。目前新闻网站有两种模式：一是新闻的"多而全"，二是新闻的"特而精"。"多而全"的新闻网站以新华网和人民网为代表，商业网站以新浪网和搜狐网为代表，其他新闻网站的努力方向都应该是"特而精"，比如：中国法院网以法治新闻为特色；中青在线以青年新闻为特色。

中青在线的特点主要有三个，一是鲜明的新闻特色，二是以满足青年求学、求职、求知和追求时尚为主的服务特色，三是以中青论坛和中青家园为平台的青年交流。中青在线这一品牌从无到有，从小到大，经过八年多的努力，在社会上已经具有了相当的影响力。只有做出自己的特色，才能吸引网民对你的关注，网站才能有更好的生存和发展空间。

面对网络媒体的兴起，传统媒体先后经历了高兴、担心、幸灾乐祸和恐惧的心态。但传统媒体之所以建网站，主要基于两方面的考虑：担心被互联网淘汰，同时自身需要向新的传播模式转型。

## ／我们现在"河当中"，所要把握的是不要在过河时把自己淹死

记　者：　"报网融合，一体化运作，整体化经营"这一经营理念，是如何实现的？

刘学红：这个理念是中国青年报社党组提出来的。目的就是要实现报网融合，使中青在线网站与《中国青年报》实现顺利对接，以迎接媒体网络化的挑战。报网融合不同于报网互动，而是两者的有机整合，真正实现一体化运作。以前中青在线刊登的新闻就是《中国青年报》的电子版，两者之间没有太多关联，我弄我的，你弄你的，谁也不理谁。现在报社成立了一个网络中心，中青在线已经纳入到整个报社体系中去了，几乎各个新闻采编部门，甚至包括经营部门，都有网络配合的规划和要求。这为加速报网融合提供了很好的内部动力和外部环境。

比如我们现在与北大、清华等全国63所著名高校联合成立的"中国高校传媒联盟"，就是报网融合的一个重头项目。它整合了报纸和网络的资源，利用两个平台为高校和大学生服务。再比如我们组建的大学生通讯社，把大学生们的投稿、发稿形成一个综合系统，报纸和网络共享资源，也能充分调动大学生记者的积极性。现在，网站已经不是中青在线自己的事情了，它是《中国青年报》品牌的延伸，功能的拓展，是《中国青年报》的网络形态。中青在线为《中国青年报》搭建了一个未来生存的平台，开辟了更为广阔的发展领域。

报社准备在二三年的时间内完成报网融合这个工程，逐渐实现一体化运作。报纸的网络化也是一个新生事物，是所有传统新闻媒体都面临的一个新的巨大的挑战。当别人还在为传统媒体如何网络化而困惑的时候，我们已经开始了报网融合的实践。尽管这个工程面临许多不确定因素，但正因为它的不确定性，才具有迎接挑战的魅力和吸引力。这种感觉是我所喜欢的。

记　者：　从报纸到网络版再到网站的经营，你一直都说是在"摸着石头过河"，是不是没有什么经验可借鉴？当这些问题摆在你面前的时候，又是如何去一一解决的？

刘学红：媒体的网络化绝对是一个前无古人的事情，没有任何经验可供借鉴。刚刚开始做网站的时候，根本不知道从何处营利。第一年闷头做内容，开通的时候把报纸上的新闻人为地分成四个频道就算"网站"了。后来招兵买马，扩充内容，7个月后，网站由4个频道变成了12个频道，初具雏形。但是内容有了，怎么去经营仍然不清楚，于是就让各个频道的人出去跑市场，看哪些东西是被市场认可的，经过一年的摸索和实践，大家发现教育和人才培训这两个领域是我们的特色，虽然那个时候我们的品牌影响力有限，但仍然有人认可你的某些方面，愿意把钱给你。于是，我们又开始按照市场的需求调整网站的频道，加大在教育和培训方面的投入，通过各种形式突出自己的特色。经过两年的摸爬滚打，最后终于找到了网站的定位。

现在中青在线的盈利模式主要有三个：一是新闻信息增值服务，包括手机和无线领域的增值服务；二是面向校园市场，一方面为学校提供教育招生、品牌宣传推广的服务，另一方面满足大中学生求学、成才等方面的需求，组织各种有吸引力的校园活动；三是为大学生和社会青年提供创业方面的培训和指导。

记　者：目前报纸面对网络的严峻挑战，你是如何看待未来报纸的走向？

刘学红：现在似乎还看不清楚哪一种模式能够真正走出困境。我认为未来的报纸大致有这样几个走向：一是深度化，避开网络即时性强的锋芒，加强对新闻的深度报道、分析和评论；二是休闲化，突出报纸携带方便的特点，提供时效性不太强的生活娱乐和资讯服务；三是杂志化，注重新闻的故事性，以情节曲折、描写细致吸引人。同时，必须尝试报网互动，进而达到报网融合，实现一体化运作，其中包括内容、经营、人才三个方面的全面融合。如果能把几种媒体的特点优势相互整合，短处彼此弥补，一定会开创出一个新闻传播的新天地。

采写/王蕾 李丽颖 孙乐

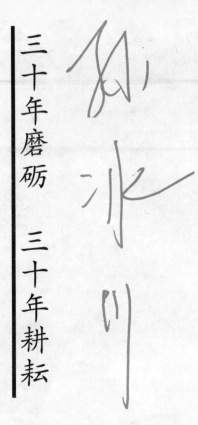

北京大学学籍卡

姓　　名／孙冰川
性　　别／男
出生日期／1947年12月
籍　　贯／甘肃
入学时间／1978年
毕业时间／1982年
所在院系／中文系
专　　业／新闻
获得学历／本科
获得学位／学士
工作单位／中央电视台
现任职务／副总编辑

**毕业后主要经历**

1982年　中宣部新闻局，历任干事、副处长、处长、副局长
2004年　中央电视台，副总编辑

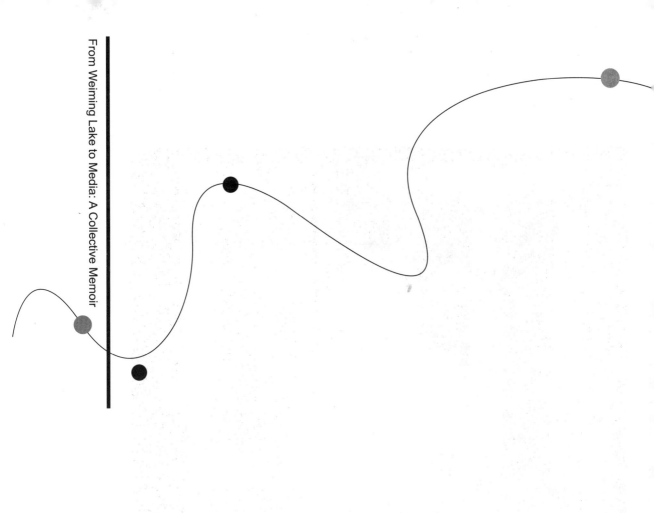

孙冰川

中央电视台每晚在《新闻联播》之后都会播出一档收视率极高的王牌节目《焦点访谈》。在节目结束后的迅速滚屏中，你也许不会注意到一个名字：孙冰川。实际上，《焦点访谈》、《新闻调查》、《新闻会客厅》等央视品牌栏目的节目总监之一正是现任中央电视台副总编辑的孙冰川。

## ╱而立之年上大学，我觉得做记者可以为民请命，为民说话

记　者：你当时为什么要报考北大，而且选择了新闻专业？

孙冰川：1978年上大学时我已经30岁，孩子都有1岁了。报考的时候一共填了三个专业，我填的第一个就是新闻，第二个是历史，第三个是哲学。因为我从小就爱看书，比较喜欢文史哲，还有就是我亲身经历了"文化大革命"，特别是"四五"事件，对当时"文化大革命"时期的政治气氛不满意，我觉得做记者可以为民请命，为民说话，当时自认为有一种"政治责任心"，所以第一志愿就报考了北大中文系新闻专业。

在发录取通知书之前，先发了一个小纸条，上面写着高考成绩。后来正式的通知来了，是第二批扩大招生的通知书，我特别兴奋。骑着自行车，报到的前几天先到北大校园里看了看。那时候的北大跟现在可不一样，到处还贴着大字报。入学后，我的宿舍是在26号楼，后来搬入32号楼，一个寝室里住7个同学挺挤的，不过感觉不错。我们班一共有5个同学已经有孩子了。我年纪属于最大的，最小的是应届高中毕业生，和我差了十多岁。年纪轻的同学对我们很尊重，大家相处得都很好。当时我是党员，还是班长。

记　者：当时的大学生活是什么样的？

孙冰川：那时候特别崇拜北大的老师、老教授，他们给我们上课，旁征博引、挥洒自如，听得我们如饮琼浆，叹羡不已。同样一个问题，学术界有哪些观点，自己是什么观点，全都告诉我们。这种讲课方式，让我感悟到做学问的方法，确实是终生受益。因为是刚刚经过了"文化大革命"，老师们很久没有讲课，恨不得把自己一生的研究成果都教给我们。

我印象特别深的，是新闻界最有名的几个老教授都亲自为我们讲最基础的课，甘惜分先生讲新闻理论，方汉奇先生讲中国新闻史，张隆栋先生讲国际新闻史，还经常请新闻媒体的一些"大腕"记者开讲座。我在学校时就写过一篇论文《梁启超的新闻思维初探》，得到方汉奇先生的指导。当时没有广电方面的课，但请过中央电视台的陈汉元老师开讲座，这是我有生以来第一次学习电视报道。

令人难忘的还有一个老师，叫金开诚，他给我们上文艺心理学，属于自选课。他讲课特别风趣，性格随和，印象最深的是他说"大家不用记笔记"，"我的考试保证大家都能通过"。果然，考试的时候，他只在黑板上写了一道题，我记得题目好像是："文学创作可否不用形象思维"，答卷只要求写一个字，"是"或者"否"即可。在这门课里，我至今都记得金老师说的一句话："读书或做学问，要在有意注意中完成，而不是在无意注意中完成"。北大的老师除了教知识，更重要的是教给你学习和研究问题的方法，并形成自己的观点，这对于一个人的一生成长，实在是太重要了。在我后来工作的二十几年中，我也曾多次向朋友传播这个观点。

记　者：在学校的时候参与过什么新闻实践工作吗？

孙冰川：上学期间一共有两次实习。第一次实习是1979年，在山东大众日报枣庄记者站实习三个月，跟着老记者采访煤矿、下矿井。第二次是在光明日报实习。那时候，光明日报的编辑，都是用毛笔蘸红色的墨水改稿，很认真，很敬业，我觉得很新奇，感到他们很儒雅。1981年实习期间，我跟着一位老记者去丹东采访企业应用新技术与安排劳动力就业的矛盾关系问题，回来后连发了三个《光明日报》头版。看到自己的名字署在报纸上，虽然只是"实习记者"，那

心里的滋味也是美得一塌糊涂。这次实习感觉特别好，因为自己想做记者，特别是想当报社的记者。毕业的时候，特别想去光明日报。但是最后没有去成，挺遗憾的。

## ／我一心想去报社当记者，没想到在新闻局一呆就是22年

记　者：那毕业分配你怎么又选择去了中宣部新闻局呢？

孙冰川：我们毕业分配的时候，不仅是新闻单位，国家部委机关也特别需要学习新闻方面的人。我们两个班大约有10多个人分到各个部委了。我当时一门心思就想去报社当记者。不一定是多大的报社，能去一个小一点的报纸也行。只要能出去采访，写的稿子能够登出来就行。可是毕业分配时，第一次征求意见让我去一家通讯社，我不愿意去。当时我对新闻工作认识很肤浅，觉得通讯社就是发稿子，如果去那里工作，自己好像只是"半个新闻工作者"。为什么最后还是去了中宣部新闻局呢？当我知道没有调到报社的可能之后，我就想，反正中宣部新闻局是新闻工作的主管机构，和下面的新闻单位经常打交道，先去呆两年再找一个报社调动，也就是现在讲的跳槽会比较方便。结果没有想到，我在新闻局一呆就是22年。

记　者：在机关工作，是不是很枯燥，刚去的时候遇到什么困难了吗？

孙冰川：在新闻局工作最大的好处是政策性强，培养了自己从政治的角度认识新闻工作的能力，培养了自己处理事情的政治意识、大局意识和责任意识。我对那时的新闻局生活，至今非常留恋，自己的工作能力都是老同志们手把手带出来的。我刚到新闻局的时候，整个新闻局就十多个人，一个局长，其他的都是干事。局长是王揖同志，"文化大革命"前就是人民日报副总编，干事大多是资深的新闻工作者，有1938年就参加工作的老革命，有的当过新华社分社的社长、省级电台的台长、报社的总编，在新闻局都是干事，每个人负责一摊子事。我上学的时候，觉得自己作文水平还行，但刚到新闻局，居然发现自己不会写公文。第一次王揖局长让我写一个新闻口径，我就按照以前写文章那样，写了一百多字。局长一看，"啪"一拍桌子，说"你这还是大学毕业的大学生呢，写个新闻口径都不会，哪儿有这么写的！"然后他就教给我怎么写，实际上就是一个报道的要求，就是一句话，一行字就行。

记　者：在新闻局除了日常工作，有没有让你记忆深刻的事情？

孙冰川：除了让自己思考问题的方式逐渐成熟起来，我也在写文章，一篇影响较大的文章是1984年发表的《关于新闻失实的若干问题》。我积累了近半年的资料，搜集了很多新闻界失实的案例，总结起来写了一篇文章，发在新闻学会的一个理论刊物上。这篇文章在新闻界影响很大，中宣部把解决新闻失实问题专门作为全国新闻界的一项工作要求，重视新闻报道准确性。那个时候在新闻理论界对新闻失实的概念争论很大，似乎至今也尚无定论。

## ／过去怕突发事件报道会影响老百姓的情绪，现在怕老百姓得不到信息会影响情绪

记　者：2004年2月，你调任中央电视台担任副总编辑，主管中央电视台新闻评论节目。你的名字也与一系列品牌电视栏目和重大新闻报道联系起来，2008年汶川发生大地震，中央电视台做了及时全面的报道，能给我们介绍一下这方面的情况吗？

孙冰川：地震发生的时候，我们正在台里开编委会。赵化勇台长指示立刻了解情况，后来地震局说是四川发生了地震。得知情况以后，新闻中心马上派出由副主任带队的13名记者，赶赴四川地震灾区报道，央视一套和新闻频道马上并机直播，因为一套是覆盖最好的频道。有同事告诉我，我们央视从灾区传送回来的第一个画面既不是通过卫星，也不是通过广电的光缆，而是通过网络用QQ软件传送的，当时无法考虑画面的清晰度，只要有画面传回来就先播出。新闻最重要的是传播，一定要在第一时间传播出去。

这次对汶川地震的报道，对中央电视台来说，是一个全面的突破。两三年以前，都是不可想象的事情。以前按规定，报道突发事件必须向主管部门请示，同意之后才可以做报道。这次汶川地震，新闻单位经过核实，马上就报道出来，而且是向全世界直播。央视直播持续时间之长，创历史之最，在以前是无法做到的。

对重大突发性事件的报道，过去是要等主管部门发布的信息才报道。现在对于事情的进展情况，往往主管部门也在通过媒体获得最新的消息，新闻媒体的传播功能得到了最充分的体现，也体现了电视的作用和影响力：生动、直观、眼见为实。发生了突发事件，先报出去，让老百姓知道，这个转变很重要。这次启动全面直播的报道，也是重视受众知情权的体现。

记　者：你刚才所说的突破，是指中央台，还是针对所有媒体？

孙冰川：不仅中央台，所有媒体都一样。汶川地震报道在中国新闻史上是划时代的。过去我们怕突发事件报道会影响老百姓的情绪，现在是怕群众得不到信息会影响情绪。我们要告诉老百姓事实，这是一个很大的变化。在这个基础上，所有的报道要考虑社会效果，怎样更好地去报道。这样，我们看问题的出发点、路线图就完全不一样了。

记　者：这个突破算不算一种新闻改革？

孙冰川：新闻改革说起来很简单，实际上并不那么简单，前进一步要很多年。如改进时政报道，要把两会期间的《新闻联播》控制在半小时之内，这个问题估计10年以前就提出了。这一步，中央电视台是慢慢做到的。今年两会期间《新闻联播》只有三天是超时的。

新闻改革，要客观一点看。一方面我觉得要不断地改革、前进，另外一方面也不是说改就改过来了。光提问题怎么解决问题？我希望大家都能更多地认识新闻规律，全民加强新闻规律意识。这几年在不断改进的，一个是会议报道和领导同志活动的报道，还有一个对突发事件的报道。我们一直在研究如何改进突发事件报道，可能有六七年了，但前进不是那么简单。今年是报道变化比较大的一年。像汶川地震，从5月12日到7月18日天天直播，史无前例。

记　者：外界评价中央台对地震的报道都是正面的，没有批评报道，你怎么看待这个说法？

孙冰川：我不太同意这种看法。因为发生地震以后最重要的是救人，所以要报道救人。有的境外媒体报道北川中学，地震以后房子倒了，说是豆腐渣工程。但这个时候，全社会、全世界最关心的，首先是灾区受灾的情况，是抢险救灾工作的进展情况。这时候讨论以前的工作存在什么问题，追究责任是不合适的。就我个人的观点，应该是先救人，你先找问题，最终还是要解决问题。在当时的情况下，先找到了问题又怎么样，能解决吗？救人是最重要的。

记　者：作为中国大陆地区唯一有北京2008年奥运会转播权的电视媒体，中央电视台最初计划投入的7个频道转播奥运赛事，后来又增加了两个频道。你觉得北京奥运会对中央台以后的发展，会产生哪些影响？

孙冰川：这次对北京奥运会的转播和报道，是央视有史以来任务最重、投入人力物力财力最大的一次。不仅对赛事，包括奥运会开闭幕式的转播，都做现场直播。过去对重大活动的电视直播都会有一个延时，一般延时20秒，30秒。这次奥运报道都不延时。这次的奥运报道极大地提升了中央电视台的国际地位和重要性。

以前延时也是出于工作实际的考虑，一是给处理突发事件留出一个时间，比如一个大的场面，突然出来一个不适宜播出的情况，如果有延时的话，就能及时把它避开了。二是延时是为了防止技术性失误。如果直播过程里出现毛病、问题，马上可以处理，给观众看到的是最完美的画面。

现在我们下决心直播不延时，因为整个社会的承受能力在逐渐加强。过去中央电视台直播画面里，如果出现了一个人打着法轮功的旗帜，那是政治错误。现在大家认为，就那么几个人瞎闹，没有什么了不起的。社会、民众、观众有这样的承受力，我们转播自然就不必延时了。电视受到关注度比较高，每一个画面、每一句话、每一个字都有人看，出一点小毛病，观众来信就不停。过去播出不好的画面，是要受处分的。比如你拍海外旅游节目，画面里出现一个国民党的青天白日旗。以前播出这样的画面，我们的社会是接受不了的。现在大家都觉得能够承受，不会影响很大。

总的来说，随着社会接受度的提高，转播的整体质量会越来越好。

## ／ "新闻无学"是因为我们新闻理论研究还不深

参加工作的最初几年，热衷新闻理论研究的孙冰川仍然会和大学同学一起跑图书馆，查资料，在新闻学核心期刊发表论文。对中国新闻学研究，工作多年的孙冰川一直保持着关注，并持有自己的见解。

记　者：你对中国的新闻学教育有哪些建议？
孙冰川：我国的新闻学教育对实际运用的研究做得比较多，新闻理论研究比较弱。现在的理论研究大都是理性的认识，上升到理论层次不够。打个比方说，一加一等于二，这是理论；一个苹果加上一个苹果等于两个苹果，这是应用。现在国内的新闻学理论研究太少，如何从应用上升到理论，这是国内新闻学研究急需加强的地方。

我希望从信息的角度来讲新闻。中国新闻理论研究最早是从徐宝璜开始的，我们现在的研究框架和当时的基本上没有太大区别，没有上升到信息学的理论层次。但是从20世纪80年代开始，世界新技术革命，系统工程、信息工程完全到了一个新层次了。和国外相比，我们国家对于新闻工作的研究，还差得比较远。

当然学新闻最终是为了做实际工作，都是在一个很特定的环境里面，特定政治、历史、文化背景之下做新闻的，所以新闻学教育当然应该重视实践。

记　者：现在有一种观点认为"新闻无学"，觉得没有必要学习新闻学，你是怎么看的？
孙冰川：我们国家持"新闻无学"观点的人，确实比较多。我记得第一次开始评定职称的时候，曾经有一个方案是新闻业务不设高级职称，也就是不设高级记者、高级编辑的高级职称。大家对新闻工作的理论性不是很重视。宣传政策不断地有各种变化，但是理论研究总在后面跟不上。今天这个形势下用这个理论，明天形势变了，理论就是废纸一张。面对这种现象，有人就很苦恼，很难解释。

其实出现这种现象，是因为目前新闻理论研究层次太浅了，常常只是满足于对宣传政策的解读。如果理论研究加强了，对于新闻工作规律的认识更深入了，持"新闻无学"观点的人就会减少。我是希望大家能更多地关注基础的新闻理论研究，这句话后面可以再加上一句，希望大家更多地关注现在世界上的传播学理论。

记　者：你对现在新闻传播专业的大学生有什么建议？
孙冰川：年轻人要善于在自身素质的基础上"打补丁"。作为一个记者，文学、历史知识、文艺知识都好补，要补理论的知识就很难。现在社会发展太快，上学的时候，大学生觉得自己是世界最前沿知识的学习者，到单位工作以后，光靠上学的那点东西，很难做好。比如写一篇报道，只有对报道的内容有一个比较全面、比较深的理解，才能够拿出和别人不一样的稿子。举一个例子，比如环保方面的片子，看片子的时候我问过一个记者，一吨炭燃烧以后排放的二氧化碳是多少，你们算过没有，他们说没有算过。我说不能人家说一个数字，你记下来就完了。一吨煤炭燃烧，产生的二氧化碳要两三吨，如此惊人，你要有自己的感觉，才知道怎么表达好，怎么强调好。因此，要不断强化各方面的知识，不停地"打补丁"，人一生的知识积累是一个"打补丁"的过程。

作为一名新闻记者，要不断地给自己打各种补丁，平常回家少睡点觉，多看点书。有的人觉得当记者走到哪儿都很神气，对工作没有一个正确的态度，轻飘飘的。虽然现在年轻人跳槽也很普遍，但我觉得，一个人如果把新闻工作视为自己的事业，就应该把它当成从事一生的工作，认真去对待。

采写/孙乐 李丽颖 王蕾

千里之行　始于"足"下

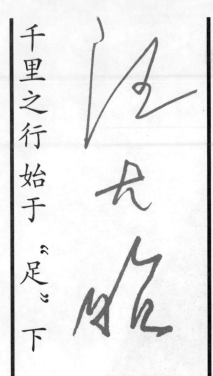

北京大学学籍卡

姓　　名／汪大昭
性　　别／男
出生日期／1951年12月
籍　　贯／北京
入学时间／1978年
毕业时间／1982年
所在院系／中文系
专　　业／新闻
获得学历／本科
获得学位／学士
工作单位／人民日报
现任职务／高级记者

**毕业后主要经历**

1982年至今，人民日报社记者，从事体育报道
　　在人民日报上辟有"大昭评论"个人专栏
　　　现为中华全国体育总会委员
1994年采访美国世界杯，2002年采访韩日世界杯，2006年采访德国世界杯
1988年采访汉城奥运会，1996年采访亚特兰大奥运会
2004年采访雅典奥运会，2008年采访北京奥运会

汪大昭

## ／当时的课堂笔记，我一点都不舍得扔，有时候，还会重新拿出来翻翻

还在上小学的时候，因为每天都要从中国人民大学经过，汪大昭知道人大有一个新闻系，是培养记者的地方，于是就有了一个朦胧的想法，希望将来能够走这么一条路。1977年"文化大革命"结束后恢复高考，在京西煤矿做了10年井下采掘工的汪大昭，迅速抓住这一难得的人生机遇，如愿以偿考进了北京大学中文系新闻专业。

记　者：什么时候去的北大？能谈谈高考这段经历吗？

汪大昭：那个时候我已经在京西煤矿当了10年工人。对于一个人一辈子来讲，在十几岁到二十几岁，那十年太重要了。所以大家都很着急，希望改变那种生活状态，离开那个环境。从单位来说，每年都会有几个幸运者得到推荐的机会，成为工农兵学员，上大学去。大家就去使用各种办法，争取这个名额。但是名额有限，因为年龄的关系，越等希望好像越渺茫。这一切在1977年10月有了重大的转机，那天《人民日报》在重要的位置登了一条消息，标题大意是我国将恢复高考，我就开始匆忙准备。考试是12月，这中间的准备过程，包括报名填表都要完成，备考时间也就一个多月。

我接到通知书到北大中文系新闻专业报到，是第二年的3月30日。入学以后，先后经历了西单"民主墙"、北大学生竞选，当年的好多大事情。特别是那场排球赛，1981年3月20日，中国男排在香港以3：2战胜南朝鲜队，打进了世界杯。北大四千多学生在校内举行了一次游行，喊出了"团结起来，振兴中华"的口号，我也参加了，大家热热闹闹，敲敲打打，把爆竹都点着了。

记　者：在北大学新闻，记忆中有没有什么给你留下了深刻印象？

汪大昭：我印象当中那四年一共有23门课，其中有4门课不考试。印象深的有中国报刊史，外国报刊史，方汉奇教授和张隆栋教授各讲一段。外国报刊史又分马克思主义报刊和资本主义报刊。其中，一个女老师讲马克思怎么办《新莱茵报》，布尔什维克怎么办《火星报》。另外一个老师讲西方资本主义报刊的发展。学生更爱听资本主义那段，很新鲜，很入迷，老师讲得也是眉飞色舞，一套一套的。

我们刚上学的时候，老师言不由衷的情况还是很普遍的，包括讲课。比如那个时候学新闻通讯写作，老师上来就在黑板上写了一行定义"什么叫新闻通讯？通讯是一种描写工农兵高大形象的新闻体裁"。我非常喜欢看瞿秋白写的通讯，可是没地方去买，那时还不让出版。《韬奋文集》我买了一套，还是精装的。

当时北大学习气氛很不错，图书馆占座很火爆，曾经有一幅照片，就是学生在食堂背单词。我们宿舍里有一个同学，他觉得到了北大，守着这么好的图书馆，要是用不好太可惜了。于是就看小说，看世界名著，一天换一本，如果是上、下集，两天换一本，这四年就没停过，所有世界名著，他看过的不知得码多高。毕业以后到中国青年报，做副刊。还有一位也是我同宿舍的，后来在经济日报做副主任，那么厚的《资治通鉴》他四年全部看下来，不是浏览，而是研读。

记　者：你的学习情况怎么样？

汪大昭：从第一学期第一门开始，一公布考试成绩，大家都很关注。有人是优，有人是良，有人不及格，通知开学补考。我到最后19门全考完的时候，有18个优，只有政治经济学是良，心里这个窝囊啊！后来我发现，嗨，完全不必要这么当事。因为很多人都毁在那门课上，都没得优。

老师当时讲的这些课，我记下的所有的课堂笔记，直到现在都还留着，一点都不舍得扔，有的时候再重新拿出来翻翻。在今天看来，里面有些内容可能过时了，甚至有些可笑，但是毕竟当

时老师讲的时候，我是认真地把它记下来的。

上个月底，人民日报社把方汉奇教授请来，给大家讲新闻史。讲课在楼上大会议室里，我像在学校里听他讲课时一样，早早地去，提前拿个本，坐在第一排，离他最近。老先生在上面讲，我在底下记。听他讲课，不光是学习知识，而且是一种欣赏。你要倾听——一个老师确实让学生很佩服，讲的东西很地道，事后再回想这个过程，绝对是一种欣赏。

方先生健康状况良好，1926年生人，八十多岁了，记忆力依然像当年那么好，讲起课来滔滔不绝。我们的年轻编辑听完就问我："哎哟，这老先生记性怎么这么好，说话都不带磕巴。"

我告诉他们，30年前，我上大学的时候，方汉奇先生就是这样。他往讲台上一站，把几张小卡片往那儿一搁，不用教案，然后开始讲。讲到某一段，把小卡片拿起来，读一段摘要的东西。这小卡片上的字比现在电脑里打出来的要小多了。为了读小卡片，他要把他的眼镜摘下来，换一副专门的眼镜。

方老师治学的态度认真，记忆力超强。比如他讲《人民日报》的历史，以1958年大跃进水稻亩产放卫星的报道为例。他说，先登了一个是几百斤，过了几天改几千斤，再过几天是几万斤，直到9月份已经到了几十万斤。这些数据他都脱口而出。

记　者：你实习的时候在哪儿？
汪大昭：我第一次实习是在人民日报社，第二次是在辽宁日报社。大二一次，大四一次。每次大概有半个学期，就是两个月左右。

在辽宁日报社实习的两个多月，我帮他们做体育报道。那个时候有几支外地足球队伍在辽宁参加全国比赛。这期间，我发了很多稿。我后来查了查，在我去之前，那张报纸没有那么多体育报道，我走了以后，又没有那么多体育报道了。

记　者：毕业后你选择做体育记者，和这次实习有没有关系？
汪大昭：我们那个时候国家包分配。毕业的时候是1982年1月，我填的第一志愿第二志愿都不是热门，不会跟很多人竞争。第一志愿填的是留校。第二志愿填的是体育报，就是现在的中国体育报。第三志愿是人民日报。就这样，毕业后分到人民日报，从事体育报道一直到现在。一个人要把一个职业当做一种爱好，才能去追求。要是只当做工作，就交差了事。体育记者是一份工作，如果又是记者本人非常喜欢的，愿意做，工作起来就跟上了瘾似的，那种感觉当然是最好的。客观上来说，体育报道相对来讲比较接近于纯新闻，更容易体现新闻规律。这也是我愿意选择体育报道的原因。

## ／当一个体育记者，非常重要的是掌握历史，掌握越多，下笔越有力

毕业以后二十多年，汪大昭从事体育报道，足迹踏遍了国内许多城乡，多次赴国外采访大型体育赛事。1996年，汪大昭到美国采访亚特兰大奥运会。那天他正在写稿，楼下的奥林匹克公园突然发生了炸弹爆炸，整个大楼剧烈摇晃。汪大昭抓起一架照相机就往出事地点奔去。数小时后他传回的报道即在《人民日报》刊出，成为国内最早得到的关于爆炸的正式消息，也因此得到了中央的表扬。

记　者：1996年，你采访亚特兰大奥运会，奥林匹克公园发生了一次爆炸，当时是怎样的情况。
汪大昭：那天我还在那儿写稿呢，突然像地震一样，整个大楼跳起来，又回到原地了。后来

才弄明白，就在楼底下，有人放了一颗炸弹。当时，我抓起一架小照相机就跑下去了。到楼下一看，一片混乱。在一个很大的奥林匹克公园里面，据说是奥运会赞助商百威啤酒发酵的炉子炸了。美国警察做事真利索，动作迅速。一分钟以后，立刻出现在现场。

后来就开始传说伤了几个人，但数字并不可靠。我采访在场的游客，力求让他们完整地说出刚才看见了什么。回来之后，写了一篇报道马上发回报社。后来，报社说这个稿子受到中央表扬。我才知道这是国内最早得到的关于爆炸的报道。

记　者：你觉得写体育报道时最重要的是什么？
汪大昭：因人而异，没有一个标准规定。从学校接受完新闻教育，开始实践的时候，起步阶段应该怎么样，到中间怎么样，再到后面怎么样，每个人都不同。给我印象比较深的是原足球报老总，叫严俊君。他说他觉一个人正常情况下，当记者干新闻，也就30年左右。我大学毕业离开北大到《人民日报》那年30岁，如果干到头，应该是整30年。

30年是三个10年，第一个10年是积累。这10年当中写东西，应该勤快。腿勤，听说什么事就得跑去看看，不要在网上扫来扫去。手也别懒，不要担心稿子让人毙了。第二个10年，大概是30多岁到40多岁，光腿勤不行，要开始琢磨点东西，要写有思考的报道。但是还要勤跑，能去现场的还得去现场。最后40、50岁那10年，腿肯定不行了。就算你不懒，你想跑，也跑不过年轻人了。这时候可以琢磨事，因为前面有20年的积累，联想能力比人家有优势。最后这10年，腿不行没关系，因为完全可以用别的方式弥补上。

新闻这个事，往往还不是很清楚的时候，就得先去做。做的过程中，还得努力想办法，尽量让它清楚，手底下又别耽误，还得干着。琢磨好了再干是不行的，但也不是稀里糊涂地干完了再去琢磨，任由别人评说，任由历史评说，那也不行。干新闻，自己能想到的还是要想。

记　者：你觉得一个好的体育记者必须具备哪些素质？或者怎么样成为一个好记者？
汪大昭：必须喜欢体育。这种喜欢并不是旁观，而是身体力行。一个体育记者，如果任何运动项目都拿不起来，绝对不是一个好体育记者。

除此之外，其余的应该跟当别的记者没有多大区别，比如表达能力、文字功底、知识面等等。当一个专业记者，不是万能胶，什么都能上手。在体育或者其他领域当一个专业记者，我自己感觉非常重要的是"史"——历史的"史"。

当什么记者就得研究什么史，掌握那个领域的历史。比如说当足球记者，就得了解中国足球史、世界足球史。要按咱中国目前的水平，还得了解亚洲足球史，比如日本、韩国的足球史。

现在写得好的与写得不好的记者之间，往往是在掌握历史方面存在差距。掌握历史越多的人下笔越有力，对事物的看法越能够接近于本质。

当体育记者也是这样，要了解中国体育发展历史、世界体育发展历史，眼下很具体的就是奥林匹克运动的历史。咱都当东道主了，不能还不知道奥林匹克是怎么走到今天的。

## ／我不愿意写的，派我写也不写，不能干违心的事

汪大昭撰写了大量的新闻报道和评论。曾在多家报刊和网站开设专栏，纵论体坛风云，见解精辟、独到。尤以关于足球方面的评论，影响了无数球迷。其作品多次在全国各类体育新闻评奖

中获奖。在个人职业生涯即将迎来30周年之际，他依然乐此不疲。

记　者：我看到你最新的一篇博客文章，说2008年"五一"前你们有个同学会，会上方汉奇老师说了，一个优秀的新闻工作者需要具备四个条件，就是天分、教育、勤奋和机遇。你觉得自己在这四个方面都符合吗？还是其中某个方面比较突出？

汪大昭：方先生说的四个方面，我很赞同。要想成功，真得具备这四条，不过不能倒过来说，具备这四条的人准成功。

现在想起来，最重要的还是机遇。我把机遇放在第一位。如果没有1977年小平复出以后提出恢复高考，我们这一代人的命运就很难想象。所以，这个机遇就个人来讲，可遇不可求。天上掉馅饼了，看谁接得住。要是掉了你都接不住，那就退出来。要是接住了，它能改变你的命运。

机遇之后就是教育。我现在真觉得当时在北大上学的时候，遇到一些好老师。新中国高校第一次院系调整，把新闻专业从北大中文系转到人大，独立成系，我的班主任陈仁风老师就是人大新闻系第一届学生。当时给我们上课的主要就是他们这一茬的老师，还有像方汉奇先生这样的大师。

天分应该排在第四。因为天分这个东西完全不可控，父母给什么就是什么，改变不了。它很重要，但是排次序应该靠后。

我觉得干新闻这个职业，也有一个最佳年龄段。一个人一生，无论是个天才还是庸才，这一生当中只有一个顶点。也许是大器晚成，也许是像神童一样昙花一现。
新闻有很多事情不是关在屋里干的，需要社会实践。相对来说，我刚才说的三个10年当中，正常情况下，事业的顶点应该出现在第二和第三个10年之间。

记　者：你的名字"大昭"——有大彻大悟的意思。有了这么多年工作、学习和生活的经历，有没有什么感悟？

汪大昭：我觉得从一开始学新闻，到今天做新闻，观念太重要了。咱们干新闻的人，自己的想法要服从各种需要，小到报社、报纸版面的需要，大到国家的政策。

我记得20年前，有一次回北大做讲座。学生们提出来一个问题，说"你做了几年记者之后，是否觉得在工作环境里面有新闻自由。具体说，你能不能按照自己的想法写报道"。新闻自由，这大概是所有学新闻的学生都关注的一个问题。

其实，这还是一个相对和绝对的问题。绝对新闻自由，天下都没有，相对的新闻自由，一个国家一个样。中国的相对新闻自由现在开始好转。西方国家的新闻自由是由法律保护的，我们国家目前没有新闻立法，是用其他法律里面一些相关的条文，比如宪法中的公民言论自由来体现的。

我从一开始就这样想，到今天还是这样做，那就是：我想写的东西如果不让我写，那我只好不写。还有一种情况是要我写，或者派我写，但我认为不该写，我也不写，不能干违心的事。写还是不写，这个是自己可以选择的。

采访手记

在中国足坛，汪大昭绝对是个"大腕"。

小时候喜欢玩足球的汪大昭，没有成为一名职业球员，却在足球的另一片天地里纵横驰骋，名震江湖。

在甲A联赛球市最火爆的那段日子，时任广东《足球》报老总严俊君不惜血本，以天价邀请汪大昭和毕熙东等人在该报开设"京华新村"球评专栏。"京华新村"辉煌一时，《足球》报一时间洛阳纸贵。有媒体在文章中这样评论20世纪80年代的足球报道：中国足球一肩挑，左有毕熙东，右有汪大昭。"左毕右汪"凭借身居中央媒体的优势，加上一腔热血，在足球界名噪一时。很多后来的年轻"足记"，都是读着他们的球评成长起来的。

因此，汪大昭的名字，我非常"熟悉"。然而电话打过去，传来的却是一个非常陌生的声音："您哪位？"

报上姓名，他似乎也吃了一惊——我的名字他也非常"熟悉"："啊？字都一模一样？"原来，我的名字和浙江绿城足球俱乐部老总宋卫平同名了。就是这个宋卫平，前些年在中国足坛引发了一场揭发联赛打假球的"黑哨"风暴，震动全国。

我们如约采访，地点就在人民日报社编辑部大楼一层的茶座。汪大昭一身运动服装束，果然是个"搞体育"的。

落座之后，一杯清茶，汪大昭侃侃而谈。一个开始时"熟悉"而又"陌生"的汪大昭，逐渐在眼前变得具体和明晰。后来当我摘下整理采访录音戴的耳机，脑海中于是顿然像放电影一样，映出一幅幅流动的影像：

一个在煤矿挥汗如雨的工人，一个在北大抱着一本书看得津津有味的学生，一个背着一台传真机满世界跑的记者，一听到爆炸声就抓起照相机匆匆跑下楼……白天刚在足球赛场上四处奔忙，夜晚又挑灯伏案奋笔疾书。

30年后，又像当年在北大的教室里一样，他习惯性地坐在第一排靠边的位子，静静聆听已经80多岁高龄的昔日恩师讲座，仔细地做着笔记，尽管他自己也已两鬓飞霜……

常言道：脚板底下出新闻。汪大昭跑新闻，跑出了门道。他说，干新闻要腿勤，多跑。千里之行，始于"足"下。对于一个干了二十多年足球报道并因此成就"大腕"声名的人来说，更见这个"足"字的分量。

采写/宋卫平 史彦 李芸 郑成雯

用心打造"离你最近的报纸"

北京大学学籍卡

姓　　名／吴佩华
性　　别／女
出生日期／1961年
籍　　贯／北京
入学时间／1978年
毕业时间／1981年
所在院系／中文系
专　　业／新闻
获得学历／本科
获得学位／学士
工作单位／北京青年报社
现任职务／常务副总编辑　北京法制晚报社社长

**毕业后主要经历**

1981年　北京青年报社，历任记者、新闻部主任
1985年　赴日本留学，回国后回到北京青年报社，历任部门主任、常务副总编
2004年　兼任北京法制晚报社社长

吴佩华

／一个老师兴奋地把我从课堂叫出去，说："你还上什么课呀，都考上北大了！"

1977年，还在上高一的吴佩华参加了高考，出人意料地考上了中国的最高学府——北京大学，成为了中文系新闻专业年龄最小的一名学生。

记　者：当时是如何参加高考并被北大录取的？
吴佩华：恢复高考的时候我才上高一，如果不是班主任的鼓励，我是不会越级报考的。其实我很喜欢理科，但由于数学、物理和化学都还刚刚开始学，离高考只有两个月的时间，如果全都补课的话肯定来不及。于是，我抱着考着玩的心理报考了文科。父亲在家里辅导我数学，差不多接近当时大学一年级的水平了，地理、历史、政治主要靠背，我没觉得有多难。

当时始终抱着无所谓的心态，所以把志愿报得很高。第一志愿就是北大中文系，第二是复旦的新闻系，第三是北京广播学院的新闻系。其实对记者这个行当我并不了解，填志愿的时候非常随意。

我记得高考考了语文、数学、地理、历史和政治。考完了以后，是好是坏也没感觉，和考前一样照常上课。有一天，老师特别兴奋地把我叫出教室，说："你还上什么课呀，都考上北大了！"那一次高考，北京市共录取了300名在校高中生。

记　者：你是恢复高考后北大中文系招收的第一批大学生，当时班里的情况和现在相比是否很特殊？
吴佩华：对，我当时在一班。我们班年龄最大的比我大一轮（12岁）还多，我是最小的。我们班除了我和另一个同学，其他都是从各个工作单位考进来的。现在回顾起来，我觉得在那个时代年龄太小学文科不是太好，尤其新闻专业需要对社会有更多的认识和实践。

说实话，我上了大学以后，对所学的专业课程都不是很喜欢。因为当时的新闻专业，大都没有正式教材，上课用的都是油印材料，而且政治色彩很浓。我因为年龄小，对这些没有一点兴趣。但我的那些年龄较大的同学对这些课程都很感兴趣，当时正好是改革开放初期，思想解放，他们对政治问题总是争得面红耳赤，特别兴奋。不过幸运的是，我上的是北大中文系，所以还有很多的文学课，这些我还是很喜欢。而且北大中文系的教师都很平易近人，对学生特别好，并且这种好是发自内心的。我对这一点印象深刻。即使你毕业很多年后再去北大，他们还是对你有求必应。

记　者：在北大的学习生活是怎样的？
吴佩华：那个时候我年纪还比较小，说实话，不像年龄较大的同学那么活跃，大概是因为身边没有同龄人的缘故。所以，我更多的是到图书馆看书，或者参加一些班里的活动，学校里的活动参加得比较少。我们有诗社，不过我也没参加，还有戏剧社，有些同学特别活跃，我也比较欣赏他们，他们的活动我都去观看。中文系后来也出了一些名作家。

那时候没有太多报纸，除了《人民日报》、《北京日报》，可能看得比较多的就是《中国青年报》了。当时大家都觉得中青敢说话，还有《光明日报》也是。但是也不是每天都看，因为宿舍里没有报纸，要到系里或图书馆去看。再说那时候的报纸完全是宣传工具，没意思。我看的比较多的是小说，小说我都来不及看，就更没有多少时间去看报纸了，但是别人争论的文章我会去看。

我觉得在北大除了学习具体的知识外，更多的是感受那种气氛对你的熏陶，气氛重于知识。北大有两点让我终身受益：第一就是独立并自由地思考；另一个就是质疑精神。对于新闻专业的人来说，特别是一个记者，一定要有质疑的能力。

## ／我被分到《北京青年报》的原因就是年龄最小，如果《少年报》要人，肯定也是我去

记　者：毕业后是怎样走上新闻这条路的？

吴佩华：我们毕业的时候和现在不一样，个人没有选择，都要服从组织的分配。最好的单位就是《人民日报》、新华社、《北京日报》、《中国青年报》，都是同学们非常向往的。毕业的时候，面临分配，我的那些大同学都去"做工作"，表达自己的意愿和想法，跟领导谈，跟老师谈，但我从来没有找过老师。我觉得整个大学都过得懵懵懂懂的，不知不觉就毕业了。分配的结果是，我和另一个同学去《北京青年报》。当时我根本就不知道有北青这份报纸。后来老师告诉我，我被分到《北京青年报》的原因就是年龄最小，当时如果《少年报》要人，肯定也是我去。

记　者：到了《北京青年报》以后，看到眼前的环境和条件，心里有没有觉得失落？

吴佩华：没有，我从来没有觉得北大毕业生就应该怎么样。还记得当时的《北京青年报》编辑部在市委大院，半地下室，总共才13个人，很小的一个报纸，一周出一期，4个版。上班后才知道《北京青年报》是团市委的机关报。报社对我们很重视，当时我们那一届一共去了5个大学生，使报社的力量一下子壮大不少。

我先是做记者，报道中学生新闻，可能是因为我20岁，在报社是最小的。两年以后，我做了新闻部主任。又过了两年，我办理停薪留职，去日本留学，学的是大众传播社会学，取得了硕士学位以后，又回到了北京青年报社。从部门主任做到了副总编，直到常务副总编。我现在的主要精力是在《法制晚报》，北青集团的工作也要参与，因为在集团还有职务。

## ／集团目标是2004年底达到零售10万份，我们第一天起印就是14万份，
## 　后来再没有低于这个印量

在全世界晚报行业纷纷关门的情况下，2004年5月18日，北京《法制晚报》正式创刊，吴佩华出任社长。

记　者：在北京这个强手如林的都市报竞争环境中，你们为什么要办一份晚报？

吴佩华：一直以来，北京就只有一份《北京晚报》。它已经有五十多年的历史了，而且已经成为了北京市民的"当家菜"。当时各种资料都表明，这个时代晚报这种业态可能在衰退。2004年，香港的最后一家晚报关了门；第二年，台湾的最后一家晚报关闭；中国南方也已经有几家晚报改在早上出版了。当时对新创立一家晚报有怀疑的声音，认为随着夜生活的丰富，人们晚上没时间看报了。但在市场调查中我们发现：一是北京人喜欢看报纸；二是北京的夜生活并不如南方那样丰富，再加上气候的原因，所以北京人晚上在家休闲的占绝大多数，而读报是他们最喜欢的休闲方式之一。

北京是一个拥有1400多万人口的大城市，但是《北京晚报》的发行量，即使在最鼎盛的时候也只有120万份左右。也就是说，还有相当多的人是不看晚报的。那么，更多的人是不爱看晚报，还是没有合适的报纸？调查发现，有相当一部分人是希望晚上读报的。《北京晚报》办得确实不错，很多人都非常喜欢。但是，仍有很多人觉得晚上没有适合的报纸可读，因为北京越来越是一个移民城市，而真正的老北京人已经越来越少。现在北京的大多数人都是外地人过来以后的二代、三代了，还有很多是自己过来在北京创业、然后安家，最后成为新北京人。所以，北京仅有一份京味儿非常浓的晚报不能满足大多数人的口味。现在，我们面对的不仅是传统的胡

同文化或大院文化，北京已经发生了很大的变化，我们应该正视"新北京"文化的形成。

另外，当时北京的早报（综合性的大众都市报）有五六家，竞争激烈，市场饱和。根据这一份很详细的读者调查，我们认为北京的晚报市场还有竞争空间，因此打算把《北京法制报》改造成晚报。当时，集团给我们的任务是：到2004年年底达到零售10万份。而事实上我们在第一天起印的时候，就是14万份，后来就再没有低于这个印量，目前已进入北京报业零售的前三甲。法晚一上市，市民就非常喜欢，这说明报纸的定位还是比较准确的。

记　者：在8家北京都市报的竞争中，《法制晚报》通过哪些拳头产品和拳头项目来突显自己的特色，避免同质化？
吴佩华：《法制晚报》的定位是具有法制特色的都市晚报。之所以保留"法制"二字，这里带有行政色彩，不完全是市场的选择。因为它的报名是从《北京法制报》来的。这样一个名称给法晚的市场推广带来的影响正负都有。最初人们认为这是一张充满了刑事案件的小报，这种定位可以吸引一定的好奇心，但对大众读者和广告市场的开发局限性很大，很难成为主流报纸。

但这一无法改变的名称如果利用好了也可以变不利为有利。现在法律对人们生活的影响是方方面面的，每一个普通人都会接触到法律问题，包括他们的经济行为、社会行为。现在发生了很多具有争议性的新闻事件，这里面有很多的法律问题，我觉得报纸就是要利用我们自己的法律资源给市民提供对这些事件的法律解读。这种法律解读实际上就是要帮助大家用法律的意识去看待实际生活中的每一件事。更重要的是，在日常的社会新闻事件中，用"法眼"看事件为读者提供理性的视角，使法晚的深度报道和言论形成了鲜明的特色。这一点反倒成了初期法晚迅速成功的一个原因。

## ／首先要找准读者的需求，需求找得越准，就离读者越近

记　者：《法制晚报》的理念是：离你最近的报纸。对于这句话，应该如何理解才最接近它的原意呢？
吴佩华：离你最近，就是离读者最近。我觉得报纸也是一种商品，虽说是特殊商品，但是任何一种商品要想卖得出去、卖得好，就必须满足客户的需求。所以，我们首先要找准读者的需求，需求找得越准，就离读者越近；其次，不仅要找到这种需求，还要运用读者最易接受的手段去满足他的需求。这也关乎新闻的理念，比如说你如何设计版面结构，是根据编辑的主观意图，还是根据市场的需求、读者的喜好？

做报纸的人一直在讨论编辑本位、读者本位的问题，我们提出了市场本位的概念。因为读者是千千万万的，究竟要离哪个读者最近，这也很难确定。市场需求是综合的读者需求，它不是指某一个人。我们的晚报，是给一个家庭看的，这个家庭会有老人、小孩，有中年人，还有青少年，有男人和女人。他们可能都会有不同的需求，这在国外被叫做"不特定的大多数"。当然现在有的媒体有很精准的读者定位，那叫"窄众"，可是，我们要面对的是"大众"，所以，最大范围地接近综合性读者的需求是非常重要的。我认为这不是凭主观想象，而是需要严密的市场调查，还要对读者的需求具有特别敏锐的感受力。所以，这个口号实际上代表了我们的新闻实践的理念。

举个例子，我们的最后一个整版是漫画版，有各种游戏栏目。有一次，因为广告比较多，就把那个版给占了。结果，第二天读者特别愤怒，给我们打电话：这个版为什么没了？还有一个小学生，他给他们班三个同学代买报纸，就是为了那个游戏，那天他哭了，因为他把同学的钱都收了，而那天的报纸却没有这个版。

作为一张晚报，它是在晚上或下班的路上供人阅读的，所以，它不仅是新闻纸，同时也是实用纸、娱乐纸、休闲纸和服务纸。这就是为什么我们的文章要短小精悍，为什么我们对新闻事件的解读要更多的用图片和3D图，为什么我们要拿出一版版面来登最流行的纸上游戏，为什么我们要为家庭成员开辟各类健康、理财、电视节目表、畅销书连载等专版。我觉得，所有这些东西都是一份大众晚报需要涵盖的，要能够最大限度地满足读者的需求。

记 者：《法制晚报》的社区版很有特色，请介绍这个版面是如何运作的。
吴佩华：我们有东南西北的社区版。社区版的创建就是根据我一开始提到的：北京越来越是一个大的移民城市，这种城市的居住特点不是过去的胡同，而是社区。

过去，北京人一般是一个单位的人住在一个社区，而现在的社区分布却是根据你的购买能力、你购买的房子的状况，在你住的这个社区里你可能谁都不认识。我认为，在这样一种居住环境中更需要信息的交流和沟通，而且现在有很多新闻不是时政新闻能包括的，我们叫社区新闻。我们创立了这个版块以后，记者队伍也是根据社区新闻的特点来设定的，比如我们东南社区的记者应该就住在这个社区，他也不用到报社上班，他就在那个社区天天转，了解信息。我们的社区版特别受老百姓的欢迎，哪个社区出了什么事，比如跟物业打架了、社区的道路堵塞等等，老百姓都会给我们打电话，我们就马上派记者去调查报道。这就叫"离你最近"，因为我们的记者就在社区当中，就在事件当中。我们根据现在生活方式的变化来安排我们报道新闻的方式。

## ／报纸已经成为很多人割舍不掉的生活方式，只要有人愿意过这样的生活，报纸就不会消亡

在关于未来报业发展前景的大讨论中，"报纸消亡论"不绝于耳。吴佩华说："每个媒体都有它自身存在的价值，只要这个价值还在，它肯定还会在。"

记 者：报纸真的会走向消亡吗？未来报业将何去何从？你作为业内人士有什么看法？
吴佩华：好像有人说报纸的消亡是在2044年。说的还很具体呢。
我觉得媒体肯定是要不断变化的。比如，内容的制造跟过去不一样了，过去只有新闻记者或者报纸能传播新闻，所以报纸对人们来讲是很有权威性的。人们经常会说，"我在报纸上看到的"，而现在大家都说"我在网上看到的"，虽然在网上看到的内容许多也来源于报纸，但网络链接技术下的信息海量和新闻发布的即时性滚动，特别是进入web2.0时代以后的互动功能，对传统的新闻编辑记者的权威提出了挑战。比如说博客，就拿这次汶川大地震来说，多少新闻是从私人博客里面传出来的？如果去统计研究一下是很意思的。现在新闻传播这种互动的方式，使得所有在场的人都可能是新闻记者、是传播者。这些都会给单向传播的报纸造成巨大的压力。

而从另一方面来说，人接受信息的量和时间是有一定限度的，受众的信息接受极限并不会因为媒体的增多而增加，注意力是最稀缺的。所以各种媒体都在拼命地争夺受众的眼球，而受众的分流也在所难免。除了内容的冲击，传统媒体在经营上也正在遭遇前所未有的困境。因为受众的分流，客户和广告商的策略发生改变，具体表现在追求受众的细分和精准，因此小众传媒和窄众传媒已成为发展趋势。

但我认为对传统的大众媒体来说，新媒体带来的冲击并不只有挑战和威胁，还有更积极的意义。它可以促进甚至逼迫报纸在内容和经营上的变革，不断地创新，不断地吸收新媒体的长处，并更多地利用他们带来的新技术。

我认为目前报纸还是有优势的，比如说携带的方便性。还有，我觉得报纸在人们心目中的权威还在于提供的信息是可靠的。所以我认为，纸媒目前来讲仍然是很多人首选的信息渠道，而且在某些方面报纸还会增值，特别是在事件的深度解读和观点述评上。我一直认为报纸目前遇到的困境有客观原因，这些原因是全球性的。但在国内，我们报业的发展也存在自身的问题，在目前很多读者仍然喜欢报纸的时候，报业应当更多地自问：我们是不是做到了最好？

至于报纸的形态会不会变，这就要看技术的变化了。现在有一种电子报，可以放在兜里，广州应该已经有了。这种报纸不是纸，它是一个小屏幕，但是会有一个编辑部，不断地往上面发信息，人们可以不断地接受信息。而将来记者可能不是为一家报纸服务，他的职业就是内容生产者。

电视出现的时候，有人说广播肯定会消亡，但是广播现在也没有消亡；当网络出现的时候，有人说电视会消亡，但是现在电视也没有消亡。

我觉得每个媒体都有它自身存在的价值，只要这个价值还在，它肯定还会在。当然也有人说，报纸将来会成为一个非常小众的、贵族式的媒体，就是给那种看到文字就高兴的人提供的一种读物。我就是这样的人。所以我希望在我退休或老得哪儿也去不了的时候，还会有一种叫"报纸"的东西。至少我们这一代人是看着文字长大的，对报纸、对印刷物的这种愉悦是融入到血液中的，觉得还是非常享受的。有的读者就对我说，一天有一份报纸、有一杯茶、有一个小板凳，就觉得这一天非常幸福。报纸已经成为了很多人割舍不掉的生活方式，只要有人愿意过这样的生活，报纸就不会消亡。

采写 /成艳 何云红 鲁鹏

# 都市报要有主流话语权

北京大学学籍卡

姓　　名／张雅宾
性　　别／男
出生日期／1957年3月
籍　　贯／北京
入学时间／1978年
毕业时间／1982年
所在院系／中文系
专　　业／新闻
获得学历／本科
获得学位／学士
工作单位／北京青年报
现任职务／总编辑

**毕业后主要经历**

1982年　北京日报社　历任政法部记者、编辑、总编室副主任、海外版编辑部主任
1999年　北京晨报社　总编辑
2002年　北京青年报社　总编辑

张雅宾

## ／我报志愿时才知道有个专业是学新闻的

记　者：像诸多同辈人一样，你有过上山下乡的知青经历，当时是怎样的情形？

张雅宾：那是一个完全不知道自己命运的时代。"文化大革命"时，我的很多同学只上完初中就去下乡或参军了，我还比较幸运，一直读到了高中。高中读完时正好是1976年，虽然"文化大革命"还没有结束，但是政治运动已经是强弩之末，知识青年上山下乡、"改造山河"这种"壮举"、气氛已经基本没有了。尽管我们还是不得不下乡，但是我们坚决不喊极"左"口号。当时"四人帮"还在横行，他们的爪牙想抓住最后一根稻草，希望中学里出现"风云人物"，希望我们带头，轰轰烈烈带着红卫兵走向农村。我们上一届毕业生中真的有人喊出这样的口号，说什么"坚决上山下乡，当农民，要当就当一辈子"。这可能吗？这只是捞取政治资本！我是学生干部，是我们这届的头儿，我说咱们坚决不喊这些口号，坚决不要这种"政治资本"。我们的"低调"，也算是对"四人帮"的消极抵抗吧。我们下乡了，生产队的马车来接我们，坐在大车上，望着眼前滚起烟尘的土路，不知道命运会走向何方。

今天回过头去看，插队的生活还是值得回忆的，不是因为苦难，而是因为历练。平地、修渠、插秧、间苗、割麦子、砍棒子、脱坯、起猪圈，什么都干过。两年以后，知青们陆续得到回北京的指标，返城工作，有的干建筑，有的当售货员，有的当清洁工——我呢？

我最大的幸运是赶上了1977年恢复高考，采访我们这一代人，都会这样说，高考改变了我们的命运，它改变了整个中国的命运。

记　者：上北大和学新闻都是自己的初衷吗？

张雅宾：考北京大学是从一开始就确定的。我上高中时虽然赶上"文化大革命"，可我们老师还是认为学生应该学习，认真教我们文化课，我至今十分感谢我的中学老师。他们还是经常搞测验、考试，政治运动风头过去以后，老师还敢把考试名次张贴出来，我一直是第一名。仗着自己学习成绩好，我从报名高考最初就是想考北京大学，觉得理所当然，那就是我要去的学校。

那时高考停了多年，根本就不知道怎么报志愿。问谁谁都说不清，不像今天有大量信息，学生了解有哪些大学，有哪些专业。我那时根本不知道这些，只有一个想法，要考就要考最好的。所以，考北大，我几乎没有什么犹豫。

至于学新闻，那完全是因为一个偶然因素做出的选择。我父亲有一个老同事叫张起良，是20世纪50年代人大新闻系的学生，我叫他张叔叔。我父亲和他在单位机关大院里的林荫路上，往餐厅走的时候，说起我报志愿这件事。张叔叔脱口而出，说你叫他学新闻，报新闻专业。他了解新闻系的情况，对我父亲说了一通新闻专业怎么好，将来做记者多有意思等等。父亲回家来，告诉我这个建议。我说原来还有专门学新闻的专业，想了想觉得还不错。首先，新闻是一个应用性很强的学科，那时觉得纯理论没意思，像哲学、历史在"文化大革命"中被政治运动利用，搞得乌烟瘴气，致使这些专业都让人反感；其次，新闻和社会紧密相连，能通过工作来参与社会、影响社会，我觉得这一点很重要，很符合我心中的愿望；再就是，新闻对我来说，确实也有一点神秘感，当时觉得做记者很神秘。就这样，我选择了新闻专业。没想到，一干就是几十年。

记　者：如愿考入北大，你觉得她给了你什么？

张雅宾：北大影响我很多，其中一个是培养了我独立思考的习惯。一般来讲，人们多用"爱国、进步、民主、科学"等来概括北大精神，这是普遍的看法，当然每个人又会有不同的理解。"兼收并蓄"是北大的治学思想之一，但"包容"也会存在一个问题，就是各种思潮、理论、主义都进来，哪些好，哪些坏？需要分析和判断，而不是把所有东西像和面一样揉在一起。这就要求独立思考。所以我觉得，从根本上说，北大推动了个人进行独立思考。

前不久，我和几个同行聊天。大家都觉得，经过这次抗震救灾报道，中国的新闻传播事业一定会走向一个新的解放，以后一定会大踏步前进。我说，这也未必。然后就有人说，你看你看，这就是北大出来的，永远质疑。我一想，的确如此，我是常常质疑。生活中确实有很多事物是不能简单用"赞成"或是"反对"这样的词汇加以判断的。我觉得"独立思考"和"质疑"是记者应该具备的一个特质。如果不质疑，一切都是对的，那要记者干什么？

对我影响大的，还有"志在一流"的精神。从北大毕业的学生常常是这样，做事情，只要做了，就要做到最好，要么我就不做。北大的老师也经常给学生这种训练：这个题目你做不做？你如果做的话，就一定要做到最好："前无古人"，之前没有人做到过你的程度；"后无来者"，做完后也不能让人轻易赶上去。"志在一流"这股劲儿，就这样在我身上留下烙印。这倒不是说北大毕业的学生自命不凡，而是说，我们确实一直在追求这样一种境界。

## ／要说印象最深的还是老师

记　者：回想北大求学岁月，印象最深的人或者地方是哪些？

张雅宾：在北大读书四年要说印象最深的还是老师。高考不仅改变了学生的命运，也改变了老师的命运。他们看见我们这些考进来的学生，不仅为我们高兴、骄傲，他们自己也感到扬眉吐气了，因为知识有价值了，受尊重了。"文化大革命"时很多老师都因政治运动或社会关系等原因多年不能讲课，而我上大学那年所有的老教授都精神抖擞出来讲课。当时我们没有像样的教材，"四人帮"编的那些根本就不能用。老师们就从头开始，自己写教材油印出来给我们讲课。有这样一批了不起的老师，我们很受益。

很有意思的是，那时我们会把老师分成两种，用两种称谓。对于年轻的，比自己大一点儿或大不了太多的老师，我们叫"老师"。但如果是50多岁、60岁以上的老教授，我们就称"先生"，这是北大的传统，到现在，我们还是称他们"先生"。比如，我们新闻专业的方汉奇方先生，甘惜分甘先生，张隆栋张先生，现在我们也叫先生的。我们常开玩笑说，现在在北大是不能随便穿中山装的，至少我们不敢——因为在北大现在仍然穿着中山装的，一定是最有名的教授，是德高望重的，是泰斗级的人物。

这些"先生"，越是大学者，越没有架子。我刚入学时，对他们非常佩服，甚至敬仰，有时都不敢相信，怎么能有机会跟这么大的人物学习呢？先生们反倒是循循善诱，非常和蔼。比如像吴小如先生，吴先生个子不高，穿着中式对襟的上衣，每次上课必要带一包香烟。吴先生的香烟都是带过滤嘴的——那时候只有好烟才有过滤嘴。课间休息，老先生开始抽烟，有些年龄大的同学，假装去跟老先生提问题，其实就是跟先生蹭好烟抽。先生呢，也是"来者不拒"，人人有份，讲台前烟雾缭绕，笑语欢声。

记　者：平时除了上课，你们这帮同学最喜欢做些什么？去哪儿？

张雅宾：那个时候没有太多课余生活，就是一心读书。命运好似突然把我们从凡间送上天堂，天堂的生活就是读书，或者说能读书就是我们最好的天堂生活，一天到晚就是念书、读书。课余当然偶尔也会玩去，但没有一个特别要去的地方。我记得家里条件稍微好一点的同学有自行车，大家就经常骑自行车，没车的就坐自行车，到颐和园里去念书。那时，颐和园的西墙、南墙一带非常偏僻，几乎没有人去。我们去颐和园也从来不买票，只要沿着围墙走，肯定会有缺口，顺着缺口就进去了，那时候学生穷，也没钱买票。我们常常是带一瓶水，进去之后，找一片草地躺下来就开始看书，看累了就聊天，甚至还打打闹闹。有时候我们也会带着照相机，去西山的风景区照相——不过这不是浪漫，而是要完成摄影作业，照相机也是课上发的。这就是我们最快乐的生活。

## ／莫说做这份职业就是为了吃饭，这对记者是天大的侮辱

记　者：你是怎样理解记者这个职业的？

张雅宾：社会上有些职业就是"饭碗"，你从事这个职业可能就是为了吃饭。但是记者不是。如果你对一个记者说，你做这份职业就是为了吃饭、拿工资，这对他是天大的侮辱。因为，这个职业的社会责任感和历史使命感，与生俱来，天赋人授，这种具有神圣使命的职业，社会上只有不多的几种。无论在日常生活中还是在历史重要时刻，记者的职业特征都会表现出来，比如在最近的抗震救灾中就体现得最明显。

北大四年的学习让我逐渐地感悟到了新闻工作的职业特征和使命感。每个北大人都有这种情结，都有改造社会、造福人民的理念。中国的文人从古至今就是这样，修身、齐家、治国、平天下。我理解，记者就是这样一种有着文人情怀的职业，它确实是一个可以对社会进步有推动作用的职业。

记　者：你如何评价这次抗震救灾报道中媒体的表现？应对灾难，媒体应负什么样的责任？

张雅宾：前不久，我参加了一个研讨会，就是讨论这个问题。这次抗震救灾报道，中国新闻界整体做得很不错，在很多方面取得了突破，有些进步是里程碑性质的，为今后的灾难报道、信息公开提供了新的范式。尤其是开始阶段，对灾情及时披露，没有发生延误。随后的报道，在视角、方式、规模上也做得不错。当然，值得总结的地方也不少。

我觉得灾难报道事关公众的知情权，重大自然灾害与每个人的人身安全息息相关，与整个社会的平稳运行也有重大关联。所以，如果其他方面的报道还有所顾虑的话，在这个问题上，公众知情权应该得到完全满足。前期媒体对信息的把握和选择，做得最好，但我觉得，这次报道也有需要完善的地方。比如，在信息的丰富性、多样性、多侧面、多角度报道方面还有很大空间。通过恰当的报道方式，报道灾难本身的惨烈程度，也是必要的。其目的是让公众对灾难有一个完整的认识。

记　者：就目前新闻传媒的发展变化，你怎么看？传媒变革最迫切的一步是什么？

张雅宾：我认为，最重要的应该是通过新闻立法，用法律来确立新闻传播在整个社会生活中的定性、地位和作用。不依法立身，不依法运行，新闻传播就没有力量。新闻传播已经进行了这么多年的实践，它在不断进步，它也取得了可观的成果，这是我们传媒人和整个社会不懈努力的结果。在未来，新闻传播要发挥更大、更好的作用，还有赖于政治体制的充分改革和政治民主的健康发展。

我们看到，和其他领域发展的速度和取得的进展相比，新闻传播发展的速度还是让人觉得太慢了。新闻传播还没有真正满足社会发展和人民群众的需要。新闻传播同样应该在科学发展观的指导下科学发展。我认为，在这方面，还有相当大的差距。

## ／打造一份有公信力和权威性的报纸，这是趋势

记　者：你理想中的"北青"应该是怎样一份报纸？

张雅宾：一张有公信力和权威性的主流报纸。我们始终朝着这个方向努力。要知道，现代社会

信息量大，传播渠道多，一张报纸不可能包打天下，读者还会接受其他传播方式。但通过报纸了解信息，还是受众很重要的一个渠道。所以，我们提出，要办一张有权威性和公信力的报纸，就是说要使读者——日常信息看看《北京青年报》就够了，重大新闻一定要看看《北京青年报》怎么说。这就要求我们的报纸一定要准确，一定要鲜明，一定要公允，一定要平衡。在浩瀚的新闻信息里，我们要努力实现报道的充分，同时要为读者梳理信息，使之主次分明，方便读取，还要给读者一些观点和意见，为读者认识世界提供帮助。

记 者：这是"北青"的理想之路，还是报业的发展趋势？

张雅宾：从一定意义上讲，可以说是报业的发展趋势。我觉得到今天，在报纸这个行当里，以都市报为代表的新兴报纸做了很多探索。我一直在想，都市报如何做到进一步优化呢，不要只刊登那些打打杀杀、猎奇的新闻，越来越走向"小报"的末路。都市报从市场中成长起来，也被读者所认可，但不能就此满足。我认为，都市报一定要走向主流化，在社会生活中发挥更大的作用，一定要把自己变成一个能够代表社会主流人群的，传播主流价值观的，具有主流发言能力的报纸。

党报、机关报，我看也应该走向市场，用读者喜闻乐见的报道形式来赢得读者，获得更多的市场份额和更大的影响力。未来中国报业发展，会将这两种报纸通过多方探索逐渐融合，最终形成一种全新的、广受读者欢迎的、自费购买阅读的主流报纸形态。

## ／记者这个行业，从来都不缺能写稿子的人，而是缺思想者

记 者：作为一个过来人，您能给高校新闻专业的学生提一些学习和职业规划的建议吗？

张雅宾：我一直认为，大学里认真学习专业基础知识，同时广泛涉猎多学科知识、勤于思考的同学，将来从事记者这个职业后劲大。对于将来想从事新闻职业的人来说，一定要学会观察社会，研究问题，"技"和"思"二者不可或缺。记者这个行业，从来都不缺能写稿子的人，而是缺思想者。

记 者：你认为现在的新闻教学应该如何改进？

张雅宾：从新闻教学这个角度来说，我认为有两个问题：第一，动手和操作其实还能再教得细一点。因为新闻毕竟是一门实践性很强的学科，教学应该做到让学生毕业后"来则能干，干则胜任"。这个"动手"又需要强调两个问题：一是培养快手，比如写作不但要能写，而且要写得快，书斋里的写作和新闻写作，要求是不同的；另一个就是要教给学生新闻媒体的运作方式。这一点外国教学就比咱们好，要让学生边干边学，了解和明白一个编辑部是怎么运行的，各种岗位如何操作，各道工序如何衔接等等。

第二个问题是，希望能在新闻学教学中引入案例教学，让学生分析、研讨、编写办一张报纸的整体方案，掌握整体办报思路。只有了解了整体办报思路，才能知道各种专业课程和技能如何发挥作用。传统的新闻教学，把课程分为理论、采访、写作、编辑、图片、广告等不同课程来教。学生对传媒的整体思路没有掌握，难以形成综合业务思考，工作起来进步就慢。大学的新闻专业当然要教专业知识，但更重要的，是教一种思考能力和构架能力，至少在研究生教育上应该这样。

记 者：你谈到办报的整体思路，这一点"北青"的记者是怎样做到的？

张雅宾：当然，让新闻专业的学生完全掌握办报的整体思路，比较困难，这要经过多年的锻炼和实践才能实现。但大学里面，应该把这些思路教给学生。比如，我们在北大念书时，中文系老师给你讲文学史课的时候，一定会告诉你：当你要写一本书的时候，你要通盘考虑你这本书在整个文学史研究领域会占一个什么样的地位，你要学会架构这本书的整体框架，等等，我想

新闻也是如此。现在，我们很多"新手"来了以后，就要求马上写稿，但往往写出的稿子并不是报纸需要的东西。同样一篇稿件，能放在这个版面上，但就不能放在那个版面上。或者说，在今天这个背景状态下可以用，时过境迁就不行。我反复跟我们记者讲，写一篇稿子时一定要知道，我这篇稿件会在哪个版面上刊登，分量有多重，应该登在什么位置上。编辑要知道，我这个版，我这个话题在今天这张报纸上是一个什么样的份量。只有把整个报纸都考虑好了，你所做的局部性的工作，才能做得更好。我觉得，应该锻炼学生这种整体性的思维能力。

## 采访手记

联系采访张雅宾还算顺利。然而就在那个约定的日子，发生了汶川大地震，于是我们的采访计划不得不往后推。

走进张雅宾的大办公室，字画、假山、盆景，一切都是印象中的文人书房。从门口到屋内，从地上、茶几上到书桌上，到处都摆放着成摞的报纸，似乎连空气中也弥漫着油墨的味道。在等待张雅宾到来的时候，我试图从他的书桌上找寻一本他正在读的书或者期刊，但是没有，满眼里只有报纸——《北京青年报》。隔日就是"六一"，茶几最上面的一张北青报是一群灾区孩子们的笑脸。

提到那场灾难的时候，张雅宾说起在第一架从北京飞往汶川的军用飞机上，有一个位置是留给北青报记者的，这就是张雅宾眼中的北青实力。

张雅宾说话语速很快，语调轻盈，却鲜有激情。谈北青，谈工作，似乎都平常地不值一提。唯独大学四年的校园生活是张雅宾谈论最多、展露最多笑容的部分。按照他的话说，他们这一批1978年进入北大新闻专业的学生是北大和人大的"杂交品种"。张雅宾的一件乐事就是在校庆的时候，既要回人大的新闻系去见那些曾经穿着马褂、中山装给他们讲课的新闻学泰斗们，又要回到北大看一看今日的大讲堂。

张雅宾不爱运动，可偏偏却和一种激情四射的运动——网球，扯上了关系。身为中国网球公开赛体育推广有限公司董事长，要是连球拍子都不会拿实在说不过去，而张雅宾说，这也全是为了在活动中能和老总们搭上话。

办公室的一整面墙是一排书柜，里面摆放着各种各样的纪念品。唯一一张照片是十几年前，张雅宾与同学何平等人在未名湖畔的黑白留影。如今，照片上的那群青春男女都在中国的新闻界占据着一席之地，而这张照片也被置于书柜里最醒目的位置。

采访中，张雅宾的口头禅是"还好，还可以"。对于自己的评价如此，对于北青报的记者评价也是如此。按照他自己的话说，就是没有太大的激情，对任何事情都过于冷静与理性。正是这份沉稳以及令人信赖的真诚与宽和，暖暖地笼罩着一份充满激情和活力的报纸。

采写/朱剑敏 祎璟琳 肖潇

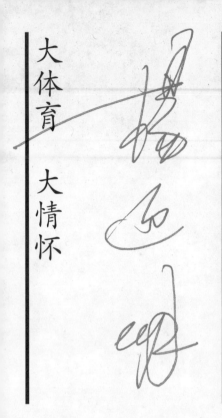

大体育 大情怀

北京大学学籍卡

姓　　名／杨迎明
性　　别／男
出生日期／1949年2月
籍　　贯／河北
入学时间／1977年
毕业时间／1982年
所在院系／中文系
专　　业／新闻
获得学历／本科
获得学位／学士
工作单位／中国足球报
现任职务／总编

## 毕业后主要经历

大学毕业进入体育报社，先后任《中国体育报》评论部主任
《体育画报》主编　《三联生活周刊》主笔
《中国体育报》副总编　《中国足球报》总编

杨迎明

## ／大处着眼，大处着心，大处着智，这是一种北大情怀

记　者：1977年恢复高考改变了很多人的命运，不知道你在1977年底收到北京大学录取通知书时是一种什么样的心情？

杨迎明：我们那一届有个特殊情况，就是北大中文系新闻专业的扩招。当初北大在公布第一批录取名单的时候，里面并没有我们。我以为上大学没戏了，所以该干什么就干什么去了。后来才知道，其实很多人和我的情况一样，都是扩招的。这些人里包括范长江的儿子范东升，现任新华社总编辑何平，中央电视台副总孙冰川等等。我们这些人，或许是因为档案里还有些"不好说的情况"，或者是因为家长有些"说不清的问题"，所以都没能够在第一批里面被北大录取。

在这里，我要特别感谢一位老师：秦珪。前不久我们刚刚给他过完80岁生日。我们也是后来才听说，当时秦老师带领其他几位老师在崇文门附近的一个小旅馆里，在昏暗的灯光下，把我们这些人的档案摊在床上。他说，按照我们这些人考试的成绩，确实都应该进北大。

从秦珪老师身上，我看到了一种北大的精神：给所有人平等的机会。

其实，这次高考对我来说，并不像别人把这当成是最后一次机会。因为当时我已经29岁，在北京市文化局工作，有固定收入，已经成家，并且有了一个女儿。如果被录取上大学，那么就意味着生活要转到另一个轨道上，还需要一个重新规划的过程。

记　者：我听说当时班里录取的学生，年龄大小不一，老师允许同学们端着茶缸上课，甚至坐在教室后排的同学，上课还可以抽烟？

杨迎明：北大的学风和校风都非常民主和开放。像当时我的班主任赵赜，跟我们就是哥们儿，关系很"家常"。课堂上，我们可以跟老师讨论问题。下课的时候，老师和我们一起抽烟。

印象特别深的还有方汉奇老师，讲授中国新闻史；张隆栋老师，讲授国际新闻史；甘惜分老师，今年93岁，讲授中国报刊史、党的报刊史。这些老师，特别是方先生的治学以及为人，对我们这些学生影响非常大。还有张先生，他的一些学术思想直到现在来看，仍然是适用的。他们的课，我都很喜欢。我们现在常讲，做新闻的要秉笔直书。北大当年的这些老师是秉心直言，把一生的研究成果在几十堂课中传授给你。

记　者：当时北大中文系共分文学、新闻和古典文献三个不同的专业，这三个专业的学生人文气质和精神风貌有哪些区别？

杨迎明：葛兆光曾经戏言："文学专业都是作家、诗人，飞扬跋扈，走出来脸都朝天看。新闻专业每个人都整得像世界各大通讯社的记者。"中文系当时的许多学生已经是小有名气的作家，比如陈建功、黄蓓佳等人。新闻专业的学生相对来说更活跃、更敏锐一些。古典文献专业要求学生静下心来，坐禅练"童子功"，因为有大量的典籍、文献需要进补。所以，当时北大的许多活动，他们基本是不参与的。

记　者：听说当时你们班创办了一份叫《实报》的学生报纸？

杨迎明：这是我们新闻班共同做的一张四开小报，取新闻报道要"实事求是"之意。以新闻评论为主，出了四五期。那会儿的《实报》已经关注到中国的民生问题，包括环境污染，并对社会一些弊端进行抨击。因为当时技术所限，出的几期报纸都是手抄的，作为业务心得和学习体会在班内同学间传阅。

与手抄的《实报》相比，当时北大另一份学生刊物《未名湖》更加知名，我做过编辑。由于年

代比较久远，刊物具体的内容已经记不太清楚。但当时刊物的观点和叙述方式是非常超前的。包括北岛等人都在《未名湖》上发表作品。还有查建英等人，他们当时都担任过编辑，轮流做。《实报》上面的文章完全从新闻角度来撰写，而《未名湖》则刊载了许多包括文学性作品在内的文字。

记　者：这几年的校园生活对你今后从事新闻专业有什么影响？

杨迎明：其实我在上大学之前，就开始写东西。我觉得北大最重要的一点就是，有一个宽容度和弹性很大的环境，学生之间的交流，各个系之间的交流，思想的碰撞，相互的启发，几乎是无限度和无限制的，包括同外国留学生之间的交流。

当时，三角地那一带有很多不同颜色的牌子，是个信息的集散地。包括国际国内的许多重大事件，还有同学原创的诗歌作品，观点和言论性的东西比较多，没有任何商业信息。校园里的很多故事、很多情感、很多交流都是通过三角地。在某种角度上，也可以把它当作当时北大人的精神自留地，这是一个标志。三角地秉承了北大的一种传统：开放与包容。它存在的意义不输于"一塔湖图"。

此外，对新闻专业的学生来说，图书馆特别重要。那时候，国内的报纸、广播和电视对我们的影响并不是很大，因为当时这些媒体的叙述方式，我们是不认同的。图书馆订阅了许多外报外刊，虽然在时间上有些滞后，但通过阅读，我们毕竟可以了解国际传媒是怎么操作的。我们所追求的新闻理念是：态度新闻，也就是新闻的过滤和选择。直到现在，我们班的许多同学都一直还秉承着这种精神：我可以不说，如果我说，就必然要按照新闻的职业道德和职业底线去表述。

记　者：新华社总编辑何平、中国国际广播电台台长王庚年、北京青年报社总编张雅宾、中青在线CEO刘学红等都是你当年的同学，你们这一代新闻人身上包含了哪些共同的特质？

杨迎明：有一个共同的信奉：我们这些北大新闻专业毕业的学生，不作小人。大处着眼，大处着心，大处着智。这是一种北大情怀。不论是在北京，还是在外地，虽然我们当中的一些人掌管着各自的新闻机构，但彼此不勾结，彼此不利用。我们经常有聚会，同学会吃饭喝酒的时候，只谈友情，不谈业务，更不谈买卖。我们之间没有任何交易。

我总是认为，北大不是一个校徽，不是一个名声，它更多的是一个传统。北大有一些最根本的东西，原则的东西，大家都会去遵守，这是一种无形的力量。北大不会告诉你应该做什么事情，但北大会告诉你不应该做什么事情。北大是一个传统养成，五四时期提出"德先生"和"赛先生"。先民主，后科学。没有民主，科学只能是伪科学、媚科学。

## ／一个民族的体质和精神健康，左右这个国家的现在和未来

记　者：当年你在学生时代，就在体育报实习，毕业时虽然没有指标，但当时的体育报社社长徐才向国家体委领导申请，特批你指标。不知道你为何会走上体育报道之路？

杨迎明：这是听了我父亲的话，遵从父命。他认为我的性格和禀赋，不太适合到人民日报社、新华社这样的中央媒体单位。从事体育报道我有先天的优势，"文化大革命"前，我打过北京市少年篮球队。事实证明，知子莫如父。

记　者：你刚到中国体育报社时的情况如何？

杨迎明：当时的体育报还是独树一帜的，发行可以达到100多万份。因为没有其他什么体育媒体来竞争，只有一报一刊：《体育报》和《新体育》。又正好赶上中国的体育热潮——世界男女排球锦标赛和洛杉矶奥运会。中国体育报道是一个"橱窗新闻"。之所以这么讲，是因为政

治、经济上任何一个方面取得成绩，一般都不会升国旗、奏国歌，唯有体育比赛胜利了，在国际上才可以升国旗、奏国歌，这是一种意识形态的引导。比如我国登山运动员登上珠穆朗玛峰，26届世乒赛容国团拿了第一个世界冠军，触动了中国的民族神经，表达了民族的一种情绪、诉求，然后被沿展开来，被泛政治化。

记　者：三十多年的新闻实践，你最满意的新闻作品有哪些？
杨迎明：最满意的作品谈不上。我写的东西，有的在体育报发表，有的在别的媒体发表。其中《国人之余暇》等文章，关注的是中国百姓闲暇时都干些什么，是民族的休闲方式的演变。其他就是大量的评论，主要是针对当时的中国体育政策。

记　者：你现在是《中国足球报》的总编，这份报纸目前是什么样子？
杨迎明：《中国足球报》是1994年创立的，我2000年来到报社。我们的定位就一句话：只报道足球新闻。原来许多的以报道足球著称的报纸，现在关注的内容已不仅仅是足球，而全国真正只以足球为报道对象的报纸，目前就只有《中国足球报》一家。

2000年我来的时候，正好赶上中国足球衰落，各种各样的非议也比较多。整个中国足球市场处于一个比较低落的状况。球市对报道足球的媒体有着重大的影响。我们想要拯救球市，但大的环境是不具备的。哀莫大于心死，当球迷对足球不再抱有太大希望的时候，他们对足球方面的报道是排斥的态度。面对这种情形，有些足球方面的媒体，开始有意识地"做"新闻，集中表现为：凡是中国足协拥护的，他们就反对；凡是中国足协反对的，他们就拥护。当时假新闻也是铺天盖地。我们一方面是客观地报道，至少保持这张报纸政治上的善意。另一方面，我们也注重新闻的终极落点。当大家纷纷在炒作一件事情的时候，我们不去跟风。当一切尘埃落定的时候，我们再去关注，这件事情为什么会发生，并且造成了什么影响，以及会不会再发生。"药医不死病，死病无药医"。中国足球已不是善意能挽救的了。足球与相关媒体是皮毛关系，一损皆损。

记　者：作为一名资深的体育新闻人，你认为是什么东西导致了中国的足球今天的局面？
杨迎明：现在提出一个观点：不要从娃娃抓起，要从爸爸抓起。爸爸不重视，不给条生路，娃娃踢不了足球。今天的中国足球，我们说是职业化，实际上是一种商业化，商业最讲究投入与产出。产不出什么成绩来，谁还投入？中国足球职业化，在所有的体育项目中最先迈出来的，至今僵在那儿了。足球是后工业产物，11个人，司职不同的位置，像一个流水线。在这么大的一块场地上，把11个人组织起来，这不是一件容易事。我们是农耕文明，骨子里是一亩三分地的私营。世界"第一运动"到了我们这儿，成了相声、小品、段子的素材，完成了一次倒退。

足球实际上是一个现代意识问题，包括对足球的投入，对足球理解、阅读等等。其实严格来讲，体育应该是教育的一部分，就是我们常说的德智体。但现在我们把体育和教育割裂了。体育部门的任务与教育部门的任务是不一样的。体育部门要实施的是金牌战略，教育部门无法承担这个责任。一些中小学取消了足球，场地是一方面，担心学生受伤是主要的。西方有研究者说，西方人尚武，东方人崇文。很有意思的是，我们的国家体育总局恰恰坐落在崇文区，而不是宣武区。从1980年代初，就极力主张全民体育，关注民族的体质。一个民族体质和精神的健康，左右这个国家的现在和未来，而不要把所有的财力、人力和精力放在几块金牌上。"橱窗"有了，后面没货，很危险的。我们在这方面一直在努力。但条块分割，文化、教育、体育、民政是各管各的，统不起来。金牌大国不是体育大国，这在世界上也很罕见。外强而内虚。

**／我们的体育报道附加的东西太多，应更多地向人性靠近，而不是向成绩靠近**

记　者：1993年到1994年期间，你曾经参与创办《三联生活周刊》，不知道这段经历给你的新闻生涯带来了哪些新鲜的体验？

杨迎明：其实我本人更关注一些中国的文化现象。从参与创办《三联生活周刊》，到做主笔，体育方面的东西写得很少。当时，各地传媒精英都云集到那里，像杨浪、陈西林、何志云、毕熙东、老猫等许多人都过去了。这些人非常活跃，不同门派在那里刀光剑影，各种观点和思想在碰撞。当时，我在《三联生活周刊》开了一个"百姓广场"栏目，就是在杂志上开辟了一个物品交换的"大集"。读者可以把自己的东西拿出来交流、交换，每一件物品都有它的一段故事。这件事本身是挺有文化意义的，这也是中国杂志的第一次尝试，可以说是杂志上的"跳蚤市场"。

我在《三联生活周刊》的副业生活，大约有两年时间。这段经历对我有很多触动和启发，我也是从那时候起，逐渐开始倡导"大体育"的概念，即从竞技体育到社会体育、体育文化、体育商业，最终形成一个产业链条。

记　者：你从事体育报道多年，你认为体育报道与体育事业的发展两者之间是什么关系？

杨迎明：体育报道实际上是把我们的体育成就扩大了、泛化了、辐射了。比如《中 国体育报》很早的时候，就举办过十佳运动员的评选，后来这个做法很快推广到其他很多行业，越做规模越大。体育报道，就是把体育上的某种东西，变成了民族的、国家的、政治上的东西。体育报道起到的就是这个作用。

我们的体育报道，应更多地向人性靠近，而不是向成绩靠近。我们现在的体育报道着力点，更多地放在明星上面，除了那些明星之外，应该更多地向人性靠近。体育比赛就是Game，它实际上是一个文化的范畴，是给人带来娱乐。我们在体育上附加的内容太多。把这些附加的东西，全部剥离出来，这样新闻报道会出现另外一种样式。这个问题在中国存在，在国际上也同样存在。

记　者：你对这次北京奥运会怎么看？

杨迎明：奥运会是个party，轮到我们当东道主，当然也是我们争取来的。Party应该是什么样子，主人应该是个什么样子，不言而喻。我不想谈足球，甚至不想谈竞技项目。如果你能从目前国际的大背景出发，看这次奥运会，你就会清楚中国、北京应该以何种形象呈现。大到氛围，小到细节，是一个重新树立形象的重大机会。拿多少金牌、排行第几也是形象，但形象的延伸，以至对今后产生的影响，或改变国际上的某些误读、误解、曲解，不是金牌说了算的。

我们讲人文、绿色、科技奥运，没讲金牌奥运。但我们的内心都有金牌情结。举个极端的例子，全国都把宝押在刘翔身上，一旦他失手，会不会造成国民整体失落？奥运会成功的标志是什么？不是我们自己说，是参加party的客人说。还有一点，我们是受国际奥委会委托承办本届奥运会的，本土因素应该淡化。什么都想拿，结果是什么也拿不到。

## ／网络是浅阅读，还不能取代纸媒体的深度阅读

记　者：听说你当年毕业的时候，很多毕业生不愿意去广播电台和电视台，认为只有报纸才是新闻人干事业的地方。今天的媒体环境，已经发生了很大的变化，以你的视角，这种变化对传统的新闻人带来哪些挑战？

杨迎明：这是一个很大的题目。现在的媒体从纸媒、广播、电视到网络都发生了非常大的变化。新闻操作的呈现方式，已经翻天覆地。我们现在总是强调读者定位。我认为，不仅要强调读者定位，更要突出媒体本身的定位。现在的市场是一个细分的市场，不要相信可以办出一份适合所有读者的大众媒体。

纸媒体今天存在同质竞争的问题，在同一内容的杂志中，为什么有优劣之分、有市场占有率的巨大差别？抛开一些技术上、经营上的原因，最重要的就是一个媒体的态度问题，也就是你这个媒体出售什么东西，是媒体的自我定位，而不是市场定位。有一种说法，传媒出售的是受众的注意力，而不是信息本身。媒体对新闻的选择是一种态度，而受众注意力首先关注的就是你的态度。

记　者：报纸作为传统媒体形式，生存空间受到前所未有的挑战和挤压，甚至有新闻研究者称若干年后，报纸将走向消亡。你从事纸媒报道工作多年，对此有何见解？

杨迎明：我们经常面临一个问题，即纸媒体什么时候死亡，或者它以另外一种什么形态继续存在？这个问题就像股市和基金一样，没人能够预测。网络和纸媒体的区别是什么？空间是纸媒体的地盘，时间是网络的地盘。一个普通的空间物体，纸媒体永远是更好的。纸张更方便，可以在上面写字，可以塞进兜里，随身携带。网络只是计算机屏幕后面的一个影子，你可以注视它，通过远程摆弄它，可以搜索，它没有时间限制，也没有容量的限制。这是它的优势，是它的杀手铜。

那么，平面媒体即纸媒体生存的理由是什么？第一，传统的习惯性的阅读方式。第二，纸媒体的物质感，人们对物质东西的放心程度远大于虚拟的东西。第三，也是我们要注意的，就是纸媒体拥有最好的新闻从业者，再过50年依然如此。比如传媒大国美国，它们的网络早于并大于中国，但普利策奖大部分是被纸媒体人员获得。第四，就是我们的国情问题，现在中国网络的新闻内容主要依靠纸媒体，这种现象还要持续一段时间。第五，也是一个信息流的问题。网络是浅阅读，不可能取代纸媒体的深度阅读，这是根深蒂固的。所以说，纸媒体还会活着，不会马上死。用一句话形容纸媒体的发展空间：寻找新的或已经存在未被专项服务的群体。纸媒体要引领读者从盲目的资讯消费到精确的资讯消费，要从单纯的记录、宣传过渡到指导，最后是引领。这是纸媒体的突围点。

## ／新闻的本质，一定要说真话，不要讲一样的话，不要舆论一律

记　者：在当今形势下，要想成为一个成功的新闻人，需要具备哪些基本素质？

杨迎明：为什么一个人要当记者或编辑，原因是你可以把你自己的观点，或深思熟虑的东西，让众多的人看到。当然，最好能对这个国家、这个民族有帮助。这是我作为北大新闻人，一直恪守的东西。

新闻本质的东西，一定要说人话，说真话。不要讲一样的话，不要舆论一律。同一件事情，不同的媒体应该有不同的声音，即使同样的声音，也要有不同的表述方式。新闻报道的落脚点，应放在关注民生、关注道德、关注正义。铁肩担道义，妙手著文章。铁肩是新闻底线，妙手是技巧问题。

不要只把自己局限于一张报纸、一家网络、一个媒体的记者或编辑，眼光要放长远，应该具有世界级的传媒人的眼光。世界变成一个村落。我们不能只满足于写几篇好文章。我们传媒人不仅是记录，而且要引领。今天的新闻是明天的历史。你写的东西应该是可以被引用的。这是新闻人的责任。

朱镕基给会计学院题词："不做假账"。我想说的是，做新闻的：不说假话。不要写连你自己都不信的东西，然后让读者看。不欺下，不媚上，追求事实真相。我可以不去说，但我绝不会说违背真理的东西。

采写/鲁鹏 何云红

# 走在传媒潮流的前沿

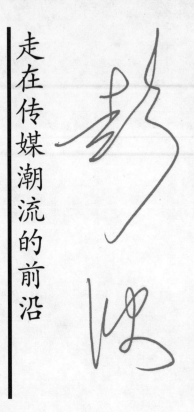

北京大学学籍卡

姓　　名／彭波
性　　别／男
出生日期／1957年4月
籍　　贯／湖南
入学时间／1977年
毕业时间／1981年
所在院系／中文系　经济学院
专　　业／新闻专业　金融学
学　　历／本科　博士
获得学位／文学学士　经济学博士
工作单位／国务院新闻办网络局
现任职务／副局长（正局级）

**毕业后主要经历**

1985年　　《中国青年报》国际部副主任
1989年　　《中华工商时报》副总编辑
1994年　　《中国青年》杂志社总编辑、社长
2006年　　国务院新闻办网络局副局长

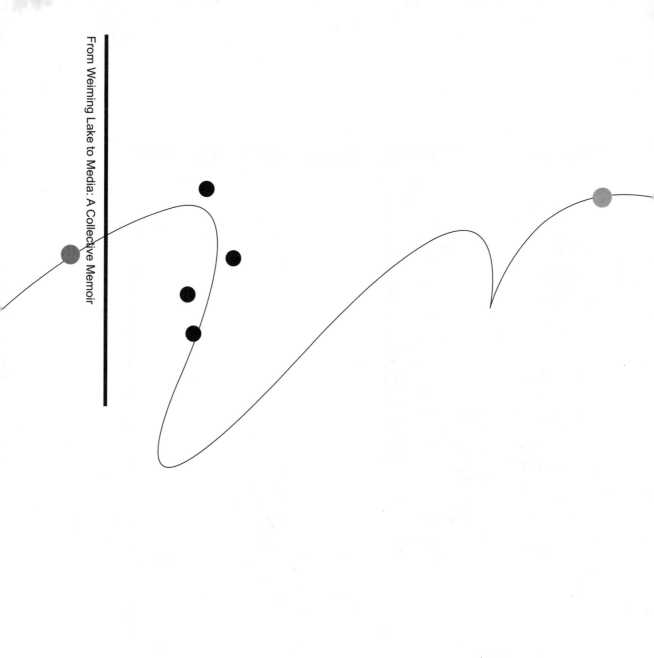

彭波

## ／我是"运动员"出身的"裁判员"

2006年，已近知天命之年的彭波开始管起了互联网。从力推《中国青年报》国际版的改革，到参与创办《中华工商时报》，再到致力于复兴《中国青年》杂志，他工作的重心一直在变化当中。如今，他再度置身于传媒前沿，成为中国新媒体事业的领航员之一。

记者：2008年的新媒体高峰论坛上，你在发言中说"我们的网络媒体正在成为当今中国社会的主流媒体"，依据是什么？

彭波：我其实是这么说的：九年前，1999年5月8日，美国飞机轰炸我驻南使馆，次日，广大网民集聚在互联网上表达激愤，著名的"强国论坛"因此而生。如果把1999年5月9日作为网络媒体正式登上中国媒体舞台的标志性日子，那么2008年的拉萨"3·14"事件和汶川"5·12"地震则标志着中国网络媒体已经成熟，标志着网络媒体正在成为当今中国社会的主流媒体。这里，"主流媒体"的判断标准是就它对社会的影响力而言。今天，网络媒体的新闻发布数量、浏览量以及互动功能，都已令传统媒体无法比肩。新媒体的影响力与日俱增。

记者：如果让你为中国互联网的发展画一个蓝图，会是什么样的？

彭波：胡锦涛总书记有一句话："对于互联网，人们的已知远不如未知"。目前，我们对于互联网的认识还相当粗浅，更大的发展在未来。

即便如此，互联网已经深刻改变了我们国家政治、经济、社会、文化等各方面的面貌。这些年我国国民经济的信息化，为经济的高速增长提供了有力的支撑。在社会方面，网络对于转型期的中国社会而言是最好的社会情绪宣泄器和稳定器。在文化方面的意义更加显而易见，比如说，它把文化产品创作和消费的权益，从少数精英手中交还给亿万民众，带来文化前所未有的繁荣。

互联网的未来无比美妙，但具体对它进行描述却十分困难。可以预见的是，"多网融合"的趋势将加快，随着第三代移动通信在我国的普及，"把世界装在口袋里"将逐步成为现实；同时，"多点传播"也会不断演进，传播方式会快速从One to all（一对多）向All to all（多对多）发展。在我国，互联网将更多地应用于社会经济活动和个人商务活动。

记者：多年来你一直致力于传媒一线工作，并且取得了辉煌的成绩。是什么原因让你在年近50的时候选择一个新的开端？

彭波：以前我有许多次从政的机会，都放弃了。我一直怀揣着传媒梦想，从来没有想过离开传媒一线。快到50岁却走上所谓仕途，原因当然是多方面的，但最主要是我觉得"新媒体"是当下传媒领域中最值得探索的部分。选择互联网，是因为我觉得"好玩"，有挑战性。而没有新的挑战，生活就会没有意思。

现在我的工作主要是互联网新闻宣传。有人说我属于"运动员"出身的"裁判员"。当然，"运动员"的经验对于我现在的管理工作还是有用的。管理互联网，特别是管理中国的互联网，是一个全新的使命，需要不断地探索，需要业内人士的帮助和支持。实际上大家真的很给我面子。

## ／我骨子里的"创新"是北大给我的

彭波有两次北大求学经历。1977年以湖南省文科第一名考入北京大学中文系；1998年至2003年又师从经济学家萧灼基教授，获北京大学经济学博士学位，博士论文是《中国传媒融资问题研究》。

12年前，主持《中国青年》编务的彭波刊载了一篇鞭策北大发展的文章，引起了广泛关注。这篇著名的《北大，魂兮归来》，饱含了他对母校深切的热爱与期望。

记者：1977年恢复高考改变了很多人的命运，你为什么选择北大？收到录取通知书时是什么样的心情？

彭波：我没有选择。准确地讲，我当时选了新闻专业，但是没敢选北大。

我16岁在湖南省南县一中毕业后留校教书。那会儿高中毕业生都要下乡插队，但学校不放我走，因为缺老师教书。我挺喜欢教书的，而且几乎断了上大学的念想。

1977年恢复高考，但校长不让我报名。一直到最后一天的晚上十点半，我去磨校长，表示我就报考湖南师院，毕业后还回来教书，他才同意。当时我的确报了湖南师院，另外还报了一个湘潭大学新闻报道班，做梦也没敢报北大。

虽然报上了名，但学校不给时间复习，总是派人来听我的课。后来一考，考大发了。刚开始传说我们县有一篇高考作文得了满分，在总结阅卷工作的会上地区教育局长还念了。后来发现是我的作文，一下就轰动了。我还记得当年湖南省的题目是《心中有话向党说》。

录取通知单来的时候，我正在带着学生们看电影，听说被北大录取了，真有一种"春风得意马蹄疾，一夜看尽长安花"的感觉！前后13届学生一起考，考上都非常不容易啊，何况是北大。上学后老师告诉我，我是湖南文科第一名，是被北大抢来的。

记者：我听说当时班里的学生，年龄大小不一，有的已经成家有孩子了。大家交流起来有没有"代沟"？最常讨论的问题是什么？

彭波：虽然我是全省第一名考来的，不过上大学以后感觉完全不一样了，特自卑，因为同学们太厉害了。当时条件差，我们宿舍10个人，不同专业混住，只有我一个是新闻专业的。同宿舍的梁左、黄子平、高小刚，隔壁的陈建功、李彤、郭小聪等，在社会上都是小有名气的作家了。在北大，我听的第一节课是谢冕老师讲诗歌，我们旁听。至今我还记得他朗诵了自己的一首新作，"一架藤萝春似海……"当时他举的例子里就有两首我们这届新生（李彤和郭小聪）的作品。大家一听都震了！

我们新闻专业有两个班，有很多牛人，包括杨沫的儿子马波（老鬼）。当时我的感觉是懵了，在班上不敢说话。毕业以后好多年，还有同学损我在新生班上的第一次讲话。当时我发言，说我来自毛主席家乡，有一个美好的心愿，希望去毛主席纪念堂看毛主席。大家哄堂大笑。

后来经过两次小考，我的成绩名列前茅，慢慢就越来越有信心了。小地方来的孩子比较淳朴，阅历少，但脑子一点不笨。慢慢地视野打开了，大家的差距就缩小了。

我们班同学最大的32岁，最小的16岁。我属年龄小的一拨，个子也小，平时比较活跃，同学们叫我"阿彭"。毕业时，我是班上唯一的"全优生"，被评为"优秀毕业生"。

记者：在北大，你印象最深的老师是哪位？

彭波：对很多老师都印象深刻，秦珪老师，方汉奇老师，张隆栋老师，还有甘惜分老师，他今年93岁了。

说实话，我们这一批人上大学不容易，求知欲望非常强烈，老师都无法满足。四年大学我没有谈过恋爱，天天就是读书，恶补知识。当时新闻专业没几本书，早都读完了。我觉得新闻专业是一个杂学，在北大看了很多文史哲方面的"杂书"。

这段时间对我一辈子的知识积累很重要，包括学习方法、学习能力的培养。老师对我们的影响也特别重要。甘惜分讲的新闻理论是比较正统的马列主义新闻学。因为看了很多书，信息论、系统论等等，有些同学不太能接受他的观点，就去和他辩论。那是一个反思的时代，大家都对新的知识特别好奇。有些同学知识面很广，就和老师争得面红耳赤。

另外，我们还到处听课、听讲座。我们去文学专业听现代文学课，去历史系听世界史。袁行霈、严家炎、孙玉石，还有谢冕，都是那一代最好的老师。各行各业精英的讲座也特别多，"未来学"、"人才学"等当时最时髦的理论，最早都是在北大的讲座中传播开来。我们还听过我系兼职教授侯宝林关于语言艺术的讲座。

记者：除了学习以外，你还有什么难忘的事？

彭波：我做过班团支部书记、系团总支宣传委员，每天给大家发送报纸，经常组织郊游、联欢会、舞会等集体活动。我还参加了学生文学小组的活动。校团委经常找我组织出墙报、黑板报，给校报、校广播站供稿。

我的大学生活是丰富多彩的。每天早上起来跑步，下午打篮球，参加学校运动会百米比赛还得过名次呢。因为我是系里的宣传委员，还参加了北京高校第一批集体舞的培训。"文化大革命"后集体舞解冻，北大走在潮流前面，最早开始跳舞。那时候学校有规定，不许学生在校期间谈恋爱，我觉得这个规定很不合理：好多同学都快三十岁了，不让人家谈恋爱怎么成？我当团支书的时候，就组织一些联谊活动，帮老大哥们找对象。

1981年，中国男排在亚洲杯赛上战胜韩国队那个令人难忘的夜晚，北大学生高喊"团结起来，振兴中华"的口号在校园里游行，我是几个始作俑者之一。第二天《光明日报》的通讯《祖国万岁》就是我写的。

记者：你在北大期间参加过什么新闻实践活动？

彭波：我第一次正式的媒体实习是大二，在武汉《长江日报》。我们八个同学一起去，大家很兴奋，也很努力。年底报社评选好稿奖时，十篇获奖作品中前三名是我们实习生写的。我感觉到自己的兴趣、知识、能力和新闻记者这个职业完全符合，信心满满的。

大三的时候，北大出版社的老师叫我帮助办新创刊的《大学生》杂志。自己学着策划一些选题，约稿，还要自己搞发行，背着杂志到各个学校去叫卖。记得有一次的选题是关于电影《红菱艳》的讨论——年轻人应该选择事业还是爱情。当时学校里不许谈恋爱，所以这种关于爱情和事业的讨论很轰动。不过最好卖的还是刊登一些出国考试的试题。有一次我们在清华大学卖杂志，一晚上居然赚了20多块钱，这相当于我一个月的生活费啊！

## ／让国际新闻不再是"形势教育"

1985年，28岁的彭波来到以深度报道闻名的《中国青年报》工作。大学毕业后专门学习过几年英语的他，在国际部找到了一展身手的舞台。在国际部老主任张文郪栽培下，他迅速成长，很快独当一面。他和同事们一道，努力把当时的"国际形势教育"，变成真正的国际新闻报道。先是把每天报纸二版的"时事讲话"改为"国际热线"，深度报道最新的国际新闻；在每周六的第三版，开辟了半个版的《国际瞭望》，设有新闻内幕、新闻人物、短评、从图片看世界等栏目，深入进行一周的国际新闻分析。在每周的《星期刊》，还有"世界青年"和"国际文化"两个副刊。他负责的《中国青年报》国际新闻报道，因有深度、可读性强的特色和高水准、有影响的文章，奠定了在同业中的领先地位。

记者：1980年代初期你改革《中国青年报》国际新闻报道都做了哪些事情？

彭波：我刚到的时候，所谓的"国际新闻报道"还是"国际形势教育"，内容主要是教育青年认清国际形势，我记得当时主打栏目叫"时事讲话"。在第一阶段，我们努力把当时的"国际形势教育"，变成真正的国际新闻报道。先是把每天二版的"时事讲话"改为"国际热线"，深度报道最新的国际新闻；在每周六的第三版，开辟了半个版的《国际瞭望》，深入分析一周的国际新闻。在每周的《星期刊》，还有"世界青年"和"国际文化"两个副刊。第二阶段，就是派记者采访在境内发生的涉外重大事件和国外来访的重要人物。第三阶段，就是直接向美、苏、日等主要国家派遣驻外记者。经过短短几年的努力，中青报的国际新闻报道呈现出全新的面貌。

记者：当时的《中国青年报》是深度报道的领头羊，在国际新闻方面是如何报道的？

彭波：现在回过头来看，1980年代初期，中青报以丰富多彩的深度报道为特色，引领了当时中国报业新潮流。我们在国际新闻方面，力图比肩中青报风光一时的国内新闻报道，对最新发生的国际新闻，进行深度解读。初期我们追求的是，让读者形成这种观念：世界上发生了什么事情，看《人民日报》；而事情发生的原因、背景、影响以及事情背后是谁在起作用，看《中国青年报》。

那时候，国门刚刚打开，中国人正在睁开眼睛看世界。我们采访了很多来华的外国名人，报道了许多涉外重要事件，如三千日本青年访华、五百朝鲜青年访华等，还把报道的触角扩展到对外开放领域，从招商引资到外资企业等都有涉及。发现境外有分量、对国内有参考意义的文章，我们就组织编译。我记得美国《时代》周刊出版了有关环境的专刊，我们用两个版的篇幅，分两天连载，这在全球差不多是最早反映环保问题的文章。

1986年是"国际和平年"，我们"国际和平年"年终版版面，拿了"中国好新闻"（中国新闻奖的前身）一等奖。这个版面是我设计的。当时还是铅排，我到车间和排版工人一起，用铅条拼出"和平"两个大字，铺满一整版，再配上文字和漫画，现在看来还觉得很有创意。

## ／《华尔街日报》发行人说：在中国，我们看好的是《中华工商时报》

诞生于1980年代末期的《中华工商时报》，是中国专业经济类报纸的开拓者，也是专业性报纸的先行者。近20年来，它不仅见证了中国改革开放的进程和社会主义市场经济的发展，也为中国的传媒业输送了大量人才。它与《中国青年报》、《南方周末》一道，被称为中国新闻界的"黄埔军校"。

1989年，32岁的彭波作为主要发起人之一参与创办这份报纸，后来担任副总编辑，见证了中国经济"计划与市场"争论最为激烈的时期。1994年他离开的时候，《中华工商时报》已经成为中国报业名闻遐迩的翘楚。

记者：现在，全国专业经济类报纸多达170多种，而在15年前，你参与《中华工商时报》创办的时候，不仅经济类报纸，整个行业类报纸都处于刚起步阶段。为什么会放弃《中国青年报》这样的大报选择一个未知的事业呢？

彭波：1988年的时候有人对我说，有一个老爷子（丁望）想办一张"全国性经济大报"。在当时的环境下，参与创办一份报纸是很难得的机会。"人生能有几回'创'"。我有一种创业的冲动，所以就决定过去。第一次试刊是1989年3月，一共8个版，其中国际新闻与台港澳两个版是我编辑的。1989年9月1日，在与中国青年报社的领导软磨硬泡半年多后，我正式来到《中华工商时报》，任总编辑助理、海外部主任，后来负责新闻中心，不久担任了副总编辑。

记者：有人说，《中华工商时报》诞生在计划与市场争论最为激烈之际、改革徘徊在十字路口之时。她在尽力助推共和国大车前行的同时，自己也获得了超常规发展。她经历了转型时期的艰难和痛苦，也体验了成功的喜悦。你们是如何实现的？

彭波：在中国报业史上，《中华工商时报》会有较为重要的地位。它是第一份面向市场的财经专业报纸。此前《经济日报》等经济类的报纸，更多的是解读政府经济政策而不重点提供市场信息。《中华工商时报》一出世就为改革开放鼓与呼，为市场经济鼓与呼，报纸的经营也坚定不移地走市场。

当时丁望明确"放开大路，占领两厢"："把'计划'交给《经济日报》，我们搞'市场'！"我们知道，在行政上我们不可能比《经济日报》更权威，但我们可以确立市场的权威。这是《中华工商时报》在1990年代初期取得成功的根本原因。

1993年8月，美国《华尔街日报》的发行人、道·琼斯公司董事长彼得·肯访问中国，行程很紧，但专门安排半天时间与我们会谈。他在交谈时说："依据我们的经验，一个国家成功的商报最后只有一家，在美国是《华尔街日报》，在英国是《金融时报》，而在中国，我们看好的是《中华工商时报》！"

记者：据说当时的《中华工商时报》流行一句话，就是"三不养"，不养懒人，不养庸人，不养闲人。那留下的都是什么人？

彭波：这还要从头说起。报纸创办之初，丁望提出不办机关报，要办一张面向全国的财经专业报纸。当时条件十分艰苦，经费很少，丁望提出报社的员工没有"铁饭碗"，要在报社干下去全凭能力和业绩。这个"三不养"原则就是报社的用人原则。这在中国的报业是很超前的。

一开始办报纸困难太多了，条件很差，大家都凭着"要办一张中国最好的报纸"的信念干活。创办时正值火热的夏天，办公室没有空调，我记得陈西林画版时，桌上就戳一瓶啤酒，光着膀子干活，比较像土匪。但大家工作热情还是很高涨，经常有热烈的业务讨论。

2003年，丁望去世，我和胡舒立、杨大明、杜民四个人在《财经时报》写了一组文章，发了整整两个版，感谢他将这一群人聚在一起，创造了中国报业的奇迹。胡舒立（《财经》主编）、杨大明（原《财经时报》总编辑、现为《财经》联合主编）、王长田（光线传媒董事长）、陈西林（原《为您服务报》总编辑、现阳光卫视艺术总监）、杜民（北青传媒副总裁）、何力（原《经济观察报》和《财经时报》总编辑、现《第一财经周刊》总编辑）、吕平波（水皮）（《华夏时报》总编辑）、刘坚（《经济观察报》总编辑）等等。和这么一群优秀的人一起工作，感觉实在太棒了！

## ／当时有人说机关刊"市场化"根本不可能实现，而我坚信"市场化"是唯一出路

在《中国青年》八十多年的历史上，彭波的人生与之相交几乎10年。1994年，他被调到中国青年杂志社任常务副总编辑，主持编辑业务。1997年任总编辑，2003年底从社长职位上离任。期间，他力挽狂澜，力争把这份团机关刊物打造成现代传媒集团。在杂志社有"一个牌子，一个院子，一个疯子，办一个集团"的说法，其中的"疯子"就指社长彭波。

记者：一般人的理解是，机关刊物是发布权威信息、引导公众舆论的刊物，而市场化的刊物应该通俗易懂，迎合受众的口味。你如何理解这两者的关系？

彭波：我认为，所谓"市场"就是读者。机关刊也要有读者，就不能只转发文件，传达机关精神。《中国青年》在大部分时间里深受读者喜爱。2003年我曾说过：第一，我们的读者"青

年”是中国最活跃、最有潜力的人群，而这个读者群中的不少人有可能进入未来社会的决策层；第二，《中国青年》经过80年历史沉淀下来的公信力和无形资产，很多杂志都不具备。因此，这本红色刊物的商业价值是很大的。

记者：1990年代以来，《中国青年》的生存和发展问题让很多人束手无策。向国家申请拨款、办企业等办法，都没能改变这份刊物岌岌可危的状态。你是如何让它起死回生的？

彭波：我们组织了一次全国读者大调查，了解刊物发行量下降的原因。我还记得武汉钢铁公司一位年轻工人说："如果我都不看你了，你怎么教育我？"找到问题的症结，我们很快确定了"贴近社会，贴近时代，贴近青年"的改刊方针，还专门研究了《读者》、《知音》、《深圳青年》等当时国内几份较成功的刊物，把自己的风格定为"理想主义"加"浪漫情怀"。

内容调整之后，对形式也做了全面革新。1995年纸张全面涨价，当时很多报刊减张缩版。我们却反其道而行，冒险将《中国青年》从小16开变为国际流行的大16开，从64页改为80页，将定价从每册2.8元涨到5.5元。1999年改为半月刊，2003年全彩色印刷……我们推出了"上摊工程"，让这本高格调的刊物在报摊上"摆得上，卖得动"。这一系列改革举措让《中国青年》摆脱了经济困境，并拥有了《VISION青年视觉》等一批优秀子刊物，率先在机关刊中走上了市场化改革的道路。

记者：有人说红色刊物"市场化"是个"哥德巴赫"猜想，可见难度之大。当时你们面临的最大困难是什么？

彭波：一家机关刊要走向市场，最重要、最关键、最艰难的一步，不是形式的改变，不是风格的确定与把握，也不是发行手段的市场化，而是杂志社内部机制的改革。《中国青年》长期都是一个"机关"，而且是一个正局级的机关。在国内期刊排序中，它一般都排在《红旗》（《求是》）杂志之后列第二位。在计划经济时代，凭借这一优势，《中国青年》风风光光，红红火火。但在市场经济的大潮中，"机关"式的体制与机制，使她对市场反应不灵敏。当时，很多同志也看到了问题的症结，大家形成了改革的共识，一系列政策先后出台。1994年，杂志社的领导班子进行了重大调整。后来，我们将编辑部多年的行政部门主任制，改为业务性的板块主编制。板块主编在民意测验的基础上，竞争上岗。全社工作人员定岗定员，拉大薪酬距离。1995年7月，杂志社举行了首次中层干部聘任大会，改革后的5名中层干部，平均年龄刚过30岁。

当时，有人说机关刊"市场化"根本不可能实现，而我坚信"市场化"是唯一出路。2003年，我物色到了中国期刊界最强的人才，共同打造一个期刊集团，并解决了人事、制度等复杂的问题。遗憾的是，这一梦想没有最终实现。也许再晚几年，效果就会好很多。

**采访手记**

稿件落笔。当我无意在其中点数"第一"这个关键词时，发现竟有15个之多。从高考全省第一，到大学毕业全优，再到从业以后的丰富经历，彭波的故事似乎总离不开"第一"这个简单的形容词。

今天，彭波第一次就自己的人生经历，接受别人的采访。在大而规整的办公室里，在一幅写着"眼界无穷世界宽"的字画对面，他足足讲了3个小时。时而闭上双眸沉思，时而眉飞色舞讲述。

他说自己是一个守规矩的好学生，在北大的四年只是好好学习。课余的时候会在32楼橱窗出黑板报，在颐和园的昆明湖上泛舟。走出校园后，那份独特的"敢为天下先"的精神和严谨求实的态度，一点一滴地体现在了他整个人生道路上。

2003年，在"中国刊业人物之最"的评选中，他被评为年度"最投入的改革者"，因为他十年如一日，为机关刊物的市场化改革探路。为了实现打造一个现代传媒集团的梦想，他不顾劳累，奔走四方，被人形容为"空中飞人"。在《中国青年》80华诞的庆祝会上，彭波以《八拜谢恩》为题，激情难抑地告慰先贤，鼓舞后人。

30年里，他开创过很多个"第一"，也有一些戛然而止的梦想。作为在报纸、杂志、音像出版、互联网等好几个领域都有丰富经验的传媒人，他将新闻行业概括为"一个折旧率最高的行业，包括知识的折旧，也包括生命的折旧。"因为人生与事业是一次长跑，大学几年学的知识很快就折旧完了，所以一定要注重终身学习。

临别时，他亲切地称呼我们为"小朋友"，对我们说："干新闻是一辈子的事，在上学期间不用着急，也不能太功利。"

采写/赵琬微 李芸 史彦

用发自内心的热情关注社会

北京大学学籍卡

姓　　名／陈晓海
性　　别／男
出生日期／1960年
籍　　贯／江苏
入学时间／1979年
毕业时间／1983年
所在院系／中文系
专　　业／文学
获得学历／本科
获得学位／学士
工作单位／北京人民广播电台
现任职务／副总编辑

**毕业后主要经历**

1983年　北京人民广播电台专题部记者
　　　　历任北京新闻广播新闻部主任、新闻广播副台长
　　　　新闻中心副主任、新闻中心主任
2003年　北京人民广播电台副总编辑

Kodak E100VS 0501

陈晓海

**／老师告诉我，我对问题的回答很有自己的想法，北大鼓励的就是这种独立思考**

从小就对文学感兴趣的陈晓海，如愿考入北京大学中文系文学专业。在校期间，除了努力学习、刻苦读书之外，他还给校刊投过稿，写过一些散文，做过校刊的记者。虽然时间并不长，但用他自己的话说，这些经历对他未来从事新闻工作挺有帮助，"算是一种实习吧，校园内部的实习。"

记　者：四年大学生活中你比较喜欢上什么课？有没有给你留下深刻印象的老师或者课堂故事？
陈晓海：我比较喜爱的是现当代文学，因为现当代文学能够折射现实的方方面面，能够帮助我加深对现实的认识，思想最解放、最活跃。有一次这门课考试，我记得我考题都没答完，5道题只答完了3道，没想到最后公布成绩的时候，我得了一个高分。我不太明白为什么会得高分，好奇地去询问老师，他告诉我，我对问题的回答很有自己的想法，他鼓励的就是这种独立思考。

教现当代文学的这些老师们，像张钟、洪子诚、严家炎，还有讲鲁迅的袁良俊等老师，他们的思想深度让人折服。还有讲唐诗的袁行霈教授，我记得当时袁老师上课，他在黑板上留下的板书，因为书法特别好，我们上完课了，后面其他系的同学来上课，按说要把黑板擦掉，但他们都舍不得擦，恨不得一直留在那里欣赏。

后来还有一件事给我的刺激比较大。那是做毕业论文的时候，我的导师是严家炎，中文系主任。我做得非常辛苦，但他老是不满意，老是让我修改。最后他侧面问了我一句话：你这个论文跟某某同学商量过没有，有没有参考过他的一些观点？我这才意识到他可能觉得我的论文有点像那个同学的。我跟他解释，我们俩完全没有交流，而且题目也不一样，可能有些观点雷同，他先交我后交，所以老师有怀疑。从这里边可以看出来，北大老师是鼓励你独立思考，鼓励你创新的，而不是鼓励你亦步亦趋，这是我从中得到的重要启示。

记　者：你印象中的北大同学有什么特点？
陈晓海：我们那一届大概有三分之一的学生是知青，他们的年龄比我们大。我们班主任曹文轩老师的年龄在班里也只能排在三四名。班里年龄最小的16岁，最大的一个32岁，叫吴秉杰，上海来的，他"文化大革命"前就考上了北大，后来因为他的某些观点和"文化大革命"相左，当时就没让他入学。我觉得从大同学身上能够学到很多应届毕业生没有的思想。特别是老吴，还有我们的班长贺少俊，他们既有书本知识，又有社会经验，对于社会的观察和思考对我们这些应届生还是很有启发的。

北大的学生很有自己的见解，并且敢于发表见解。那时我们住在32号楼，到食堂吃饭路过三角地就在那里看大字报，边走边看，吃完饭从另一条路回来，也是一路看着大字报。大字报的内容大多数都是对国际国内形势的分析判断。我们当时还赶上选举海淀区的人大代表，很多同学都在大字报上发表自己的竞选纲领，表达当选以后要干什么，为什么这么干，很热闹。

**／你可以见到困难绕着走，你也可以主动给自己出难题**

十年专题记者的职业经历，让陈晓海顺利实现了从文学向新闻的跨越。在制作新闻专题期间，除了指令性的，他大都选择对社会进步有促进作用的选题。虽几次报道面临人身危险，但他说在这十年里，他学会了在中国的、在北京的环境下，如何当一个新闻工作者，怎样当一个好的新闻工作者。

记　者：从北大中文系毕业后你去了北京人民广播电台，从文学到新闻、从文字到声音的跨越有难度吗？

陈晓海：难度不是很大，我欠缺的是新闻理论，这需要在实践中慢慢积累。新闻与文学相同的地方是，不管是新闻还是文学，都关注人的命运，关注社会的命运，特别关注社会底层的命运。

文学与广播相通的地方是广播也需要有文字能力。我觉得文字能力是思考能力的一种延伸。作为一个好记者，第一要有思考能力，第二要有表达能力。这种表达能力有两方面，一方面是文字表达能力，一方面是口头表达能力。作为广播记者，文字表达能力对我来说不算什么，但口头表达能力对我来说是有挑战的。我刚参加工作的时候，广播新闻还不要求记者口述，主要由播音员念稿。那时候，叙述的部分我用文字来表现，但采访对象的表达必须用声音来表现，怎么样让采访对象把事情说生动，说得让人爱听，就要启发对方讲故事。我在工作后不久发现，女同志讲话容易进入境界，而且女同志情绪容易激动，说到伤心处潸然泪下。如果采访同样的一件事情，可选男女两人的话，我尽量会采访女的，这样采集回来的素材比较好用。

但是后来就要求记者不仅要写，还要出声，这对我来说有点难度，因为我的声音不是吸引人的那种，而且我说话速度也慢。20分钟的节目，像我这种语速，所表达的内容就太少了。没办法，只能练习如何加快语速，在很短的时间内把想说的话清楚地说出去。现在对于广播来说，记者已经退居次要的地位，主持人上升到更重要的位置。主持人是电台的招牌，听众认识电台更多的是从认识主持人开始的。像我这种资质现在考电台的主持人恐怕就没希望了。

但我始终认为，从事新闻工作，最重要的还是责任感和使命感。记者的工作有它的灵活性，这种灵活性是什么？就是报道什么你可以自己去发掘。报道质量的高低，最终不是取决于你的声音条件，而是取决于你能够给社会提供什么，你所提供的是不是社会所关注的，是不是能够引起社会反响的，这些东西需要你自己去找。你可以见到困难绕着走，你也可以主动给自己出难题。

记　者：毕业至今一晃二十多年过去了，你还记得刚到电台时的工作情况么？

陈晓海：到电台以后，我当了一名记者，从1983年到1993年，这10年我一直从事新闻专题的报道。我不是"跑口记者"，不写消息，专门写新闻专题。我觉得这十年的基础打得还算比较扎实。

到了工作岗位以后，面临的环境跟学校就不一样了。在学校什么都可以说，什么都可以想。到了媒体以后，心里想的是要为社会进步、为平民大众出一点力，办一些事情。但办事又是有尺度的，必须符合宣传精神，必须符合舆论导向。就是要在导向正确和推动社会进步之间找到一个平衡点。当时我们领导说有两个圆：一个圆是舆论环境，一个圆是社会现实。两个圆有一部分交叉，有一部分不交叉，我们所能做的事情就在两个圆的交叉的这部分中。我用这十年在这个交叉点上做文章，也学会了在中国、在北京的环境下，怎么样当一个好的新闻工作者。

记　者：你做新闻专题前后十年的时间，采写录制了大量作品。其中给你留下印象比较深的，或者你觉得比较有影响的节目有哪些？

陈晓海：一个是1991年的时候采访劣质鞋的生产和销售。当时温州的劣质鞋不仅在北京销售很广，还卖到了匈牙利、俄罗斯。我的题目叫《走遍天下的劣质鞋》，采访挺困难的。在西单三得利鞋店，我假装自己是买鞋的，还到三得利在宣武区的工厂，反反复复地看、询问，一天不行两天，两天不行三天，这就引起他们的警惕了，他们就围攻我，直到把我赶走。不过，我该录的东西也都录下来了。

另一个是1993年做的一篇叫《吃首钢，奔小康》。当时全国的"面包铁"运到首钢炼钢，北京郊区的黑社会再加上招集的外地游民，就在沿线的铁路上扒火车，火车一边开，一边往下扔铁，扔下来以后用面包车运到附近的黑市上去卖。我每天去现场，带着微型采访机，由于微型采访机录音距离很短，就必须到人家跟前去搭话。连续几天以后，他们警惕我了，问我是哪儿的，我说我是防汛的，因为那儿正好有河道，又是夏天。但是他们不相信，拿着铁棍子堵我。我一看情况不妙，赶快跑到当地铁路施工的工地，还好工地的人对我挺不错，他们说你就在我们这儿吃饭睡觉，等他们走了，你再走。那些人拿着大铁棍子在工地大门外守着，我在里边采访工地的工人，问那些人在哪儿上车，在哪儿扔铁，在哪儿下车，什么牌号的车来接这些"面包铁"等等，工人都知道，因为他们成天在那里干活。采访完了，我就在工地吃饭，吃完饭他们还给我找了个地方了睡一觉，一直睡到下午四五点钟，工人叫我说那些人已经不见了，我这才出来。我的自行车还埋在草丛里，我把车推出来，回家了。

《走遍天下的劣质鞋》获得中国新闻二等奖。《吃首钢，奔小康》获得了北京新闻二等奖，但是它对社会的影响比前一篇大。报道后有很多群众来电话发表看法，听众反响就录了三盘录音带，一盘一个小时。北京市公安局也专门立案调查这件事，市公安局的副局长就铁路扒窃的问题去了首钢。后来这种事情慢慢地少了。

当时还和同事集体做了一个叫《大检查之后》的节目。那时候搞全国卫生城市的评比，北京市为了迎接检查，搞了好多表面文章。我专门蹲在一个垃圾站，那儿摆了十几个垃圾筒，筒上都上了绿漆，派专人值班，每隔几个小时就把那个垃圾筒用抹布擦得倍儿亮，但就是不让群众倒垃圾。居民们不得不把垃圾倒在一个离垃圾筒不远的不太显眼的地方，苍蝇蚊子满天飞。这个节目也得了中国新闻二等奖。

2001年7月，我们特别策划的2001年申奥成功报道，获得了中国新闻一等奖，当时我是电台新闻中心的主任。

## ／广播事业再往前走，就要走数字多媒体之路

在广播行业奋斗二十多年之后，对于当前广播事业发展所面临的难题，陈晓海有着自己的想法。他说，面对网络、手机等新媒体的竞争，除了做好内容之外，广播还要在技术层面出现一个飞跃，用现代媒体技术来推动产业发展。

记　者：以你的经历来看，你觉得当一名合格的广播新闻工作者需要具备哪些基本的素质？
陈晓海：记者这个职业在于观察社会，报道社会，首先应该有对社会现实发自内心的热情；第二，独立思考能力很重要；第三就是表达能力，对广播记者来说既包括文字表达能力，也包括口头表达能力；第四就是社交能力、采访能力，要能够和你的采访对象、你的工作对象打成一片，广交朋友。我这点做得不算太好，如果有工作需要的话，我可以跟人很好沟通；但平时我不太愿意跟人联络，这是我的一个弱点。因为作为记者，不知道什么时候就需要跟人联系了，等到了时候再东找西找就会延缓办事效率。

对广播记者提出的独特要求就是速度。你要善于把你所访问到的，所观察到的东西马上变成声音，要在事件发生的同时就报道出去，没有时间让你坐下来写。

记　者：以你的视角来看，目前我国广播领域还有哪些地方可以寻求改进并获得突破？
陈晓海：广播现在处在一个什么阶段呢？就是资源非常紧缺。广播要想进一步得到发展，就得突破资源的瓶颈。所谓资源就是频率，比如说我们现在有中波，但中波已经不适应群众的需要了，信号受干扰太严重。调频效果不错，但频率资源太少。
广播事业再往前走，就要走数字多媒体之路，数字资源相对丰富，不受限制。但数字多媒体的发展有两个问题，一是目前没有国家认可行业接受的技术标准；第二是能接收数字广播的多媒体收音机价格要几百上千块钱，一般的听众一时难以接受。如果能突破这两个瓶颈，就能促使

广播有一个更大的发展。虽然数字广播的频率很多，广播行业的竞争会更激烈，但对于受众来说是好事，因为他的选择更多了，收听质量也更高了，比现在的调频收听效果要好。

记　者：广播现在的节目制作模式有哪些可以去尝试和探索？

陈晓海：这个是体制问题，也是一个市场问题。把生产和播出分开有一个好处是能够促使生产对应市场，受市场的调控，市场需要的东西就多生产，市场不要的东西就不生产，质量不高的东西被淘汰。但现在我们只能做到内部的制播分离，只能解决内部市场，外部市场打不开。为什么呢？因为目前全国范围内的广播市场受到两个条件制约：一个是体制的制约。现在的广播市场受宣传系统的控制，是宣传部门管辖下的传播单位，不是一个市场概念。广播市场是不能跨越宣传部门管理区域的。

另一个是市场发育不充分。现在广播节目的价格太低，有些广播可以跨地域流通，比如欣赏类的节目，但是价格太低养活不了生产单位，价格低的原因之一可能是现在知识产权体系不健全，但更主要的是另一个区域的广播生产单位不可能因为你的节目好就停止自己的生产，因为他要完成当地宣传部门赋予自己的任务。所以要形成真正的大市场，两方面都还需要往前探索。

记　者：对于广播媒介未来的走势，你有什么样的分析和预期？

陈晓海：从1977年开始，电视逐渐普及，广播经历过比较长时间的低谷。后来随着移动人群的增加，就是自驾车的增加，它又经历了复苏。听众人群从居家为主变成了居家收听和移动收听并行的态势。互联网兴起之后，广播媒体又面临被压缩的态势。当然被压缩的不光是广播，也包括电视，报纸被压缩的程度更大。要想突破这个局面，除了做好内容之外，就是刚才说的，广播要在技术层面出现一个跃升。现代媒体技术可以推动产业发展，这应该是一个规律。

## 采访手记

约见采访领导是件不容易的事，约见采访媒体中的领导更不容易。

我们打了几次电话，北京人民广播电台副总编陈晓海都以自己低调的做人原则婉拒了我们的采访请求。抱着最后一线希望，我们通过种种渠道找到陈总的邮箱，将采访提纲发了过去。或许是我们的诚意打动了陈总，当天夜里，他来电答应用半天的时间接受采访。可就在采访的头一天晚上，陈总又来电表示抱歉，因为上午十点钟有会，原定三个半小时的采访必须压缩到两个小时。

我们知道，以电台播音员的语速，一分钟说200字，两个小时的时间我们最多能够采访到24000字。根据经验，除去重复表述和题外话，较成功的采访也通常只有三分之一的字数可供成文。我们的稿子需要七八千字，勉强凑够数。悬，有点悬。

第二天，我们如约来到陈总的办公室，交谈中，我们本来悬着的心更加忐忑不安，因为陈总说话语速较慢，气定神闲。我们准备的几个问题在距离约定时间还有十几分钟时就全部问完了。是陈总回答得过于简单吗？我们赶紧抓紧剩余时间对一些重要问题进行补充采访。

令我们没有想到的是，在速记员敲打出全部录音后，全篇的字数达到19000字，且每一个问题的阐述都很完整明确，极少有"恩、啊、那么"等助词，几乎可直接成文发表。对我们提出的相似问题，陈总还从不同侧面给予回答，大大扩展了我们的思维局限，充实了采访的内容。

采访中陈总说：他本不是一个善于表达的人，为了成为一个优秀的广播记者，他用了很长的时间苦练自己的口头语言组织能力和表达能力。我们相信，是责任和认真成就了陈晓海今天的成功，也成就了我们这次采访。

采写/何云红 鲁鹏 成艳

撩动中国笑神经

From Weiming Lake to Media: A Collective Memoir

北京大学学籍卡

姓　　名／英达
性　　别／男
出生日期／1960年7月
籍　　贯／北京
入学时间／1979年
毕业时间／1983年
所在院系／心理学系
专　　业／心理学
获得学历／本科
获得学位／学士
工作单位／英氏影视公司
现任职务／英氏影视公司艺术总监

毕业后主要经历

1987年　毕业于美国密苏里大学戏剧系，
　　　　获得"导／表演高级文艺硕士"学位
　　　　北京东城师范学校教师
1990年　北京人民艺术剧院导演
1995年　英氏影视公司艺术总监

From Weiming Lake to Media: A Collective Memoir

英达／提供图片

如今的电视剧市场可谓风起云涌，各路豪杰大显身手，竞争异常激烈，其中情景喜剧得到了大家的普遍欢迎。1992年英达导演的《我爱我家》是中国大陆第一部电视情景喜剧。这部120集电视剧一举成功，不仅为情景喜剧在中国的飞速发展奠定了基础，也使得英达被国外同行戏称为"中国的诺曼·李尔"（美国情景喜剧之父）。

继《我爱我家》以后，英达又拍摄了情景喜剧《候车大厅》，轻喜剧《起步停车》，电视连续剧《百老汇100号》等。四十集情景喜剧《新七十二家房客》是其最新完成的情景喜剧，它改变了以往情景喜剧以北方方言及幽默方式为主的特点，大胆借用了上海滑稽戏（又称独角戏）的幽默方式，使情景喜剧有了更为丰富的表现手段，并获得了南北观众的普遍认可。

## ／我一直想亲手塑一个斯诺先生的像，立在斯诺墓前

英达1979年北京72中毕业后考上了北京大学攻读心理学。一直想当演员的英达在学校里搞起了业余剧社，在里面做导演和一些组织工作。1983年大学毕业，获"科学理学学士"学位，1987年毕业于美国密苏里大学戏剧系，获得"导／表演高级文艺硕士"学位。

记者：你在北京72中上的高中，那时候你的学习成绩是班里很优秀的吧？
英达：我后来很优秀，但一开始并不是。因为童年比较坎坷，在我7岁的时候，父母双双被捕入狱。我们像流浪儿似的，在各个亲戚家里吃饭，和沿街乞讨也差不多。我是有名的落后生，没有家长管教，常常淘气打架。老师看着就头疼，也不知道怎么办。

父母释放出来以后，很长时间一直带着"敌我矛盾"的帽子。当时家庭出身特别重要，不像现在如果你学习好，或者你长得帅就行。那时候你出身于什么家庭，你自己就是什么样的人。所以我一直不是那种特别出众，或者自我的、自信的孩子。

一直到了粉碎"四人帮"，第二年恢复高考，我们这群孩子才算有了奔头。否则的话，都得到农村插队了。于是，从初三的时候我才如梦初醒，下决心刻苦学习，不学习不行。然后开始疯狂补课，那两三年里头，我没有看过一次电视，没有打过一次扑克。所有原来的朋友都不认识我了，我就在家里埋头补习一些文化课，找来无数的卷子、无数的参考书。这样，我每次考试在班里排名都能一步一步靠前，最后考上了北大。

记者：请你谈谈，为什么选择了北大，为什么选择了心理系？
英达：恢复高考以后，大家面临考大学的选择。当时社会上重理轻文，父母干了一辈子文艺，遭受了巨大的政治风险，当了半辈子的"文艺黑线人物"，吃了一辈子哑巴亏。他们不希望我再从事演艺业，而是选择更稳妥、更实际的职业。希望我学好数理化，走遍天下都不怕。虽然我并不是学理科的料，但是在这种社会风气之下，也只好学了理科。

我们那个时候先考后报，所以有选择的余地。我虽然自己并不喜爱理科，但因为我考得还是不错，分数很可能超过北大录取线，所以首选肯定是北大。因为选择学校是第一位，选择专业放在第二位。当时好大学就是北大和清华，我肯定不会考虑清华，因为当时的清华是工科学院，连理科专业都没有。

所以我只能在北大理科当中选。实话实说，我早就意识到自己不适合搞理科，所以尽量找靠近文科一点的，有点意思的。比如说生物学呀，心理学呀。当时，真的没有太多的选择。我进心理系就是这个原因。心理系毕竟人文的东西多一些，不管是出于个人兴趣还是对今后工作，可能有些帮助。看来那个时候想对了，在我后来的工作中，心理学给了我潜移默化的影响。

记者：您其实并不喜欢心理学，那么在北大学习期间的情况是什么样子的？

英达：从第一天开始，我就知道不是干这一行的料。当我看到我要学习的课程的时候，就两个字——"头疼"。

我当时就决定了，我以后不干这一行，但是能干什么我也不知道。我做了很多尝试。我想转系去英语专业，毕竟长处还是英语。但是当时的学籍管理制度不允许这么做。我也想过明年再考，但北大这么好的一块牌子，怎么也不可能因为选错专业而放弃。当时的环境，没有人考虑个人志趣爱好。上大学以后成了对国家有用的人才，而且你毕业以后就是干部级别了。所以我想办法努力了，还是失败了。

当时我很少上课，同学们看见我来上课，都是很稀罕的，哟，今天你怎么来了？我说听说今天老师划重点了，我来看看。期末的时候狂读几天书，把这一学期的课都看了，然后参加考试。总而言之，在北大这四年里，我真的不是好学生。

记者：听说你在北大的经历似乎与斯诺先生结下了不解之缘。

英达：那时候和同学们一起到未名湖散步，看到湖边上有一个斯诺墓。我从小就知道斯诺是谁，我父亲有一个朋友，常到我们家做客。他当年是斯诺的翻译，只要斯诺到中国访问一定找他做翻译。他跟我讲过很多斯诺的故事。我到北大未名湖边一看，原来斯诺墓竟然在这儿。我觉得特别奇怪，在书本上读的都是斯诺的故事，在这个地方安葬着斯诺，很神奇。后来听说是斯诺要求死后把自己葬在这儿，留在中国，留在北大的校园里。因为他当年在中国采访，后来写出《西行漫记》是从燕京大学这个校园开始的，他还在这里教过书。斯诺说"我要听听年轻人走过时的脚步声"。每次走到这儿，我们就说"跺跺脚，好让斯诺老先生听听。"大家就都跺脚，这一切我觉得很神奇。

鬼使神差，我真没有想到后来得到了美国密苏里大学的"埃德加·斯诺"奖学金。斯诺是密苏里大学的毕业生，在报社工作过一段时间，后来才来到中国。他留下了为数不多的一笔钱，委托巴黎朋友成立一个斯诺基金会，从事与中国的文化交流。明确规定，用这笔钱的利息每四年资助一个来自中国的学生。就是用这笔奖学金，1987年我获得"导／表演高级文艺硕士"学位。

我不知道我死后能不能把所有钱都变成一个奖学金，像斯诺先生这样做一些有意义的事情。

我一直想亲手塑一个斯诺先生的像，立在斯诺墓前。我觉得这样做很特别，又很神圣。当然这还要和北大校方商量。

## ／我在北大校园深处，从气氛、环境、群体中，学到了方法，是北大改变了我

记者：听说你在北大的大部分时间都用在了话剧方面了？

英达：1980年初，大一下半年，我在专业学习感到无趣又无奈的情况下，开始组织学校的剧社。我感到只有到剧社里来，我才能快乐，学校里还有不少像我这样选错了专业的同学也加入了剧社。我是整个剧社的组织者，把所有的时间全部都用在剧社上了。那个时候正式名称叫北大学生文工话剧团，我就是团长。导演、服装道具甚至场地、舞台舞美、演出灯光、声音效果，所有的事情都是我自己干的。但是最后我还不能上台演戏，越是组织者，越没有机会去演戏。

记者：听说您现在经常回北大看北大剧社，而且您现在的影视公司里许多人员都是北大毕业的？是有北大情结吗？

英达：我经常在北大剧社的历届毕业生中"选"人才，以壮大我们的公司。如剧作家白志龙是

北大中文系89级，王小京是我的同班同学，梁左是中文系77级的，我的太太梁欢是中文系88级的，英壮是物理系82级的。我们英氏堪称北大班底。

我肯定有北大情结。毕竟高考是一个全国性的考试，名校是第一道筛选了一遍高智商的人才。而在社会上和我一直打交道的很多人，他们并没有考上北大，甚至有些在高考中名落孙山，但做的挺出色，挺出名的。因此我想如果我能多找一些北大的同学，多找师弟师妹，只要给他们机会，他们一定能做得更好。跟北大合作，能够多用这种高智商人才，是我的一个便利，对我也是极大的帮助。

聪明，我只相信这个。我觉得教育是非常有限的，尤其教给人的一些技巧性的东西，那是非常有限的。今天教的，明天就可能过时了。而且多数人学不好，真正做出成就的人，按北京话说都是自个"攒"的。也就是说，所有本事都是自学、自悟出来的，绝不是说有个好学校能够教的。所以我第一相信聪明人，高智商。如果他是一个真正聪明的人，做什么都能做好，哪怕不是学这个专业的。

直到现在，对我一生影响最大的还是北大。从小孩到长大成人，是北大改变了我。我是在北大校园深处，从气氛、环境、群体中，学到了方法，主要是动脑的而不是动手的。我今天走上这条路，其实使用的还是学校里的东西，不过是思维方法得到了延续和升华。

记者：作为演员您曾在谢晋的影片《最后的贵族》、陈凯歌的影片《霸王别姬》、冯小刚的影片《甲方乙方》等十多个影视剧中担任角色，都给观众留下深刻印象。尤其是在根据钱钟书的小说《围城》改编的同名电视剧中所扮演的赵辛楣一角，淋漓尽致地刻画出一个三十年代知识分子的形象，获得了广泛的好评。作为一名演员，你是认为好演员的标准是什么？您是怎么努力成为好演员的？

英达：我觉得我作为北大人，不是靠一夜成名的那种偶像演员。我能够保证很多年都能一直演下去，一直在这个职业当中，而不是像有些人出名很快，消失得也快。至于我所认为一个好的演员，首先得有天分，非常聪明的人才能够成为好演员。当然，光靠天分不行，演戏也要有经验。对人物、对生活有领悟力。在这样一个马拉松式的漫长的演员生涯当中，你是不是努力，你是不是很好地训练，不断学习，不断吸收，看到一个事情，读到一个剧本，你有没有自己独特的理解和感悟，是很重要的，我觉得我作为一个北大人从中得益良多。

记者：你原来主持过天津电视台的《非常关系》、湖南卫视的《老同学大联欢》，现在还主持北京电视台《夫妻剧场》，收视率一直很好，你是怎么当好主持人的呢？

英达：我觉得自己还不能算是那种严格意义上的主持人，像传媒大学以及其他高校培养出的许多专业主持人，多数都是俊男靓女，口齿伶俐，从报幕员或者播音员身份转过来的时间不长。像我这样的"非专业"主持人不多。

我觉得主持人首先还是必须聪明，而且是非常聪明。因为在现场，你不可能有什么现成的稿子可用，你一举一动，包括串联、插词等等都得靠机智。

这种即兴发挥，对主持人的文化知识结构和表达能力的要求特别高。否则，说到一定程度，你就没有什么话可说了。如果基础不是很深厚的话，你只可以干一段时间。《夫妻剧场》已经是一个创纪录的栏目了，它开播时间非常长，几乎把中国的名人夫妻都访了一个遍，但是现在观众还有需求，希望这个节目能够继续做下去。我们也在想怎么能够做得更好一点。我觉得节目做得好，与我阅人无数、善于总结有重大的关系。我如果做好了一件事，就会立刻把成功的原因总结出来，慢慢巩固。如果有什么失败的，我也会从中总结出有规律的东西，并且能够举一反三。我觉得北大人在这方面更加训练有素，就是头脑训练有素，遇到事情善于总结规律，把握规律比别人快，能力比别人强。这也是在这个校园里做了很多这方面功课的结果。

## ／一个人以自己有幽默感为荣，中国情景喜剧的发展就好办了

记者：当导演是你的另外一个角色，你一开始就确定在情景喜剧方面发展，还是摸索走上现在这条路的？

英达：说实在话，没有什么事是先规划好的，因为规划的事往往实现不了。我在国外学习的时候，并没有特别偏重学习情景喜剧。跟其他学生一样，悲剧、喜剧都一样学。回来以后，我本来是学导演的，但是太年轻，重担不敢交给我，所以刚开始就演戏，并没有刻意演喜剧。后来有一个机会，拿到一笔钱可以导戏，我想导什么戏呢，什么戏能够保证我一下子就能够脱颖而出，给人深刻印象呢？那个时候我观察，我们整个社会最缺乏的是好的喜剧，所以我就决定搞喜剧。可是喜剧特别难，不好搞。当时，如果没有北大师哥梁左的话，这个事也办不成。我们在很多关于喜剧的观点上一拍即合，然后一块儿搞了第一个戏《我爱我家》。跟我预期差不多，喜剧成功率比较高。

记者：情景喜剧市场越来越大，你如何看待发展方向？

英达：现在有很多有能力、有才气的新导演，都来做情景喜剧，我挺有成就感。如果像前些年那样，就只有我一个人做，拍马大姐，拍东北一家人，候车室等等，老是我一个人拍的话，就算拍得很成功，观众很喜爱，收视率也很高，也不能说明什么。因为如果是好东西，为什么其他人不做呢？现在有很多人做，说明这是好东西，我心理特有成就感。我希望有更多人搞，希望情景喜剧在中国有大的发展。

记者：现在情景喜剧拍很多了，最关键的是什么？剧本、导演还是演员？

英达：我觉得最主要的是剧本。当然不是说导演和演员不重要，但剧本最重要。现在仅仅是收视率不错，各台喜欢要，观众喜欢看，好多人就干这个。喜剧需要天才，哪怕头一回导演喜剧，没有关系，只要这个方面是天才，就能让人开怀大笑。但是现在有些人拍情景喜剧，剧里人物不好好说，说话怪里怪气。他们认为不好好说话就是情景喜剧，这是错误的。情景喜剧确实在好多地方需要夸张，但是需要在什么地方抖包袱，需要琢磨。

什么时候需要夸张，什么时候需要脱离正常人的思维都需要琢磨。如果上一帮精神病，确实脱离正常思维，但也并不可笑，这就很难受。喜剧就是这样，要不怎么说难呢？如果谁都可以搞的话，那就不难了。有些招数，上次用着灵，这次用就不一定灵，这是完全可能的。因此没有一本教科书，没有一个金科玉律，全靠自己现场的感悟。

当然，演员还是非常重要的，有些好演员能够充分地把好的剧本表达出来。还有一些好演员，剧本稍微差点，他能弥补上，但是并不等于好剧本并不重要，因为本来没有包袱，或者包袱特别难受，好演员能够弥补一下，他自己从中创作一下。所以演起来你觉得还行，但是无论如何不能说什么剧本给他，他都能演好。

人还是非常重要的，我们之所以后来拍了很多情景喜剧都没有超过《我爱我家》，演员是一个重要因素。这样出色的一组演员聚到一起，我们再也没有遇到，比如宋丹丹。当然也没有再遇到像《我爱我家》那样的剧本，因为当时我们拿着这个剧本，梁左不会表演，都笑得前仰后合的。

记者：对国内情景喜剧的创作，像你所说的，觉得比较难，很难超越当初的《我爱我家》，如果说要再超越或者再有好的作品，应该在哪方面努力呢？

英达：我关注的是现实题材。我虽然不是说古代题材不好，但是我认为情景喜剧最强调的就是当下。你弄一个东西，与现实不相干，再逗也逗不到哪儿去。我们情景喜剧已经逐渐地失去了这样的锋芒。由于这样那样的原因，不敢接触现实，或者接触现实的时候也是一团和气，这样就导致情景喜剧不逗。怎么逗？很简单，辛辣地讽刺现实，保证逗，可是不敢。有可能出点问题，播出不了，无法挽回经济损失。

不仅是审查制度，还有我们的环境是否宽松，以及我们的国民性问题。国外的观众多数都以我有幽默感为荣。乐于拿自己开涮，人家拿自己开玩笑，担得起，还高兴。幽默感强说明我这个人不光聪明，而且有涵养。

我们搞喜剧的都知道，方言是喜剧里面的一个重要武器，相声界有一个行话，一倒三口，倒就是倒口，就是说外地话的意思，说不同的外地话。你看多数的戏里面不管是《炊事班的故事》，还有《武林外传》，都是一个人说一种方言，这个喜剧效果非常好。但是我们发现，当我们抨击的人物说某种方言，或者怎么样的时候，起码那个地区的观众不高兴，说"怎么拿我们这个地方开涮"。总而言之，就整体来说，中国人不管是百姓还是官员，对喜剧的心态都不够好。其实，当你用幽默的眼光看一件事的时候，就很可能不是那样。

情景喜剧发源地在美国，他们那儿的人，你可以说我丑，你甚至可以说我笨，但是你不能说我没有幽默感。所以一个人以自己有幽默感为荣，情景喜剧的发展就好办了。

采写/邢志国 郑成雯

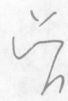

随时准备上路

北京大学学籍卡

姓　　名／唐师曾
性　　别／男
出生日期／1961年1月
籍　　贯／江苏
入学时间／1979年
毕业时间／1983年
所在院系／国际政治系
专　　业／国际政治
获得学历／本科
获得学位／学士
工作单位／新华社
现任职务／主任记者

**毕业后主要经历**

1983年 中国政法大学政治系助教、讲师
1986年 考入新华社，汤姆森国际新闻培训中心毕业
1989年 负责北京新闻
1991年 任新华社驻中东记者两年
2001年 当选"全国十大新锐青年"
2007年 当选"中国绿色环保"形象大使
2008年 当选"十大思想推动中国人物"和"2008奥运火炬手"

唐师曾

## /北大对我来说是一种精神的联系

在北大图书馆，一个叫罗伯特·卡帕的记者闯进了唐师曾的生活。后来他在《我在北大的阳光里》写道：我们俩都在18岁进了名牌大学政治系，同样狭隘自负，坚信只有相机才能记录历史。

记　者：你心目中的北大包含哪些特征？
唐师曾：北大的一个特征就是"疑"。什么叫科学的态度？就是怀疑的态度。你跟我说那边有一个人把狗吃了，姑妄听之，不可能刚一听完，我就立刻上街游行抗议。

还有重要的一点是思想自由。北大能把所有劣势都变成优势，这就是大学教育精神。我记得那会儿去二教，去文史楼，去外文楼，我们都是扛着椅子到处走。这个老师讲的没劲，往别的地儿挪，哪个老师讲得好往哪儿去。我特喜欢这样，总是事先到了占一个椅子，先把椅子搬到一个有利的位置。

如果没有这个训练，谁能想到上课时椅子能搬着走呢？并不是所有教室都这样，我们中学椅子都是一排一排的，两人一个课桌，走不了。北大这样的教室好，活动的椅子，不固定的教室，是一种活动状态和自由状态，当时只有北大教室能这么弄，这是北大所特有的。一旦北大人都固定在教室，教室里都一排排桌子，得一个人站出来其他人才能撤出来，他们的思维就受限制了。

记　者：北大的学习生活经历对你的记者生涯有哪些影响？
唐师曾：我认为大学教给一个学生的基本素质：表面上他干什么都不成，但实际上他身上潜藏着干任何事情的可能性，通过努力能成为推动社会进步的人。这是北大教育有影响力的一面。你不要小看一些细节，比如从外文楼去学五食堂很远，骑车都得骑一会儿，自行车停哪儿，抢位很重要，这些训练对后来当记者都有用。

还有北大告诉我底线在哪儿，这一点对于记者非常重要。北大教会学生按照科学的想法做事。另外，北大引导你学会如何才能脱颖而出。这些东西如果天天靠老师讲，没用，老师一讲五十多人全听见了，50多人全会了。一定是你自己在北大图书馆发现的一件事，其他人都不知道，你自己去发现了，你才能脱颖而出。

记　者：看到过一些你写北大的文章，你自己偏爱哪篇？
唐师曾：我喜欢《北大四位系主任的座右铭》那篇。1950年代，创建时的北大国际政治系主任李普的座右铭是"人格独立，思想自由。"我上学时，系主任赵宝煦题词是"做事认真，待人宽厚。"1980年代末到90年代初，系主任张汉青的留言是："沙滩学运知真理，矢志跟党为人民。"1990年后期到21世纪初，北大国际关系学院院长潘国华是"互信互利。"沧海桑田，与时俱进啊！

## /我可能是中国最早推崇卡帕的人

记　者：你认为一个好的记者是怎么产生的？应该具备哪些特质？
唐师曾：第一，好记者是天生的，但缺少大学教育也是不行的；第二，他得赶上一个机会。

好多人就不适合当记者，比如没有敏锐的观察力，没有深刻的领悟力，没有流畅的表达力，说话跟蚊子似的。另外我认为记者应该首先尊重人，尊重生命，把自己换位当做被采访人，为被采访人着想；而且记者和官僚是截然不同的。拿我自己来说，我追求思想独立，人格自由，别人说我没见着的东西，我都要打个问号。另外还有一个，如果我们不能拿英语写作，根本就不是好记者，我不能拿英语写作，所以我不是好记者。

曾经有学生问我，他应该从事什么职业。我告诉他：第一你喜欢；第二你擅长；第三你能用它养活自己，而且能养活你自己是起码的，至少要能养活几口人。光喜欢不擅长也不行。还有就是要迅速地知道自己不适合干什么，并且得承认存在不平等，知道这些不平等之后，就知道自己努力的方向。

记　者：说说你的相机和日常装备？

唐师曾：相机是我喜欢、擅长和以此谋生的手段。最早买照相机不吃不喝得攒两年的工资，大学毕业第一年一个月46块钱工资，第二年转正56块钱。尼康63，镜头加马达一万块钱，那个时候想怎么可能呢？以前我很在乎相机是什么型号、什么胶卷、什么镜头。现在我就用一个傻瓜机，300万像素，完全够用，像素根本不重要；而且小相机隐蔽，易于保护，我要的是自然，是抓拍。要是拿个顶大的，还没有照，人家看见我在照相了；而且有的现场拿大的不让进，拿小的就让进，我得装业余者，好像哆里哆嗦的，其实我自己知道我在那儿等什么东西呢。

我开车永远都车头朝外。我去游泳都把车停在最靠外边的车位，这样我能迅速撤离。我的东西全都是特集约化的，一拎就走。钥匙什么的，腰带一串，需要的全有。我把执照放在包的第一层，下面一层是我常用的本，本下面是傻瓜相机，相机下面有各种证件，证件下面有钱包，在最里面。你把我的包打开就是这么一层一层，我只要拎着这包，几天里该用的全有。类似这些东西我上学时就这么做了，因为有那种基因到后来才有可能当记者。

还有这两块手表，带很多年了。这是一个机械表，机械表功能很简单，很可靠，一般来说这个表永远是北京时间；另外一个是到哪个时区就调成那个时区的时间。

记　者：有没有你欣赏甚至崇拜的记者？

唐师曾：记者的顶峰我认为是两个人：一是孔子，一是司马迁，他们敢说。比如司马迁，知道要杀他，他说别杀我，把我睾丸剌了可以吗？这样不影响继续说话和继续写。孔子和司马迁都是知止的人，知道底线在哪儿。不知道底线在哪儿那就不是好记者。我欣赏的记者还有卡帕。

记　者：那给我们讲讲卡帕，你为什么欣赏他？你怎么看"战地记者"？

唐师曾：不只是欣赏，我推崇这个人，我可能是中国最早推崇他的人。他是匈牙利人，在柏林大学上学，在法国谋生，因西班牙内战出名，在北非跳伞，在诺曼底登陆，在法国和英格丽·褒曼恋爱，加入美国国籍，在日本上班，在越南被地雷炸死，被埋在纽约。他一辈子没结婚，活了41岁，女朋友无数，哭着喊着后面一堆。你说他是哪国人？是什么人？他是一个自由的人。海明威是他的干爹，毕加索和巴顿等跟他有着极好的关系。如果说他是一个战地记者，那就低看他了。"如果你的照片不够好，那是你离得不够近"是一句哲学的话，人家本来是一个哲学家。

中国人老说战地记者，我不认为英文里有这个词。现在有谁介绍我是战地记者我就要求别这么说我，我不是。那就等于说一个喜欢京剧的人就是票友，这是不恰当的，不要轻易用这个称谓。外国有一个词叫War Photographer，那是拍摄战争的人。这是一种独立自由的人，没有职业，没有国籍，什么都没有，靠卖照片谋生。卡帕是这样的，其他人哪个是这样的？

## ／我是知行合一的记者

作为一名记者，唐师曾沿万里长城步行，在秦岭拍摄野生大熊猫，在可可西里无人区探险4个月，独自潜入伊拉克并最后撤离巴格达，参加中国科学探险协会"神农架寻找野人"活动，独自驾车环绕美国，参加"首批人文学者南极考察"活动，驾吉普车穿越马来半岛热带雨林，在单车无后援条件下从北京驶抵喜马拉雅珠峰大本营，单人驾车完成里程30000公里，历时90天的"新唐僧取经"。驾吉普车在欧洲拜谒第二次世界大战旧战场……

记　者：当初你在中东采访有什么有趣的经历？为什么采访能比较顺利？

唐师曾：我的自由状态使我具备自由的思想。我在中东是自己开车到处走，没有第二个中国人是这样的；我知道怎么通关，所以我是知行合一的记者。再有就是我身上所具有的北大的精神特质。北大以前出过本书，叫《精神的魅力》或者叫《精神的联系》，能够打破条条框框的人基本上是北大的。像杨福昌、郑达庸、孙必干这些校友，他们当初在中东时的语言水平基本上处于顶峰。北大西语系和别的学校不一样，那里培养的是文学和哲学人才，你能明白我的意思吧，这样的人才能走到高处。我去的时候就遇到这样一批出色的人，那是1990年，而碰到我这么一个自由分子，他们身上的自由基因也全被激活了，因为他们也是这样的人。他们给我的帮助是别人得不到的。

至于那次采访经历，先说说我喜欢的几本书。我认为有几本书是必须看的：阿道斯·赫胥黎的《美丽新世界》，尤金·扎米亚金的《我们》以及乔治·奥威尔的《动物庄园》，还有一本是我最喜欢的，叫《1984》。我认为新闻学院应该主张学生看这三本书，特棒，而且我认为小说是挺高级的一种形式。

我在伊拉克能混得那么好，是因为我知道《动物庄园》这本书。阿齐兹的秘书是老复兴党，最后是被炸弹炸死的。他第一次一见我就说一大堆官话，问我你知道《动物庄园》吗，我说我打"动物庄园"来。于是他跟我眨眨眼睛，说咱俩单谈。我的《重返巴格达》那本书的序就是他写的。

采访卡扎菲的时候他特别高兴，因为我知道他写的《绿皮书》，这些文化积淀都会帮助推进采访。

记　者：我们经常看到摄影记者的工作状态是非常紧张的，你在这方面有什么经验和心得？

唐师曾：一些教摄影的老师，对什么是公角、母角他们不一定懂。这是我的一个发现。墙角分公的和母的，把凸出来的叫阳角，或者叫牛角；凹进去的是凹角，或者叫母角。一台相机在凸角和凹角的时候，结构是截然不同的。比如你拿着照相机，一帮领导人走，你要想拍他很难照到。你找凸角还是到凹角去预伏合适？在这儿等你永远也排不上，你到下一个角，百分之百你是第一个。

或者比如挤，在几十个人朝一个门挤的时候哪条路最快？学校现在不教这个，实际上必须得教这个，不教你根本就挤不进去。挤不进去你怎么拍？这些问题你看书还是问老师？书上还没有写，找不到答案。等哪天我一点一点写出来。

我是通讯社的摄影记者，我一年得发够一千张照片才可以，不然我完不成定额。我的纪录没有人打破过，我一直保持了高纪录，这样才有机会被派到这儿派到那儿，才能够得到特殊的营养，才能长成一只老虎。

记　者：如果工作中发生冲突怎么处理？

唐师曾：我自己是这样的，如果我跟别人发生冲突，我就检查我自己不对的地方。我有三点：一是自省，问是不是我不对？二是自尊；三是自嘲。

记　者：这次"5·12"汶川大地震发生后，你很快赶到地震现场展开工作。给我们讲讲你去的经过？这次地震报道留给你最深的感受是什么？

唐师曾：身在一线，让我感动的事情有太多太多。可以说，从受灾的坚强的人们到不顾生命危险施救的人民子弟兵都让我敬佩和感动。比如一位80后的小战士，他自个儿还没长大呢，但是在汶川映秀镇，他抱着俩孩子往外撤离。这个小战士从端正地戴着军帽到军帽被"黑鹰"直升机的旋翼卷走，始终用双臂紧紧夹着肋下的两个孩子。在汶川，不论是拯救人、一条小狗、一只病猫还是一棵小树，热爱生命都成为做所有事情的基础。毫无疑问，那些热爱生命、拯救他人生命的人值得尊敬。毕竟越是在这种危急的时刻，才越能显出他们的伟大。

记　者：7月3日，你在咸阳参加了北京奥运会火炬接力。当时是什么心情？

唐师曾：成为奥运火炬手，传播奥林匹克精神，传递友谊与和平，这是我最重要最值得欣慰的经历；同时我也希望通过圣火传递爱心、希望和梦想，祝愿四川灾区的人们早日重建家园！能在咸阳传递圣火也是我非常向往的。我采访过战争，经历过许多重大的灾难，我对和平的感受是特别深刻的。

我认为奥运会有三种精神：第一是国与国之间要和平、不要战争；第二是民族与民族之间要交流，不要隔阂，包括文化体育各方面的交流；第三就是人与人之间要公平竞争，英文叫"fair play"，这就是我所认为的奥运精神最根本的所在。

## ／没有话语能力，图片就会一文不值

记　者："语像"是你提出的，为什么想到要提出这个概念？怎么去理解？

唐师曾：我的书是大量图加文字，因为人类最早期记载文明就是用图、象形文字以及年画等等，很直接。但是图像得是有思想的图像，所以我叫"语像"，是能传递话语的图像。教你照相很容易，教你怎么让你的图有话语是很难的，这是文化的事，不是技术的事。

改革开放30年是声音和图像也就是声色犬马疯狂发展的30年。"声"，最早就是听索尼Walkman，说那个小孩很牛，有个Walkman。后来就是你们家长开始买21吋"平遥"或者29吋"平遥"，电视实际上是一个听和视的东西，所以当时控制电视的人一下子就能飙升。

现在做书我觉得是双向的，博客也是。如果光是我自己写，那是旧的写书方式，语像重要的是互动。比如我弄一个东西，别人说这是什么我不懂，有人愤怒，有人开怀，我就开始调整。以后我甚至可以从博客复制文章下来直接印刷，肯定连错字都不用挑，因为有无数人帮我在那儿给磨得圆滑了。我经常看网友留言，我是特认真地看，我得知道他们在想什么，知道这一点我好继续。

记　者：《一个人的远行》一书中，你邀请了很多知名人士参与你摄影作品的再创作，你怎么看待这些评论？"放弃话语权"你提出的，没有文字表达，思想怎么体现？

唐师曾：图像的易于获得致使它泛滥，如果没有话语能力，你的图片就会一文不值，所以"放弃话语权"并不等同于丧失话语能力，相反这个能力一定要具备。思想的表达体现在几个方面：一是我写了个序；另外我把整个文字和照片分成四部分，叫地水火风。"地水火风"是婆罗门说的话，我这本书是讲印度的。再有就是每部分都有一小段前言。

然后我请了一些人参与写作照片的解读评论，比如西安钟楼麦当劳的照片评论是高敏写的，她是跳水皇后。还有我那时拍的四条狗在抓一只兔子，评论是郑渊洁写的，他写以强凌弱，四条狗都面带微笑来抓这只兔子。还有小崔、张越这样的人，都写得特好，大家跟我一起评论。

记　者：今年有没有针对"语像"的继续实践，比如推出新书？

唐师曾：我现在做一本书是拿英语写作的，是美国大使馆帮我翻译的，由清华大学出版社出版，叫《黄河的联想》。这本书是季羡林先生题的书名，今年9月推出。新书的文字部分，我写了一个序和五个小前言。这五个部分分别是男人、女人、他们的冲突、神和信仰、自然保护，大概是这么五个部分。全是图片，仍然邀请一帮人帮我写。每部分里面我就写一段话，有的是关于科学加统计数字；有的是文化描述，比如第二章是关于女人，我说中国的文化就是能生会养，没有哪个国家的女人像中国女人那么能生会养，不管她什么样她也能生孩子，不管她多穷也能把孩子养大。

记　者：这些内容和黄河是什么联系？

唐师曾：我这里面只拍了一个省——陕西省，我想以后拍10个省。一说到黄河大家老容易讲黄河源，可可西里，格拉丹东，或者说是东瀛入海口。中国人所说的黄河不是自然的黄河，而是文化和社会学上的黄河，所以叫"黄河的联想"。随意联想，很多省都跟黄河能沾上边，多好的书呀。这次我找的是陕西，它是黄河正中间的一个省。

黄河是一个几字形，有了这个"几"字不要紧，它就多了一个凌汛，长江就没有。黄河结冰，长江一年水位变化不大，黄河水大的时候洪涝，水小的时候到济南、河南都能断流。黄河的三分之一是泥，三分之一是水，三分之一是泡沫。

## ／我不是作家，我朝作家努力

《我从战场归来》、《我钻进了金字塔》、《重返巴格达》、《我在美国当农民》、《我的诺曼底》、《我第三个愿望》、《我说》、《一个人的远行》等是唐师曾的作品。这些作品在社会上尤其是在中青年知识分子中间获得了广泛的反响，并取得了较好的市场销量。

记　者：要是人家介绍你，你喜欢哪个身份？

唐师曾：我认为最高级的是写作。我喜欢作家，但我不是作家，我朝作家努力。我认为作家肯定是思想家，他没有思想也做不出东西来。写作跟写电视剧不是一回事，写作是我最喜欢的。我是中国作协的会员，也是中国摄影家协会会员。

记　者：你是怎样加入作协的？

唐师曾：得出三本以上的书，而且得两个人审核你。我是高洪波和陈建功两位北大校友推荐的，大概审查一年以上，审查标准是看书由什么级别的出版社出版，发行量多大等等。人类的历史高级的还是文字的历史，我自己这么认为。报社显耀部门全是写字出身的。搞摄影撞大运的可能性太大，写作就不是。

记　者：你取的书名大都有"我"这个主体，这是出于什么考虑？

唐师曾：从我干记者写第一本书开始，萧乾老就跟我说，你谁也代表不了，你只能代表你自己的感觉，你说是吧？我能代表什么？所以我的书都叫"我"怎么样，比如《我从战场归来》。

### 采访手记

对唐师曾的采访是在他什刹海家中进行的。

书柜是他家的主要陈设，里面密密麻麻都是书，包括很多英文书籍。说到兴奋处，他总是找出几本翻给我们看。

采访时,他的院子正在进行奥运前的施工,临别时他送我们出来,站在施工现场,开玩笑说,像不像又回到了贝鲁特。在院门口,我们看到了他那辆熟悉的大切诺基越野车,而他博客的音乐是《出埃及记》。贝鲁特和埃及已经遥远,他总是做好新的出发准备。

"和平鸭"是他本人的Logo,先后挂在三菱帕杰罗、丰田陆地巡洋舰、雪佛兰开拓者、吉普大切诺基上,跟随他走过欧美、东南亚、北非、马来半岛热带雨林……这只光头带着大号方框眼镜、和唐师曾颇为神似的和平鸭也越来越多地被人们所熟悉,大伙儿也亲切地叫唐师曾"唐老鸭"、"老鸭子"。

这次采访安排在5月1日。请他题写观点时,他把落款写成5月4日,他说喜欢这个日子。这一天是北大的校庆日。今年是110周年校庆,校庆当天他回到母校,在校庆仪式现场拍摄了很多珍贵的照片。能够体会到,北大情结在他心里是根深蒂固的。

这次采访结束以来,唐师曾相继参加了汶川地震报道和奥运火炬接力等重要工作。尤其是地震报道,尽管他目前身体并不很好,却是最早赶到地震灾区的摄影记者之一,并在最短的时间内传回了大量宝贵照片,再一次显示出出色的专业能力和澎湃的爱国情怀。而他的新浪博客点击率也从5月初的90多万次飞升到7月初的1300多万次。越来越多的网友通过他的博客去看世界,并加入了实践"语像"的行列。

也许他的生活状态正像他在《我的诺曼底》中评价偶像卡帕那样:"一生像蚂蚁一样工作,像蝴蝶一样生活。"

采写/费里芳 郑成雯 吴胜

京城"地铁报"第一人

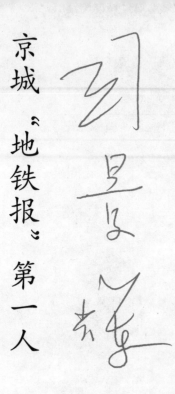

北京大学学籍卡

姓　　名／司景辉
性　　别／男
出生日期／1963年
籍　　贯／北京
入学时间／1981年
毕业时间／1985年
所在院系／哲学系
专　　业／哲学
获得学历／本科
获得学位／学士
工作单位／京报集团
现任职务／北京娱乐信报社总编辑

**毕业后主要经历**

1985年　北京日报社　　记者
1998年　北京晨报社　　副总编辑，参与晨报创办
2005年　北京晨报社　　常务副总编辑，主持采编工作
2007年　北京娱乐信报社　总编辑，参与信报转型为京城独家地铁报的创办

司景辉

## ／北大方阵打出了"小平您好"，大学生游行队伍就像一个欢乐的大海洋

记　者：我们知道你是1981年到哲学系的，当初为什么选择北大？怎么选择了哲学系？

司景辉：　1978年全国恢复高考，1981年我们参加高考的时候已经是第四年了，那个时候考上大学挺难，我们这一届升学率只有4%。

高考头一年，海淀区组织各个学校一些成绩比较好的学生参加补习提高班，集中一些比较好的老师，办一个地理、政治、数学提高班。我们学校选出来的几个人就在北大二教上课，整整上了一年，所以在高考之前对北大就挺熟悉的。

其实我当时特别想学新闻，第一志愿就报的是北京广播学院采编系。那时候大家都觉得能上北大甭管上什么专业都行，因为那是最高学府。所以老师就劝我，说你把广播学院放第二志愿，把北大放第一志愿，我说报北大学什么呢？我在我们学校政治课成绩最好，每次考试都特别棒，政治老师非常喜欢我，他说你干脆报一个哲学系吧，估计考上的可能性大一些。就这样我报了哲学系，还报了个法律系，跟着就考试了。成绩出来以后一看上法律系差个七八分。考上了哲学系也没有觉得有什么特别，反正成绩一直还可以，肯定能考上北大。

记　者：你在哲学系学的跟原来想象的一样吗？

司景辉：我在学校学哲学的时候不是特开窍，也不是特喜欢。我的兴趣还挺广泛的，在校队踢足球，然后当学生干部，是学生党员，在系里面当学生会的文体委员。二十多岁的人真正对哲学特别喜欢的人我觉得非常少，哲学不像文学，跟年轻人性格是相符的。哲学跟就业也没什么直接关系，所以学习起来确实比较艰涩难懂，比较枯燥，不太可能自发地去喜欢这个专业。哲学专业涉及内容比较多，我们当时是以马克思主义哲学为主，辩证唯物主义、历史唯物主义、政治经济学这些课程都学。除了这些课以外，也学美学、宗教，还有中国哲学、西方哲学、逻辑学，还学点数学和物理什么的，比较杂。

记　者：能否回忆一下那几年的学校生活里让你印象特别深刻的事情？

司景辉：印象最深的是踢足球那次，中国足球队踢三比零赢科威特，是挺早的那次世界杯预选赛。那是我上学以后第一次去游行，学生们高兴地拿着饭盆、脸盆就出去了，敲敲打打走到清华绕一圈，用现在的话讲是学生的爱国热情。80年代年轻人确实信心很足，想法非常简单，一身正气，把整个国家和国家的荣誉都跟自己结合得非常紧。

当年我还参加了建国35周年庆典游行的方阵。我们为了国庆游行准备了很长时间，在学校训练都特别正规，要求横平竖直走方步。可是快到天安门广场的时候就不行了，大家很激动很兴奋，步子就乱了。到金水桥的时候，大家都把那些方步全忘了，都有一种情绪特别想表达，于是就跳跃、欢呼，向天安门招手，整个大学生方阵就像一个欢乐的大海洋。后来我们方阵打出"小平您好"，我们就跟着使劲挥手。

记　者：毕业之后为什么选择了去新闻媒体，与你所学专业的关系是怎样的？

司景辉：其实我的想法非常简单，哲学是一种方法论，它不是实用的技术，它是一种思考方式，是一种看待世界的方法。实际上它一定要跟实际工作结合起来，然后运用这些方法来解决现实问题。我觉得学文科的同学，应该有一个载体和平台表达自己的思想以及在为社会服务的同时体现自己的社会价值。在媒体工作能够达到这个目的，能够表达自己的思想，能让我把对社会、对人生、对人的一些看法在这个平台上表达出来，署上我的名字。虽然我们说新闻是客观的，但还是能把我的感情、我的理解、我的视野融进去。我觉得我的人文精神和思维方法是北大交给我的，并成为了我的工作习惯。

毕业时我个人志愿当中填的全是媒体单位，科技日报社、人民日报社、光明日报社等等。学校把我分配到《北京日报》，去内参部，搞一些问题性报道和调研性报道，写一些通讯，不一定公开见报。我做了13年记者，在内参部的四年锻炼很重要，因为它搞的报道全是调查性的深入报道，为了研究和调查，要方方面面取证，甚至我们采访笔记上都要有被采访人的签字。

其实北大人是挺注重理论的，在许多事情上都要事先弄清为什么，而不是简单地去跟着感觉走，我理解的北大人是要有点理性思维，这也是学哲学的好处。有了理论基础，你再去做事，会更科学，更有实力。

## ／《信报》操作标准：要闻必读，娱闻入目，画龙点睛，冲击有术

2007年7月，司景辉调任北京娱乐信报社任总编辑。信报的前身是具有二十多年历史的全国专业报纸《戏剧电影报》，于2000年10月9日正式更名改扩版。它最初的定位是一张轻松的都市早报，从2007年开始转型为地铁报，这是北京第一份地铁报纸。

记　者：信报为什么会转型为地铁报，优势在哪里？
司景辉：信报有7年历史了，我到这儿来才一年，之前是在北京晨报当常务副总编。2007年11月27日，信报转型为北京第一家地铁报纸，免费派送。我觉得现在北京报业市场供大于求，甚至有些恶性竞争。《信报》和《北京晨报》、《北京晚报》等同属于北京日报报业集团，它也要寻求差异化发展。正好有这么一个机会，现在整个世界范围内，地铁报是一个新兴品种，20世纪90年代刚刚兴起，但是发展非常好。
现在我们是在87个站点来派发，派发时间是在早上7点到9点，发行量在20万—25万之间。同时我们也有定向发行，就是围绕比较集中、特征比较鲜明的客户群发行，比如在国贸、复兴门等站点。
我们和其他都市报现在已经竞争平台上实现了差异化，我们是"分众"，是一个新的形态。传统的综合性大报动不动就几十个版，他们涉及的内容比较全，但我们做不了这么多，我们是少而精。
信报转型后广告势头非常好，我们对广告客户的吸引力比以前要大得多。我们定位准确——速读、实用、欢乐三大理念。我们在做索引，现在不缺信息，报纸能跟网络比吗？能跟电视比吗？那我们现在怎么办？我觉得我们不要想做太多，我要的是"精"。信报的操作标准顺口溜是：要闻必读，娱闻入目，画龙点睛，冲击有术。

记　者：地铁报免费派送的做法能持续多久？
司景辉：只要市场在，我们与北京地铁合作签约时间是15年。北京地铁与京报集团强强联合，实力强大，市场广阔。

## ／什么叫不说人话？就是打官腔，讲套话；什么叫人话？
## 　大多数读者一眼就看得明白、看懂的话

记　者：近来国内连续发生了许多特别重要的大事情，比如说南方冰雪灾害、四川地震，信报的理念是"信报永远是您的朋友"，那么遇到这种重大事件的时候，你想做什么样的新闻？
司景辉：一定要尊重读者，我觉得这是一个最基本的观点。我们所有报人的出发点都不应是自我感觉，而应该从读者角度考虑，它决定你办报的所有思路，这是第一位的。为什么1998年前后那个时期，都市报市场风起云涌，有一些办报人也曾风云一时，但没有走到今天？原因是多方面的，但有一点，就是有些人过于把自己的意念强加给读者和市场，所以经不住读者、时代和社会的考验。回到做新闻和办报纸的最基本原理，衡量报纸好坏的标准是读者，他们需要的

你给了吗？如果给了，那读者就爱看。需要十分你给五分，那读者就不满意，你没有把最重要的、最喜欢的给我那就是你水平不高。所以读者的喜好决定了所有的采编人员办报纸的定位和价值取向。

比如，最近赈灾报道，我们有个编辑写标题《武警开进某某地方》，好像习惯上都这样，非常官话。这只是一个进程性的介绍，没有感人掉泪的东西。我们就讨论这个问题的实质在哪儿？灾区情况很紧急，至今生命线还没有找到，没有一个人到达现场，有一批不怕死的武警战士要打通进去先把信息拿到，是这样一个背景，所以最后标题改成《英雄救急，300官兵连夜驰援》。这样才找到大方向、关注点，而不是停留在表面。

我有时跟编辑记者开玩笑说，办报纸、做新闻"要说人话，别不说人话"。什么叫不说人话？就是打官腔，讲套话、讲大话。什么叫人话？大多数读者一眼就看得明白，一眼就看懂了的话。你把人话都说好了，这个报纸一定好看。像那种词：举办、研究、协调，老在报纸题文当中出现，这报纸好看不好看？很简单，咱们平时聊天，你说"研究"这个词吗？你不会说，因为朋友之间不会说研究，你肯定说聊聊，琢磨琢磨；平时聊天咱们谁说"举办、协调"？除非特定的场合。实际上我老讲"三贴近"，什么叫"三贴近"？真正以人为本，真正把读者放在你的新闻价值观当中，时刻想着他们，想到人，想到人的语言，想到他真正需要的东西，这些年我的体会很深。

## ／现在报纸拼的是"组织"：组织人、组织信息、组织版面

记　者：在信息海量的时代，报纸在有限的版面怎样充分报道较为全面的内容？

司景辉：现在报纸实际上拼的是"组织"。资讯很多，你去选择读者所需要的东西，需要非常科学有效的组织系统和组织方法，组织人，组织信息，组织版面，把这些东西整合起来，调配好资源。我从晨报到信报，一直把组织看作一个重点，重视我们内部的机制和整个环境条件，以及用什么样的激励杠杆或者结构设置程序来保证我的组织高效有效运转。通过特别有效的组织，才能使读者稳定地了解他所需要的信息，因为报纸信息的持续稳定性是第一位的，它代表公信力和影响力。就像麦当劳和肯德基，如果不实行标准化，薯条今天一个味，明天一个味，香辣鸡腿堡三个麦当劳店三个不同的味道，这企业早死了。因为它是快餐食品，它跟别的不一样，不像江南名厨，靠技术个性化做菜。像这种大生产的、标准化的产品，要有持续的稳定性，然后是在这个基础上的创造性与闪光点，也就是整体与个性要实现高度的、有机的统一。做到这一点，首先就是科学和有效的组织，对于管理者来说这很重要。

记　者：请详细说说这次汶川地震报道，报社集中了多少人力，和往常的报道有什么不同之处？

司景辉：这次报道当中媒体竞争十分激烈，报道比较充分。我的看法是，第一我是地铁报，我要基于自己地铁报的特点和公众需求来运作。那么地铁报是什么特点？我在第一时间上市，地震期间我们都是7点发报，这个多数报纸做不到。很多乘客6点多钟就在那儿堵着门排队领报纸。而且我们派发的面非常广，5条线，68个站很快能拿到20多万份的数量，我的报道就是基于这个特点。

第二个特点我的报纸薄，因为我是派送报纸，所以版面比人家少一半，甚至说是人家的三分之一，规模比较小。

第三，我的读者大部分是年轻人，他们了解信息的主要渠道并不是报纸。我们以前做过调查，地铁一族在地铁里买报纸、看报纸的不到10%。而这个群体获得信息的主要渠道是电视、网络。

这几点要素决定了我们的办报定位，简单地说：直接、快速、简洁。然后争取让每个版面和标

题都传达丰富和重要的信息，所以整个赈灾报道我们做得比较实，没有太多的个性化创意。比如，有的报纸为一个概念做两个版的图片报道，我认为那种做法也是对的，并不是说不需要，但是对于版面较少的我们来说那样是奢侈的，我们的个性化创意主要表现在对新闻准确适度的把握上。还有一个现实情况是我们人少，主编、主编助理、编委主任，编辑记者加起来总共四十多人，现在一般报社都有一百多人，信报社只是他们的三分之一。

我们在有限的条件之下要承担这么大的职责，给二十多万读者把抗震救灾这么多重要的信息传递出去，我们必须精选、找准。所以我们不贪大，不求全，不求在某个点上表达充分，但是一定要点到点子上。可能比较起来，我们的情绪宣泄和个性化设计不是很充分，但是我们的信息归类、时效性和标题的设置，以及编辑对语言和事实的把握做的都很好。同时还有一条很重要，就是读者在地铁读报的时候，一定要把帮他把信息梳理清楚，在各报当中我们做得不能说最好，但是我们在信息综合和分类上做得很有特色。

采写/邢志国 沈沐 仲伟宁

寻找遥控器和鼠标的结合点

北京大学学籍卡

姓　　名／汪文斌
性　　别／男
出生日期／1965年3月
籍　　贯／湖北
入学时间／1981年
毕业时间／1985年
所在院系／经济系
专　　业／国民经济管理
获得学历／本科
获得学位／学士
工作单位／中央电视台
现任职务／网络传播中心主任央视国际网络有限公司总经理

**毕业后主要经历**

1985年 中央电视台经济部记者、编辑、制片人
1996年 中央电视台经济部副主任、主任
2001年 中央电视台广告经济信息中心副主任
2002年 中国广播电影电视集团综合办公室副主任、大型活动办公室主任
2005年 中央电视台办公室副主任
2006年至今 中央电视台网络传播中心主任；中国国际电视总公司董事、
　　　　副总经理；央视国际网络有限公司副董事长、总经理
2007年6月至今 央视市场研究公司（CTR）董事长
　　　　央视索福瑞媒介研究有限公司（CSM）董事长
　　　　央视公众资讯有限公司董事长

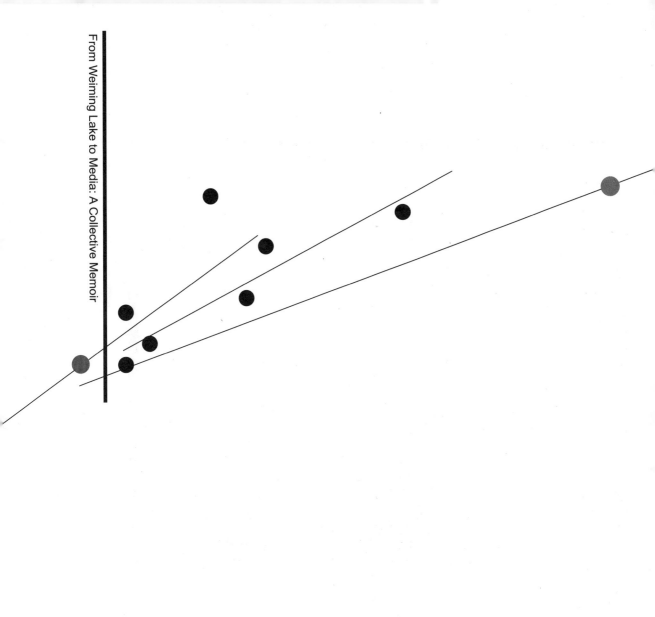

汪文斌

他不了解经济，却选择了北大经济系，并成为"三好学生"；

他不了解媒体，却选择了中央电视台，并引领了经济节目的新潮流；

他不了解网络，却承担了整合央视网络资源的重任，并带领央视网成为北京奥运会新媒体转播的龙头；

他，就是央视网的掌门人——汪文斌。

## ╱我们的战略是：视听、互动、多终端；今后所有的媒体都会被互联网化

2006年初，中央电视台提出："要像打造电视品牌一样打造网络品牌。"整合分散的网络资源，这是央视新媒体业务的重要战略部署。2006年4月28日，网络传播中心和央视国际网络有限公司成立，汪文斌成为央视新媒体业务的掌门人。

2008年北京奥运会，国际奥委会首次将互联网、手机等新媒体作为独立转播机构并授予转播权，而央视网是中国内地和澳门地区唯一的幸运儿。

记　者：北京奥运会刚刚结束，这次奥运会给央视网带来了怎样的机遇？

汪文斌：在互联网领域，内容的作用正逐步显现。互联网的门槛比较低，任何人都可以开办一个网站。只要你有钱买带宽、服务器，就能把你的内容广为传输。在这样一个开放的渠道里，谁能传播已经不是问题，传播什么变得越来越重要。就是说，看你是不是拥有最优质的内容，是不是拥有大众最关心、最想看的内容，奥运会无疑符合这一点。奥运会可以说是当今世界全球通行的最优质的内容。这次，央视网就获得了这个全球最优质的内容，这就意味着我们在互联网领域站到了制高点。

央视网获得奥运版权之后，在国内，只要是奥运会的视频，不管是在哪个网站上播，上面一定挂着标：CCTV.COM，各种传播对央视网的影响非常巨大。网上有文章说，奥运会使央视网跻身四大门户网站行列。我觉得这可能言过其实了。我们目前还是在新闻网站和视频网站的层面，还没有真正进入到门户网站的层面。但是在新闻网站和视频网站里面，我们是有优势的。

所以说，这次奥运会，不仅让央视网在流量和收入上有增长，更为重要的是，因为站在这样一个制高点上，我们得以成为在这个行业里面，进行奥运传播的组织者、协调者。在某种程度上，我们是居于一个龙头的地位。这对我们来说是最重要的。

记　者：在北京奥运期间，央视网建立了"奥运网络传播联盟"，授权给九家网络媒体进行2008北京奥运赛事的互联网视频直播和点播，网上有消息说这给央视网带来了四个亿的收入，这将成为央视网的一种盈利模式吗？

汪文斌：我们现有的一个运营模式是"台网联动"，就是央视的网络广告跟电视广告捆绑销售。

这次，我们想借奥运会这个契机建立新的运营模式，就是网络联盟的模式。可持续的联盟应该是依托特有的资源建立利益共享的机制。如果没有利益共享的机制是不可能成为联盟的，只能说是一个公益性的、朋友性的、情感性的组织，而不是一个真正的联盟实体。

奥运会时，我们主要是通过版权的方式，下一步我们会更多地发展广告的方式。比如，再有像奥运会这样的活动，我们可能会用版权加广告的模式。大家共同传播某一内容，共同植入广告，在背后实现整个利益共享，这就是一个真正的运营模式的诞生。

记 者：央视国际拿到的新媒体的牌照，不光是互联网，还包括手机终端、IP电视、移动电视，请给我们介绍一下这方面的规划？

汪文斌：我们目前拓展的领域有手机电视、公交的移动电视、还有IP电视。我们希望尽可能的广为拓展这些领域，它们都有很大的市场。孙正义说过：五年以后，手机互联网会超过现在的固定互联网。这个时间的判断肯定有问题，速度不会这么快，但大趋势上肯定是如此。我们现在正努力进入这个领域。

很多领域在现阶段并不是完全成熟，我们需要把握好趋势，探索一些好的盈利模式。对我们来讲，时间是第一位的，速度是第一位的。但这里面又要把握好不同业务之间的互补关系：要有现实意义才能去做未来的事情。如果不做现有的东西，只做未来的，那现在就没法过了。反之亦然。

我们的战略叫"视听"、"互动"、"多终端"。现在，这三个词是分开的；但在未来，我们希望形成一个概念——"视听互动多终端"是一个词。这个意思是说，将来一个用户注册一个号码，就能够在整个平台上通用。我们希望逐步地往那个方向发展。

记 者：在你看来，中国媒体在未来五到十年之间的形势是什么样的？

汪文斌：现在，所有的媒体都要从单向的变为互动的。今后，所有的媒体都会被互联网化，互联网将成为媒体的集成平台。甚至可以说，互联网是一个社会，媒体是中间的一个部分。

## ／我属于传统教育一路读书上来的好学生，怀着报效祖国的想法，有种理想主义情结

记 者：1981年，你考上北大。为什么选经济系？

汪文斌：我当时对经济一点都不了解，心里还有着文学的梦想。那个时代的很多人都向往文学。但我觉得，自己属于传统教育走出来的学生，有种理想主义情结，随时准备报效祖国。那时候，国家开始走上正轨，提出"以经济建设为中心"。所以，我就选择了经济系。

高考成绩出来后，我一看分数，能够上最好的学校了，就底气十足地报了北大。入校时，陈岱孙教授是经济系主任。他在迎新会上说：你们在大学的四年，不要急着去社会上做些什么。未来你们要到社会上工作很长时间，所以，现在你们就是要静心读书，要珍惜校园读书的这段宝贵光阴。这话，我记在了心里。

记 者：你那时候喜欢上什么课，读什么书呢？

汪文斌：最开始还是喜欢文学，看了很多小说。那个时候，北大学生特别喜欢看魔幻现实主义的书，比如马尔克斯的书。我看现在中国的很多小说，都是走魔幻现实主义的路子。这种书让你觉得很神奇，对我影响也非常大，它让我知道如何把现实主义与浪漫主义相结合。

另外，就是哲学。那时候，存在主义在国内掀起了很大的反响和反思。萨特以及与他相关的哲学家的书都比较热。虽然这些哲学书很晦涩，看不太懂，但还是努力让自己去理解。

当然，主要精力还是放在课内。在北大读书很自由，没人管你。我属于好学生，从来不逃课，也去旁听各种各样的课。除了专业课，我去听了哲学课，也去听了生物学课，很有意思，反正什么样的课都听。

记 者：那你是一个标准的好学生。

汪文斌：是啊，毕业的那一年我是北大的一名三好学生。

记　者：在学习之外呢？

汪文斌：我在学校的时候，属于那种死读书的学生，对社会的各方面参与不是很多。我14岁上高中，就离家住校读书，然后16岁上大学，还是读书。

北大的未名湖那么漂亮，经常看到别人在那儿谈恋爱，我没有。年纪小嘛，懵懵懂懂的。班里的同学都比我大，女同学也都比我大。尤其77、78、79那几届同学，班上年龄差异很大，我们这一届年龄也有差异，我16岁的时候，我们班最大的28岁。

## ／哪个单位能让我跑遍全国，我就挑哪个

记者：大学毕业时，你对自己未来的道路是怎么规划的？

汪文斌：毕业前，其实我考上了研究生，并得到了录取通知书。我考的是财政部财政科学研究所中外合资企业会计学。这个专业会安排学生到国外学习两年，我就是冲着这个去的。当研究生，在国外留学，再去书斋里面搞研究，当教授。在当时的社会氛围里，这是一条非常理想的道路。

我想顺着这条路走。但在研究生考试考到第三门的时候，我突然就不想考了，我觉得我不能再这样学下去了，就退出了。我虽然没有考完，但是学校依然给我发了通知书，因为前两门我考的都是最高分。

记　者：为什么不想读研究生了？

汪文斌：我厌倦这种学习了，不知道对社会有什么价值。我们天天在那个地方，按照既定的课程好好学，但是学这些东西有用？还是没用？有时候，很疑惑，学的那些经济学课程，我觉得跟现实生活有很大的差距。我当时想：我需要去了解一下这个社会。我要去找一个单位工作两年，两年之后，再去读研究生。我就去问研究所，可不可以保留我的学籍，但后来没有了联系。

记　者：那为什么去做电视？去当记者？

汪文斌：那个时候，学经济的学生很好分配工作。学校给了二十多个单位让我挑，有国家机关，也有大的企业，我选了中央电视台。

其实，我没想过做传媒，我对传媒一无所知，对电视更是一无所知。我读书时，北大宿舍每层有间小屋子，里面有台小电视机。我会去看《Follow me》，跟着读英语。这几乎就是我看电视的全部经历了。那时，北大校园也风靡过《姿三四郎》这些日本电视剧。播《姿三四郎》的时候，一群人围着电视机一起看。偶尔，我也跟着他们看看，但是没有特别的感觉。

我选央视只有一个原因，我当时就想工作两年，在这两年时间里，哪个单位能让我跑遍全国，我就挑哪个。后来选择记者也是这个原因，当记者可以全国采访啊，跑的机会多，接触社会的面广。

记　者：中央电视台经济部当时刚成立不久。

汪文斌：对，中央领导提出央视应该把二套变成一个经济频道。1984年底，中央电视台就成立了经济部，现在的张长明副台长是第一任经济部主任。经济部成立时只有几个人。我1985年毕业，是分配进去的第一批应届大学毕业生。但是，后来二套并没有如期迅速推出经济频道。

进去之后，我发现电视台还是浮在上面，对社会的了解还是有限。我又主动申请参加中央讲师团，到安徽去支教。我就想，一定得去中国最基层的地方看看。

记·者：去讲师团是什么时候？

汪文斌：1986年，也就是工作一年之后去的。我想先到中央机关里面待一年，再到地方基层去待一年，以期对这个社会有更多的、更深的了解。

记　者：但是，你没有按照之前的设想，工作两年之后再回去学习？

汪文斌：我在讲师团生了一场病，在地方，卫生条件很有限，就回到北京治疗。我休了一年病假，这期间，重新想了很多的问题。

我在1989年初重新上班，所有的东西都发生了变化，学校也发生了改变。1987年、1988年的时候，电视的影响越来越大。所以，我慢慢地就什么也不想了，就一条路，做电视吧。

应该说，我工作四年之后，才慢慢成长了。这四年让我上了另外一个大学，了解这个社会。或许，人就是要有这个过程，之前没有经历的，之后也一定会给你补回来。

## ／消灭专题，讲人的故事，用感性来叙述理性问题

在汪文斌主持经济部工作期间，2000年，CCTV2改版，由综合频道改为经济·生活·服务频道。这次改版，经济部推出了《幸运52》、《开心辞典》、《对话》、《证券时间》等新栏目；这次改版，也奠定了经济频道的主要架构。汪文斌总结这次改版有两点："内容大众化，形态多元化"。

记　者：《幸运52》、《开心辞典》推出时，在节目形态上给人耳目一新的感觉，你如何寻找到这样一种电视节目形态上的突破？

汪文斌：要从做经济转变到做电视，就必须要研究电视。电视有它自身的规律。传统的经济是什么呢？就是做专题，所有的经济节目专题化。但随着电视的发展，专题这种形式，将被淘汰。为什么？专题是一种逻辑性、理性的结构，但电视需要的是感性。尤其是在今天，当你越娱乐的时候，电视就越需要感性。

我担任央视经济部主任之后，就不断地往国外跑。只去一个国家——美国，我一年要去三四次。美国所有的电视台，我基本都跑遍了。我们去了NBC的全国总台以及各城市台，也到现场参加他们节目的录制。我们还去看了CBS、ABC、CNN，还有国家地理和Discovery。这是我第一次对电视做全面的了解，以前视野就局限在央视二套。出国考察对我震动最大，我就想：我们为什么不能用新闻来做经济呢？我们为什么不能用纪录片、用脱口秀来做经济？我们为什么只能用专题片这一种形式来做经济节目？

2000年，经济频道改版做调查的时候，我说：世界上各个国家不同类型的节目中，最火的是什么？最火的节目能不能拿来作为我们的经济节目？当时，美国最火的节目就是《百万富翁》，我们就去研究。于是就有了《开心辞典》、《幸运52》，就有了《对话》这样的脱口秀。我们当初还想把《经济半小时》彻底改成一个新闻杂志类节目。

实际上，《焦点访谈》、《东方时空》、《实话实说》都有国外原型。新闻中心走的是第一步，我们是第二步。如果说电视设备是硬件的话，那电视节目形态就是软件，是电视人智慧的结晶。做得早就是引领者，做得晚就是跟风者。

记　者：你在2001年曾经说过："现在依然有许多人认为经济节目就应该专业化，就是针对特殊的人群来做的，不是给大众来看的。而我恰恰不赞成这种观点。"现在，你还坚持当时的观点吗？

汪文斌：这里面有太多的误区。当时广院有人对我说："《开心辞典》、《幸运52》在二套全是垃圾，违背了小众化、分众化的趋势。"这是站着说话不腰疼，我们是卫星频道，怎么可能

小众化、分众化？我们有很多分众化的传媒，但不能拿这个词去要求所有的媒体。

电视是大众传播，它的传播原则是最大化。在成本已投入的情况下，增加传播的面，不会造成成本的再增加。所以，传播的面越大越好。毫无疑问，我们要做所有人都能看到的，都愿意去看的节目，而不是我知道有一亿人想看那个节目，我不做，我非要去做只有十个人看的节目。

记　者：你认为经济节目大众化的方向在哪儿呢？

汪文斌：百姓是通过市场才跟经济发生关系的。我们说，经济学分为宏观经济学和微观经济学，微观经济学更多的就是消费经济学。中国老百姓现阶段更多的是符合所谓"消费经济学"、"大众经济学"的概念，而不是"专业经济学"、"投资经济学"的概念。我们为什么叫"经济·生活·服务频道"？"生活"就是消费经济学，得通过消费市场来做。所以，我们的报道从工厂到市场，就是要寻找经济跟大众之间的结合点。

我们的关注点处于由"见物"到"见人"，从理性走向感性的过程中。我们必须要去讲故事。当时提出一个口号"消灭专题"。要消灭专题就意味着要做故事，要有情节，有细节。故事化的东西，必须要依附于人。比如说：纪念改革开放20年的一个节目《20年20人》，每一期讲一个人的故事，而不是每一期讲改革开放问题的一个侧面。我们用人的故事，用感性来叙述这个理性问题。

**采访手记**

采访汪文斌是在央视网的新办公楼——玉渊潭北岸的望海楼，他的办公室窗外正对着垂柳和潭水，宛若他曾就读的北大未名湖畔。

我们带去了汪文斌在2001年主编的丛书《世界电视前沿》。把自己置身行业的"前沿"似乎是汪文斌的一种工作习惯。在他接手央视新媒体前后，就拜访了很多互联网的前辈、先行者和专家，接触了全球的互联网的技术公司，见了无数的技术人员。一个当年怀揣文学梦想的少年，"这把年纪了"再学网络，在了解日新月异的互联网技术的基础上不断做出判断和决策，难度确实不小。

正如他自己感慨的：工作上很卖命的人，往往都是有一种如履薄冰的感觉。

汪文斌对工作的投入，是忘我的。他自己也不避讳"工作狂"这个词。"工作很辛苦的时候，我也很愿意跟家人待在一起。但是，设定的目标在那儿，工作的职责在那儿，领导的期望在那儿。你既然在这个领域里做事情，你就应该是最优秀的。"

采写/吴胜 费里芳 郑成雯 邢志国

# 新闻路上笑着流泪

北京大学学籍卡

姓　　名／朱玉
性　　别／女
出生日期／1963年
籍　　贯／北京
入学时间／1982年
毕业时间／1986年
所在院系／中文系
专　　业／文学专业
学　　历／本科
获得学位／学士
工作单位／新华社
现任职务／主任记者

**毕业后主要经历**

新华社北京分社、国内部中央新闻采访中心主任记者
以调查性报道和人物报道见长。

代表作品：
《公仆本色——追记湖南省委原副书记、省人大常委会副主任郑培民》
获第13届中国新闻奖特别奖
《英雄赞歌——记独臂英雄丁晓兵》获第17届中国新闻奖一等奖
《清火良药还是"致病"根源——龙胆泻肝丸可能导致尿毒症》
2003年入选首届中国记者风云人物

朱玉

／我从来没有想过，会为一个遥远的、陌生的县城，流下如此多的眼泪，只因为，在地震后，我走进了它，看到了它的模样

记者：最近你写的一篇报告文学《天堂上的云朵——汶川大地震，那些刻骨铭心的生命记忆》，让所有读过的人泪流满面，深受震撼。你怎么看你的这部作品？

朱玉：这是我第一次写报告文学，我是流着眼泪写完的。有太多太多让人流泪的故事，在大灾面前，人是那么的渺小。作为一名记者，我记录了那些痛失亲人的悲怆；作为一位母亲，我对那种失去孩子的痛楚简直连想都不敢想。直到现在，我还是不能一个人平静地读出"北川"这两个字。

记者：地震发生时，你的第一反应是什么？

朱玉：我要去灾区！当时，我立刻向领导要求奔赴灾区，很强烈的要求。先是请战，再是请示，最后是请愿。我急了。可能当时领导有统一考虑，但我觉得无论如何我要去，我不能原谅在发生这么大的灾难后，自己身为记者却不去现场。如果去不了，我一辈子都无法释然，这一生我将生活在巨大的职业痛苦之中。我儿子说："你为什么非要去前方？领导又不让你去。"我对他说："我必须去，我的职责让我必须在那个地方。"

记者：去灾区前，你做了哪些准备？

朱玉：我第一时间把自己的东西收拾好了——帐篷、压缩干粮、水、药品——往汽车的后备箱里一放，随时准备出发。作为一名职业记者，要做好随时奔赴新闻一线的准备。

在前方，有记者朋友告诉我，他好几天没吃上东西了，手臂晒得脱皮。我听了，一方面是心痛，另一方面没有说出口的是，一个记者连自己的基本生活都保障不了，他怎么报道？后来，不少前方回来的记者对此还津津乐道，说自己在采访时断粮断水。要是我，我对这一点是说不出口的。干记者这个职业，采访前，一点准备都没有，甚至去分灾区群众的口粮，这无论如何都说不过去。还有一些记者总说自己在前方采访时遇到多大困难，遭受多大痛苦，我对此非常不同意，痛苦不是拿来炫耀的资本，是你必须承受的职业的给予。一个到灾区的记者，再痛苦也没有身处灾难中的灾民痛苦。记者应该用稿件说话，证明自己不但去了，到位了，而且还履行了职责。

记者：在你关于地震报道的作品中，自己最满意的是哪一篇？

朱玉：我每一篇作品都是用心写的。有一位采访对象，我想我会终身难忘——安县桑枣中学校长，叶志平。光说这个名字，大家可能有点陌生，但只要说到他是史上最牛校长，恐怕就没有人不知道他了。采访过程中，他完全不知道我是一名记者，还以为我是科技部的一名官员。稿子发出来后，他的孩子打电话告诉他：老爸，你成名人了。报道两天内，网上点击阅读量就有一千多万人次。大家都由衷地佩服这位"最牛"校长。当时桑枣中学花了17万元建教学实验楼，他上任后，又花了40多万元来加固。地震时，全校2000多师生无一伤亡。桑枣中学所在地安县的地震烈度是9到10烈度。北川是11烈度。处在这么高的地震烈度下，这是非常了不起的。

这也是非常让我欣慰的报道，之前经历的所有辛苦和劳累，在这一刻荡然无存。其实，我从来不奢望自己能写出在历史上留下巨大痕迹的报道，但是我希望我所采写报道出来的人物，可以感动人、鼓舞人。叶志平应该是这样的人物。

记者：灾难报道对记者有什么要求？

朱玉：我做了二十多年的记者，一个最深的体会是，灾难报道对记者的要求，比调查性报道、典型报道要高得多。千万不要以为，是记者，就什么都能担当。我不主张让人生阅历、工作经历少的记者去报道灾难。因为，这样的人一到现场，非常容易被灾难造成的悲剧所击倒，不能正常工作、甚至不能正常生活，身体和精神有可能崩溃。

这次采访的时候，往往是眼前一团黑。你会遇到没有吃、没有喝、没地方睡觉、没有路可走，还有不断的余震和随时掉下的山石，然后还要在这种情况下写出稿子来，而且还要写得快，写得好。每个人面对灾难造成的伤害，心里都会非常难过，但即使再痛苦，也不能影响工作，而是应该尽自己最大能力去报道，去采写稿件，这个时候，光痛苦，光哭是没有用的。

而只有生活、工作经历多的记者，才能比较冷静地工作。灾难基本不会妨碍我写稿。在地震前方采访时，我一滴眼泪都没有流，但写稿时，边写边哭。稿件完成，合上电脑，我就继续采访。在北川采访时，尸臭味很大，但我随便坐哪里都能吃得下东西，我要保证自己的正常体力才能工作，我要用我的笔，记住他们。

回到北京后，回想起在灾区的所见所闻，尤其是在写那篇8万多字的报告文学时，我心如刀割，一阵阵地疼痛。我知道，我其实伤得比任何人都深，是一种无法愈合的伤痛。有的人可能在现场哭，吃不下饭，睡不着觉，但从灾区回来以后，慢慢回到原本状态。可我不是，我受的是内伤，一直隐隐作痛。可能不写那篇报告文学，我不会伤得这么深。他们向我约稿之初，我是不想写的。但他们的一句话打动了我：这段经历和历史应该记录下来。

## ／有人说我天生就是做记者的，但在读大学时可没人这么说，我自己也不觉得，可能身上的某种潜质和记者的要求比较切合

**记者**：在22年的记者生涯中，你做过很多调查性报道、突发事件报道。采访中，遇到过的最大困难是什么？

**朱玉**：调查性报道相对困难。2002年，采访山西运城矿难那次，最艰难。当时，有关矿难的消息被封锁得很厉害，没有一点线索，但必须要搞清楚。后来，凭着一股"轴"劲儿，不调查清楚事实真相誓不罢休的"轴"劲儿，我完成了报道。

**记者**：这和你的性格有关系吗？

**朱玉**：其实我平常与人交往很单纯，对别人很信任，是个不怎么设防的人。但是一碰到调查性报道时，好像换了一个人似的，可以说变得诡计多端，但目的只有一个，就是还原事件真相。那是我的工作状态。

**记者**：看得出你很热爱自己从事的这份职业。很早就有做记者的想法吗？

**朱玉**：我万万没有想到我会当记者。我在北大读书时，学的是文学。我们专业的同学毕业后，主要是去从事文学评论工作。我当记者，其实是学校分配的结果。我学习成绩比较差，每次考试，总是不断创下自己考试成绩的新低。我向来这样，一说考试就怕，一考试准考不好。

**记者**：那你毕业后，刚到新华社，知道怎么做记者吗？

**朱玉**：刚开始，只知道自己要写稿子。具体怎么写，不知道。老实说，我在读大学时，除了要交的作业，其他一篇文字稿都没写过，也没有发表过什么作品。现在有人说我天生就是做记者的，但在那时可没有，我也不觉得自己天生就是做记者的料，但可能身上的某种潜质和记者的要求比较切合。

**记者**：第一次采访的经历还记得吗？

朱玉：我第一次采访是去北京人民艺术剧院，一个老记者带我去的。我们说好是9：30在人艺门口集合，我8：00就到了。人艺门口有很多橱窗，贴着剧照和演员介绍。我从头到尾认真看了好几遍，后来才知道，那实际上就是在为采访做功课。采访时，我很紧张，基本不敢问问题，主要是老记者在那儿提问。

记者：什么时候开始喜欢上这个职业的？

朱玉：慢慢喜欢上的，从每天写一篇小消息开始的。我陆续有一些稿件在《人民日报》和其他一些媒体上刊载，那时就觉得：咦，自己写的稿件登在报纸上，怎么那么美呀。尤其是那两个字——自己的名字，我就来来回回地看。

记者：你们班同学后来做记者的多吗？

朱玉：有，但不多。有一部分搞影视创作，还有一些搞电视。我不知道，我现在在班里同学中处于怎样一个位置。所以，我忝列"从北大走出的传媒精英"之中，我觉得"从北大走出来"，这没有问题，但"传媒精英"，我有点惭愧。我在想，书出来以后，怎么去见同学？同学会说，这位是我们班里学习比较差的，她居然成了精英啦！人家一定笑我。哈哈。

## ／记得当年上学时，心里总觉得北大应该永远属于我；后来，发现自己真的要走了，就问自己，她怎么不要我了

记者：说说你的母校吧。什么时候决定考北大的？

朱玉：我父亲是北大毕业的。报志愿时，我父亲问我打算报哪儿？那时，我告诉父亲，打算报考北京师范大学教育系学前教育专业。父亲就问我为什么不报北大？我说我不敢报。我是复读生，头一年高考成绩距离北京市当年的高考录取分数线差150分。

记者：但你后来考上北大了，为什么会差别这么大？

朱玉：我这个人就是这样，我心里觉得自己肯定能上大学，可我就是不愿意好好学习。只要我努力，就能波浪式前进，螺旋式上升。一开始，我学的是理科，后来又改学文科，在改学文科的那4个月里，我几乎是起五更睡半夜，累得脸都浮肿了。我父亲说，学文科哪能不报北大？我就报了北大中文系。我完全没有想到自己能考上北大，而且，还考上了北大中文系。在20世纪80年代的时候，中文系是北大文科录取分数线最高的，我读的又是文学专业，分数更高，那时满大街都是文学青年。直到现在，我都觉得我考上北大是多么异想天开的一件事情，我的胆子怎么就那么大呢？但那一年我确实发挥得很不错，在北京市都数得上名次。当然了，那个成绩还是没有完全发挥我的水平，我逢考必低的情况在高考中并没有打破。

记者：收到北大录取通知书时，是怎么样一种心情？

朱玉：我记得，录取通知书装在一个白色信封里，那个空空的白信封，我现在还保留着。当时，最大的感受是不可思议。因为我根本就没有想到自己真能考上北大，就像是一个从来没有入选过国家队、从来没有拿过奖牌的运动员，突然参加了奥运会，还一下子拿到5块金牌！就是这种感觉。

记者：记忆中，你读书时的北大是什么样子？

朱玉：二十多年前的北大校园，让我永远记忆清晰的是"三角地"，就是现在百年大讲堂南面的一个岔路口，有布告栏围成一个三角形。我记得当年，三角地那儿经常会有闪光的东西。它是思想和真实情感的中心，朴素无华，但特别有张力。三角地有一种魅力，吸引你每次经过时，向它注目。可现在我去看，各种广告贴在上面。我觉得它萎缩了，广告味、商业味太浓了。

我还记得我们上学那会儿，经常是穿过燕南园去图书馆，有种穿过历史隧道的感觉。我觉得，北大不是单纯一种气质，就像北京不是单一的文化气质一样，你无法用一句话去归纳、概括她。随着时间的推移，我越发感到，有历史的才是最有魅力的。

记者：毕业后，还能常回北大看看吗？

朱玉：我最近一次回北大是刚从地震灾区回京时，我和几个在北大工作的同学一起聊聊感受。那天我们吃完饭后，绕着未名湖走了好几圈。我每次回北大，一定要去未名湖。记得2005年，我得了一份奖学金，回北大学习了3个月。那3个月，我几乎每天都要绕着未名湖走几圈，未名湖真美啊，我恨自己，为什么当年没有珍惜呢？

我记得很清楚，当年新生报到，我是在北京站坐的校车。当校车驶入北大南门时，我的心情就异常激动。现在回北大，经常是开车从西侧门进，但感觉依旧。这种感觉有点像从国外回来，飞机刚降落在北京首都国际机场时的感受；也有点像在国内出差，坐火车进北京站，看到建国门城楼时的感受，当然还要更强烈。

上大学时，不知道是不是因为年纪小，不很珍惜宝贵的学习机会。现在回头看，越看北大越好。我这半生，最后悔的事有两个，一是在北大的时候没有好好学习，二是，生孩子时，因为我出现了危险，大夫们都忙着抢救我，我没有来得及看到刚出生儿子的脸。这两个遗憾，我终生无法弥补。

记得当年上学时，心里总觉得北大应该永远属于我。后来，发现自己真的要离校了，要走了，就问自己，她怎么不要我了。不知不觉离开北大二十多年了，但这所百年高校深厚的积淀，始终吸引着你，召唤着你，影响着你。不管时间如何变迁，她始终是承载了你人生诸多追求的精神家园。

## ／想象不出哪个职业比记者更有趣，这活儿有时把我累得要死，有时让我烦得要命，但更多的，让我乐不可支，也许这就是幸福

记者：北大对你有着怎样的影响？

朱玉：北大对我可以说影响一生。我觉得，北大这个地方太奇怪了，一旦你和她扯上关系，就永远和她划不清。一个是，你在北大学习的这一段经历，让你只要说出"北大"这两个字，在全世界都能找到同学和朋友。北大变成了你学习和业务能力的证明，变成了个人素质的证明。尽管大多数北大人不会以此炫耀，但在别人眼里，北大的毕业生理应是高素质的人才。

还有一种感觉是，只要一想到自己是北大的毕业生，心里总是有一种"不能辜负她"的想法。我原来一直不愿意谈论自己的学术出身，生怕自己的表现配不上北大，辱没了母校的名声，我不能往母校脸上贴金也就罢了，但决不能往上抹黑。在我眼里，北大就好比一根跳高的横杆，无论你跳得再高，你总会觉得她的标准在你之上，你无法企及。到现在，人家一说你是北大的，我心里隐约有一种自豪，另外还有一种感觉，就是自己好像还不怎么配得上这两个字似的。但现在值得欣慰的是，自己还不至于辱没母校的名声。

记者：北大教会了你什么？

朱玉：包容和独立思考。北大以一种包容的胸怀，给每一个北大人以自由的空间。我写稿子，就没有那么多条条框框，可以不循常规。你如果问我：新闻通讯和新闻特写有什么区别，我会坦率地回答，我完全不知道。这样的结果就是，你可以完全的文无定式，开阔思路去写。

走出校门，进入社会后，你能在金字塔处在什么位置，取决于你个人的基础，取决于你个人的工作能力和各种机会。北大帮我打下了一个好的基础。北大不是把我教出来的，是用她的精神与传统把我熏陶出来的。时至今日，北大老师们教的东西，我已经不能全部记得了。但是，在我忘记了那些知识后，剩下的，是北大给我的教育。

**记者：** 你的多篇新闻作品得过中国新闻奖奖项，还获过首届中国记者风云人物、全国抗击非典优秀记者等称号，在你心目中，好记者的标准和要求是什么？

**朱玉：** 人们常说新闻良心很重要，但我自己越来越觉得一名好记者不但要有正义感，而且一定要认识到并告诉自己什么是职业记者。职业记者应该以职业操守和专业水准来要求自己，理应履行好记者的职责。

要成为一名好记者，我觉得，首先要能吃苦耐劳。不是说，好记者就要天天以吃苦为己任。生活中的常态应该是积极健康的，在非常态，需要冲锋陷阵时，应该完全有能力做好工作。另外，就是要有广博的知识。我理解的广博知识，是看他是否具备进入一个陌生报道领域的快速适应和反应能力。不管采访有多么困难，都要能写出稿件来，而且每篇稿子都要具有一定的专业水准。你不要总说自己在某一熟悉的报道领域做得多么出色，因为在熟悉的领域大家做得都挺好。

**记者：** 有没有想过改行？

**朱玉：** 不是没有对别的职业动过心，但是回想起来，我怎么也想像不出哪个职业比我现在的记者职业更为有趣。这活儿有时把我累得要死，有时让我烦得要命，但更多的时候，让我乐不可支。也许这就是幸福吧。幸福从来不是纯甜味儿的，生活从来就是给你点苦头，然后再给一匙糖。

如果有一天，人们说朱玉是个好记者，而且是真心话并非恭维我，那我就太高兴啦，咱是个真性情的人，高兴也憋不住。

## 采访手记

约定采访朱玉的时候，因为"北大"二字而顺利得到对方的应允。采访就在新华社附近的一个咖啡店进行，朱玉走进来的时候，还没见到她的人，已经听到她用略带嘶哑的大嗓门和咖啡店老板打招呼了。落座后，朱玉首先抱歉说："嗓子哑了，给中国男排加油喊的。"这个时候的她，刚刚完成了一本有关汶川地震的报告文学《天堂上的云朵——汶川大地震，那些刻骨铭心的生命记忆》，也刚刚结束了一段异国旅行，用她的话说，当下正在"享受奥运"。

朱玉个子高挑，喜欢大声说话，喜欢开怀欢笑。和她对话，不难想象那些有关食品安全、煤矿事故或是医患纠纷的新闻调查报道，源于她的执著与直爽，甚至颇有倚剑走江湖的侠肠义胆。而她风风火火的形象，与那些有关汶川记忆的细腻温婉的文字，风格迥异。难以想象，她面对着电脑写作时，那痛苦流泪的样。朱玉坦言，直到现在她都不愿意再看到"汶川"两个字。

说起欣然接受采访，朱玉说不为别的，就是因为是"北大"的事儿。这两个字对于她就是一种召唤。当年，北大是那个成绩平平的朱玉想都不敢想的高等学府，而今的"北大"却是她无论走到哪里都不能忘却的眷恋。一走进北大，朱玉说自己就踏实了，到家了。进行采访的前几天，朱玉刚刚结束了一段悉尼之旅，喜欢中国文化的她说，能在异国他乡看到充满中国文化底蕴的北京奥运会开幕式，真是过瘾。在外面走了一段时间，她就要回来了。因为没有什么比待在一个文化气息浓厚的地方让她觉得舒服了。不过喜欢旅游的她还是停不下来，她的下一个目的地是西班牙，她说要去那里学习海鲜饭的制作方法。

采访临近结束，朱玉建议把中午饭也一并解决了。点菜的时候，她点了一道很辣的菜，说是她的最爱。一盘子菜，多半盘的辣椒，就像朱玉的性格，吃起来够味儿。朱玉说自己爱琢磨吃，是因为儿子也爱吃。谈起儿子，像所有的母亲一样，朱玉的脸上一直保持着幸福的笑容和疼爱的表情。为了儿子，她喜欢钻进厨房里研究新鲜菜式，并把它化为桌上佳肴；同时，她也会把自己新鲜出炉的报告文学捧给儿子欣赏。只不过，儿子似乎对美食更加买账。对此，朱玉也只能笑笑。采访结束时，朱玉还在谈论自己最新发明的菜式，一个母亲的成功和喜悦无非是因为得到了儿子的首肯。

采写/祁璟琳　朱健敏　肖潇

# 书斋里走出的电视精英

北京大学学籍卡

姓　　名／王鲁湘
性　　别／男
出生日期／1956年4月
籍　　贯／湖南
入学时间／1984年
毕业时间／1987年
所在院系／哲学系
专　　业／美学
获得学历／研究生
获得学位／硕士
工作单位／凤凰卫视中文台
现任职务／高级策划

**毕业后主要经历**

1987年　首都师范大学中文系任教
1992年　自由职业
2000年　受聘于清华大学美术学院
2000年至今　受聘于香港凤凰卫视

王鲁湘

## ／我是叶朗先生的开门弟子

王鲁湘出生在湖南中部的一个小县城里,钱钟书《围城》里的三闾大学就在那个小镇上。他认为正因为生活在山区, 他才更好奇外面的世界, 一定要知道和了解得更多。1977年全国恢复高考, 王鲁湘考上湘潭大学中文系。因为喜欢美学, 本科毕业后, 王鲁湘跨专业报考,并以第一名的成绩考上北京大学哲学系美学专业硕士研究生。

记 者:本科毕业你为什么执意要报考北大的研究生?
王鲁湘:我的想法很简单,我本科读的湘潭大学是一所刚刚恢复重建的大学,四年下来,记忆中没有留下什么大学生活的印记,这个印记好像全中国大学里只有北大最典型,我就很固执地想,如果我还能有一次大学生活,就只能在北大。再有就是我痴迷的美学,北大最牛。

记 者:你为什么选择美学专业?
王鲁湘:我们那时候美学专业可是最热门的。当时如果说有一种显学,那就是美学。中国有两个美学大讨论的时期,我赶上了第二次。刚涉足这个领域的时候,我发现美学要求人的知识储备非常高,要求你涉猎各个学科,读各个学科的书,思考各个层次的问题,每天都处在被挑战的亢奋状态。所以我从大学二年级开始,果断地停掉了我在中文系的好几门课,到哲学系、历史系去选了一些课旁听。但这样我就面临一个危险:会被开除学籍。因为专业课和哲学系、历史系的课时冲突,所以不得不系统地旷课。当时学校规定,旷课累计50个课时开除。我岂止50个课时。后来我就跟老师去沟通,他们当时也理解我,毕竟我也没有利用上课时间去做别的,我是在给自己的学习加码。但是老师是有条件的,第一我必须要非常出色地完成这几门课的作业;第二我这几门课考试要考到前三名以内。我都做到了,成绩不是第一就是第二。

记 者:考北大顺利吗?
王鲁湘:到北大来是很顺利的,我先是到北大来进修了一年。大学毕业的时候,北大中文系的胡经之教授给我们系里写了一封信,希望把我留校,然后马上送到北大来。来了以后我才知道,胡老师从全国各高校调来5个中青年教师,和他一起编写一个《文艺美学》教材。

这样我就在北大待了一年。这一年对我来说太重要、太关键了。在北大我大开眼界,原来学生是可以跨系到处去听课的,各种各样的选修课、各种各样的讲座层出不穷,简直是让你眼花缭乱。所以在这一年的时间里我就像一块干涸的海绵一样,使劲地吸。一方面我在很尽力地完成胡先生的课题,另一方面我选修了大量的课,包括哲学系好几个老师的课。比如叶朗先生当时开的中国美学史,全校选修课,上课在一教的那个大教室里,我每次都去,有一回我的一篇关于庄子美学的作业被叶老师当范文在大课上宣讲。以后叶先生就邀请我到他家里去,可以当面向他请教。一年以后,学校批准叶朗老师可以带研究生,我是他的开门弟子。

那次考研究生对我来说也创造了几个奇迹。我们那年的英语考试是最难的,很多英语专业的学生都没有把题目做完,上海是全国英语成绩最好的,当年的平均分是12分。那年北大和清华的英语录取成绩是40分,而我那年考了近80分。我当时最担心的哲学专业基础知识考试也是一气呵成,30分钟交卷。那年的考试特别有意思,怎么这么顺啊。

记 者:你读研究生时的生活状态是怎么样的?
王鲁湘:我读研究生时的生活状态其实非常简单,就是个书虫,除了读书没有别的其他任何事情,25楼宿舍很小,4个人住不到9平方米,养成了蜷在床上读书写字的习惯。那个样子就像一条秋虫卷在树叶里。很喜欢泡在图书馆的港台书刊阅览室,那是只对教师和研究生开放的。还读了很多新儒家的书,开始对中国文化感兴趣。

在整个大学研究生期间，我是没有节假日之分的，所以到现在为止我对周末一点也不敏感。另外对白天和黑夜的区别也不敏感，可以说大学到现在30年间，我晚上一点钟之前没睡过觉。

我在北大读书的时候很少进城，如果进城只有一件事就是看展览。北京的文化魅力就是各种博物馆和轮番的展出，这是一个超级大学，北京大学应该包括这个超级大学。为了省钱买书，生活上就要俭朴节约。当时头上戴的，身上穿的，脚上蹬的，全是路边小摊的处理品。我记得那时候10块钱买了条怪模怪样的灯芯绒马裤，15块钱买了一双牛皮靴，穿了好几年。但是为了复印一本台湾版的斯宾格勒的《西方的没落》，好几百页，咬牙跺脚给印了，好多钱啊！基本上当时就是这样的一个生活状态。

记　者：你认为在北大求学的这几年在你过往的生活中是一个什么样的地位？

王鲁湘：那是我人生中最美好的时光，在北大我知道了天有多高，海有多大，知道了知识能给人带来多大的快乐。而且在这里得到的不仅仅是一种知识的吸取，最重要的是一种像空气一样存在的气氛。这种气氛可能存在于你和老师之间很随意的交谈中间，存在于你和同学的湖边漫步中间，存在于你和同学在图书馆里抢座位的过程中间，存在于你骑着一个破自行车从一教飞快地转到三教去听讲座的路途中间。所有的这些都形成了一种潜移默化的力量，这种力量让你尊重知识，敬畏知识，让你得到一种很自由的甚至是无所畏惧的求真、求善、求美的胸襟与气概。从北大出来的人胆子比别人大一些。经常说北大的学生有股北大人的狂气，其实我把它理解成为一种胆量，清代的叶燮曾经说过一个有大学问的人必是才、胆、学、识四者不能缺一，胆放在第二，可见是很重要。

## ／毫无疑问，我是最早认识到精英知识分子要充分利用电视媒体的人之一

在北大，王鲁湘按照最初的人生规划完成着学者梦想，他当时怎么也想不到自己日后会跟电视扯上关系。一个偶然的机会他被老师派出去参加一个电视文化研讨会，他在会上的一篇即兴发言引起了轰动，人们在当时甚至认为他的发言决定了电视文化的发展方向。

记　者：我们知道你是通过一次很偶然的学术会议才结缘电视的，而且做电视也与你当初上大学时做学者的人生理想不符。你对现在中国的精英知识分子和电视结合的现状怎么看？

王鲁湘：毫无疑问，我是最早认识到精英知识分子要充分地利用电视这个媒体的人之一，我当时发表的谈话里谈到一个观点就是，中国的电视文化是一个全能文化，包含两个板块。第一个是意识形态板块，因为中国的电视不得不成为意识形态的一个部分，不可能不去执行它喉舌的功能。同时，中国电视不可能不去反映大众的需求，不可能不执行大众传媒的娱乐功能。这里面的背景是，当时中国的流行歌曲是不能上电视的。这就是为什么我的文章出来以后有这么大影响力，还被配上编者按发表。

在文章里我也提出，精英知识分子应该有意识地、主动地、自觉地参与到中国的电视文化建设中来，应该主动打造电视文化第三个板块，还要渗透到其他两个板块中去以提升他们的文化品位。

中国已经进入到一个电视时代，我们应该充分考虑这三个大的板块，使之互相协调，均衡发展。意识形态和大众娱乐这两个板块其实很容易发展起来，在中国的国情下还可能上下呼应得很好，但精英文化就比较困难。西方的精英阶层认为是大众传媒通过电视实现了一种对沉默的大多数的控制，所以他们对电视文化是排斥的。

记　者：那他们在家里就是看书吗？现在还是这样吗？

王鲁湘：对，现在相当多的西方精英学者还是这样。其实也不光是西方，现在在中国看电视最少的肯定还是知识分子这个阶层。

记　者：包括你吗？

王鲁湘：包括我，我平时几乎不看电视。我自己的节目也不怎么看。但是我觉得在中国，由于我们特殊的国情，中国的知识分子必须主动地、群体性地介入到电视文化中来，要利用这个平台进行文化启蒙，而且借启蒙的过程渗透到意识形态和大众娱乐中间去，你可以使意识形态用一种非常理性的声音来表达，并且提高整个电视文化的品位。

所以我发表这个观点不到两年以后，就做了《河殇》。有评论认为《河殇》是我的理论变为实践的成功的试验。因为《河殇》是中国知识分子在电视领域群体性的介入，而且它产生了那么大的影响同时做到了雅俗共赏，开启了一个所谓的中国政论片时代。

记　者：你现在对电视的认识还和当年你的看法一致吗？

王鲁湘：一致。我觉得现在电视就是按照我当年设想的道路顺利地发展。第一，它还是意识形态的喉舌，但是比以前做得更好，也有很多精英人物参与进去，所以它的喉舌功能比以前要进步了。

第二，大众文化这一块，几乎成为摇钱树，电视台的经济基础基本上是建立在这一块上，靠电视剧、娱乐节目和大型晚会支持着。而且电视受众大部分也是看这部分节目的群体。现在的电视英雄、电视明星大部分都是这个板块里的人。

中国电视的发展受到当下经济发展的阶段性的制约，现在有很多人以很清高的身份来谴责电视低俗，我经常说，你知道电视靠什么活吗？电视第一靠烟活，第二靠酒活，第三靠日用化工产品活，第四靠医院、靠药活，有些地方是靠农药、化肥这些东西，还有些地方是靠治性病和不育症，这些东西是电视广告的主要客户，买这些产品的人是什么人？就是普通老百姓。

而且现在有很多的精英已经不排斥电视了，甚至主动地上电视。现在很多台的访谈节目和深度解析的栏目都是靠各行各业的专家学者来支撑的，有很多专家几乎都成为常客。统计一下《纵横中国》有500多个专家学者参加我这个节目的策划和出演；《世纪大讲堂》8年了，每年算50期，就有400多位学者走上过这个讲台；《文化大观园》两年多也已经有100多位专家学者出演。这仅仅是我经手的三个栏目。其实现在大家都是抱着一种积极介入的状态，他们确实意识到了这个平台的重要性、影响力，这挺好的呀！我觉得我们中国电视现在这个生态环境还很不错。当然"革命尚未成功，同志仍须努力"。

## ╱凤凰有句话："把女生当男生用，把男生当畜生用"；只要自己还热爱电视工作，被当成畜生使也是心甘情愿的

2001年王鲁湘加盟凤凰卫视，原来一直躲在幕后的他被推向前台。在凤凰卫视他独立担任《纵横中国》的总策划、总撰稿、总嘉宾，长期在外地奔波，一个月只有6、7天在北京，其中4天还要录制《世纪大讲堂》节目。2006年他又担任了《文化大观园》的主持人。蓦然回首，他又发现，这又成了他一个人的《纵横中国》。

记　者：从你当时写那篇文章主张精英知识分子全面拥抱电视，到你现在选择凤凰作为你的工作地方，是不是有一定的延续性呢？

王鲁湘：其实从那之后，我就一直做着跟电视有关的工作。从1989年到2001年进凤凰，我没有工作单位。但一直在不间断地做电视节目。有大型专题片、纪录片，比如《中华民谣》、《中

华泰山》、《寻梦到黄山》、《华山》、《景德镇》、《改革开放二十年》、《重读大黄河》等等。后来凤凰让我加盟的时候，我觉得凤凰这个平台和我个人的人生理想有吻合之处，就像我们中文台的台长王纪言先生跟我说的那样，他说：鲁湘，我们还是可以利用这个平台做点事儿的。

也确实这个平台给了我很多的自由，给了我很多的权利，虽然我是个无职无权的凤凰的普通的工作者。但是至少我的节目没有人审查，我的言论没有人审查。而在未经过审查的情况下你的声音就这么传播出去了。这实际上就是一种所谓的传媒的话语权。所以我觉得在可能的多种选择中间，这确实是能放大我能量的平台。

记　者：你当选为2003年的"知道分子"，你怎么看这个称谓？
王鲁湘：我到现在都不太认可这个称谓，虽然给我这个称谓是一番善意，但我觉得我不够格成为一个中国的"知道分子"，中国这个抬头实在太大，我的老师、我的朋友中间比我知识渊博的人有的是，为什么你不把中国"知道分子"这个名分送给他们？无非就是因为我总在大众媒体上露脸，所以如果是中国电视出头露脸的人中间的"知道分子"，这个我觉得当之无愧。因为在现阶段中国电视主持人中间，在知识的储备和知识运用的广度上要超过我的，现在还没有。

记　者：你从一个乐于在书斋里钻研学问的人，到现在成为电视明星、公众人物。你对目前在凤凰的工作状况满意吗？
王鲁湘：我刚才说，凤凰给我提供了一个相对自由和广大的平台，这与我的人生追求比较吻合。另外我的努力也给凤凰的节目增加了人文的色彩，我想这是一种互相需要的关系。

你看大陆媒体的话语空间，从圆心到半径的距离是一样的，是个正圆，这个圆周上任何一个点和圆心的距离必须保持高度的一致，但是我们凤凰是个椭圆，面积是一样的，但是我们把那个正圆的上和下压缩了，就变成了一个椭圆，上半径变短的内容是我们不需要天天高喊保持一致，下半径压缩的是所谓大众娱乐这一块，因为我们不是一个全面落地的电视台，我们没有办法同大陆的那些电视台比着去做大众娱乐。上下半径都压缩了，压缩的那两块月牙形的东西贴到左右去了，所谓"左"就是我们的国际新闻，我们国际新闻的深度报道和新闻评述，更多的具有凤凰台自己的个性特点，具有评论员和记者个人的特点，另外还有一块就是我们所谓的文化类、谈话类的节目，是右边这块长出来的，这方面内容也是我们比内地电视台多出来的一个月牙型地带。左右就多出来这么一点点，但就是这一点为凤凰赢得了自己生存和发展的空间。我们都非常享受这一点点的空间给我们带来的自由和快乐，在这一点点空间里喷发出刘长乐先生所说的"专业主义激情"。

记　者：那你现在是更享受不断获取知识的过程还是不断传授知识的过程呢？
王鲁湘：我现在是在一种什么样的过程中呢，在做《纵横中国》的时候我是比较主动地在掌握着知识的传播，因为所有的策划大纲是由我来做，所有的对于这个地域文化的归纳和总结是我来做，然后我又会作为常设的嘉宾坐在那，把我的观点说出去，所以那段时间大家看我可能是一个电视文化的布道者的这样一个形象。但是现在我是作为一个主持，大量的时间是别人在说，我在听，偶尔会发点问，但由于节目的时间有限，在最后编成节目的时候，我和嘉宾交流的很多东西是要被剪辑掉的。

很多人不习惯我的这个角色的转变，他们说王老师，很多话题与其听他们讲还不如听你讲，30多分钟的节目您也没几句话，还要赔着笑脸。但是既然做电视，这个事情是没有办法的。台里面也曾经考虑过给我做一个像类似《秋雨时分》那种一个人说的节目，我拒绝了，我觉得那样非常得不好，电视是一个交流的平台，不是一个布道的平台，要充分利用这样一个交流、互动、共感的平台来进行一种知识的交流和传播，思想的激荡和共振，这不是个人的力量能够推动的。我一个人的知识储备再多，我再天才、再伟大，我滔滔不绝地能说多少真正属于自己有研究有心得的东西？一个人一辈子能够读很多书，但是大量的东西都会被遗忘掉的，真正获得的个人心得可能是非常少的。真正能把知识学活了，化成你人格的东西，然后再把它和你人生的直接经验结合、发酵再转化成为你的思想，就更少了。所以我们很多在大学里的老师、学者，一辈子下来他更像是一个两脚书柜，你发现他总是在搬书，没有自己的人生感悟，没有自己的心得，没有把自己的唾液加入到这个嚼烂的食品里，吃进去是一堆米，屙出来是米。大量的这种所谓的学者，我称之为没有灵性的学者。但是就算你有灵性，你个人又能讲多少？而且你也看得出来，凡是这种一个人在上面占着这个平台哇啦哇啦的，没有一个是传播效果好的。那么你为什么不能以你的一个开放性的知识结构，向各种各样的学者打开，通过这样一种互动交流，来实现一种信息的交换和彼此的启发呢？

记　者：你现在还是非常享受这种交流的感觉吗？

王鲁湘：对，我非常喜欢。而且这种交流对于我来说也是非常有意义的。我跟自己说，我做《纵横中国》的时候，我成了中国第一个行走在中国文化版图上的学者。我的行走有那么多人相伴，这些人都是各个地方顶尖的专家和学者。谁有这样一份殊荣呢？我到任何一个省去起码有20个学者陪着我。他们要先和我对话，我在他们中间再选择合适上电视的人，然后在节目中再次对话。我每一个月要完成对一个省的历史、文化、人文、经济、地理等等各方面的考察，我真的有那么大的本事，在一个月的时间里深入到这个程度？不，是因为有当地最好的专家们陪着我。

我做《文化大观园》，到任何一个地方的博物馆去，馆里面的专家会陪着我亲自做向导，做讲解员，还会把库房里别人看不到的宝贝拿出来给我看。很多的考古现场别人去不了，我可以去。这也是因为这个平台，这个品牌在文化界和知识界享有很好的口碑。所以我说，我是中国这个文化大观园里的怡红公子，有眼福。

《世纪大讲堂》也是现在国内最权威的一个传播思想和观点的平台。它跟《百家讲坛》最大的区别就是《百家讲坛》只有故事，而《世纪大讲堂》有思想，《百家讲坛》有宫廷里面的你争我夺，明争暗斗，而《世纪大讲堂》有人类最阳光、最先进思想的传播。我是沐浴这些思想光辉最近最多的人，是《世纪大讲堂》的第一听众。手里有着这么多优势的资源，所以你想想，我和那些坐在书斋里的学者比起来谁更有优势？我有一些师弟师妹们现在在学校里面教美学，根本没有机会去接触考古发现与馆藏文物这种实在的东西，所以他们也对这些大量的实物缺少实际的判断力。我特别清楚地记得宗白华先生去世之前在病床上跟我说的话，他是90岁去世的，我给他送的终。他跟我说不要只看书，要密切关注出土文物。他的这个话对我影响很深。一定要看实物不能只看文字，一定要去历史事件发生的现场，而不能只读书本上的记载，一定要到孕育思想与文化的山川与人文环境中去考察、去感悟，甚至去体验，而不要空谈文化。在凤凰的工作给我提供了一个这样的平台。

## ／我以后肯定要回到书斋，搞点研究，搞点收藏，就满足了

积累了多年的知识资源，使他拥有在电视和各个场合纵横捭阖、畅谈古今的资本。他一出口便满口锦绣，很多人猜不透他肚子里究竟有多少墨水，但王鲁湘说自己算不上是个纯粹的传媒人，顶多是个搞电视的文化人。"传媒人哪有对网络一窍不通的呀！"他大声笑着说，王鲁湘从不避讳自己不会上网，这恐怕是他知识体系唯一的缺口了。

记　者：真的很难想象在现在这个网络时代，你还公开宣布不会上网。每次做节目做案头工作

的资料从哪来呢？

王鲁湘：我现在不会上网，因为我没感觉到有必要，有必要我想我早突破了，我是我们这一代学者中间第一代攒电脑的人，我当时住在挂甲屯这个村子里的时候，就花了几千块钱在中关村好几个店里攒了一台电脑，也是因为一个节目的关系认识了王永明，他送给我了一套五笔字法的书，我当时已经对五笔字法都倒背如流了，然后我到处去推广这个字法的好处，因为可以闭着眼睛去打小说。我们经常处在一种状态，就是闭着眼睛想象出来东西特别的美妙，睁开眼睛再一写就要打折扣。我说现在有一种东西，你闭着眼睛想着这么盲打，多好呀。然后我的很多朋友受到我的煽动和诱惑就开始纷纷攒电脑，结果人家现在早就在电脑上打了好几百万字了，我还一个字没打过。

至于说我每次节目的案头，都是靠自己建立的书库，我不买电脑，不花网费，投资买书就比较多。我家里的书是按照图书馆的编目来放的，宗教类——宗教又分基督教、天主教、伊斯兰教、佛教，哲学类，历史类，经济类，文学类——又分古代文学、现代文学、当代文学、外国文学等等。我的书最多的是地方志，所以很多人问我现在在读什么书，我很难回答出来。因为现在市面上流行的书我肯定不读，因为它和我无关，和我做的节目无关，与我的知识结构也无关。我读的书都是没有人读的，或者是没有作者的。有相当多的东西只是一个资料，这些都是我下去走动的时候，从当地搜集上来的一些资料，甚至有很多都是非公开出版的东西。

记　者：你现在的时间是怎么安排的呢？

王鲁湘：我理想的状态是三三制。三分之一的时间用于看书，三分之一的时间用来处理美学的工作，剩下三分之一做与电视相关的工作。可现在完全不可能，电视占了我大部分的时间。主要是公司多给我弄了个栏目，我也没想到这个栏目会把我陷得这么深。

我现在除了凤凰卫视的这两个栏目以外，还有两个必须要做的社会工作，一个是李可染艺术基金会的秘书长，第二个我还是中国国家画院的导师，我还要经常去给他们那儿各种各样的班去讲课，清华的博导我现在已经不是了，我那两个博士生毕业后我就没有再跟清华续约，当年我受聘清华美院的时候建立的四个绘画工作室好像莫名其妙都没有了。现在总有地方介绍我是清华教授、博导，我也很难一一更正。正确的说法应该是"曾受聘于清华大学美术学院，任教授、博导。"

记　者：你现在对自己未来的规划是什么呢？

王鲁湘：电视工作说到底是年轻人的事，第一线的媒体人，除了我们凤凰有几个评论员以外，大概我就是最老的了。而且他们不太去现场，更少去田野。过了50岁还老跑田野和山林的主持人，全中国都只有我一个。这大概是我所创造的又一个中国记录吧。大陆的节目主持人中间没有比我更老的了。所以我以后肯定要回到书斋，其实我现在从外面采访完了以后，都是回到书斋，我也没有什么别的个人爱好，就是在书斋里面搞点研究，搞点收藏。做着这些事情，我挺满足的，老了以后还能这样，就很好了。

采写/张荣 刘艳雪 尤宁

# 不入虎穴 焉得虎子

北京大学学籍卡

姓　　名／吕岩松
性　　别／男
出生日期／1967年1月
籍　　贯／黑龙江
入学时间／1984年
毕业时间／1989年
所在院系／俄罗斯语言文学系
专　　业／俄罗斯语言文学
获得学历／本科
获得学位／学士
工作单位／人民日报
现任职务／国际部副主任

## 毕业后主要经历

1989年　　人民日报社　国际部
1991年　　人民日报社　任驻莫斯科记者两年
1996年　　人民日报社　任驻南斯拉夫记者四年
2002年　　人民日报社　任驻莫斯科首席记者
2005年　　人民日报社　国际部部务委员、副主任
第4届"范长江新闻奖"，第10届"中国新闻奖"，第10届"中国十大杰出青年"

吕岩松

/ 这段生死经历就像淬火，人需要一种超越，需要一种历练

1996年5月至2000年1月，吕岩松出任人民日报社驻南斯拉夫联盟共和国首席记者。这是吕岩松记者生涯的一个高峰。1999年3月24日，北约悍然对南斯拉夫实施空中打击。吕岩松冒着战火一次次深入战争现场采访，及时、客观、公正地报道了科索沃危机的最新动态和事实真相。5月8日，我国驻南联盟大使馆被炸，他第一个详细报道了我使馆被炸事件，第一个发回了确认我3位记者为国捐躯的噩耗，第一个发回烈士的现场遗照，第一个准确报道了北约使用了5枚导弹。

记　者：请你谈谈任驻南联盟记者那段经历，在那样一个动荡战乱的历史环境中，你作为一名记者有怎样的感受，又是怎样完成采访任务的？
吕岩松：我是1996年去的，一直到1998年那里的主流都是和平的。当初我去的时候，和平协议已经签了，地区安全形势越来越好，我感受到从战争到和平的积极的气氛。1998年科索沃又开始出事了，然后到1999年，北约轰炸。在这之前我看到更多的是重建，当然也会看到战争的后遗症，比如我在废墟里采访过难民，他们给我留下的印象特别深，那种眼神是"失去"，没有神采，对生活已经没有什么希望了。

我属于胆子比较大的，开车的时候公路上有人拦车，我肯定会停下来，一路上我可以跟他们聊很多东西，人在这种环境下跟我说的话可能更真诚，不掩饰。这些都是在战争前期。

至于进入真正的战争中工作，有的时候可能确实需要一种超越，自我的超越。你走出那一关了以后再做类似的事情，就很正常了。

比如我去奥拉霍瓦茨采访，那个时候北约还没有轰炸，属于科索沃内部的战乱。奥拉霍瓦茨位于科索沃西南部的崇山峻岭中，阿尔巴尼亚族"科索沃解放军"对这座城市发动了袭击。从科索沃首府普里什蒂纳到奥拉霍瓦茨，是非常危险的。我作为中国记者得到特许，第一个进入到奥拉霍瓦茨战区进行采访。联系好之后，人家根本就不护送我去，让我自己去，那是非常危险的。之前刚有一个俄罗斯记者，在我去的那条路上，被抓为人质扣下来了，生死不明。我完全也有这个可能性，这就是生死的考验。

记　者：当时这个采访计划是自己决定的，还是国内派的任务。过程中是否有犹豫？
吕岩松：国内要知道我去采访，就不会让我去了。谁能让记者冒着生命危险干这个事呢？但是我就是想去，我觉得一个记者在那里能采访到最有价值的东西，人身上如果有一点理想主义是很好的。你说做这件事为了社会，为了谁，怎么说都可以，其实这就是理想主义，做新闻就想把它做好，我就去了。

那一路上我随时想掉头回来，真的。在政府控制的地盘，你知道有人在保护你，但到那边之后，基本是你一个人，这个时候最害怕。当林子里面有人开枪袭击你的时候，你肯定有责任感，会想到万一我出事了，我的夫人不懂塞尔维亚语，她怎么回到首都？然后想到父母，等等一系列的想法。

我同时想到的是，我要回去了，南斯拉夫会笑话中国人的。我是被特许进入奥拉霍瓦茨的，出发之前跟警察局长坐在一起把这个事情商定了，他当着我的面给那边打好了电话，人家在等着我呢。如果我没有去，虽然不会引起什么外交事件，但是人家肯定会笑话我。

驻外记者很多时候代表的是国家的形象。有的时候丢了个人脸，就是丢了国家的脸。还有一种强烈的情绪支撑，我觉得是诚信。如果我打个电话撒谎说车坏在路上也可以。但是我还是觉

得，多少年我从来没有承认过自己不行，如果这次我回去了，我会看不起自己，我一辈子摆脱不了这种阴影。一个人看不起自己，就不会有自信了。

当时真是吓得身上汗都湿透了，但实际上并没有遇到任何危险。真正的风险是从紧张到放松那一刻。返回时，出了山之后，路突然变成双行线，中间出现隔离带，我没有看见隔离带，压着隔离带开过去，我的车一下就飞起来，飞到空中跳到马路对面。还好，车没翻，对面也没有车，有惊无险。

这段经历，可以说是一种自我的超越，就像淬火。心理障碍一旦克服了，经历一次生死考验后，你就不会再有那么复杂的心理过程。在那之后，北约开始轰炸，经历的生死关头就更多了，但这时就非常自然而然地去做事，就跟平时做事情一样。所以，人需要一种超越，需要一种历练。

记　者：这些经历是否对你之后的战地采访有影响。比如北约轰炸我国大使馆时，你非常冷静地抓起相机跑出来，并在第一时间第一个发回了相关报道。
吕岩松：那肯定是有影响的。我觉得有刚才说的那件事之后，我做危险的事时心态就再正常不过了，水到渠成。包括当时从被轰炸的房屋里出来，第一件事情就是看表，这是一种职业习惯。然后把下楼的时间，相对准确地计算出来。这种计算靠的是平时的一种训练，记者这个职业需要对时间的把握。说实话，当时我报那个时间，挺忐忑不安的，因为这是一个中国历史性的事件，最重要的是这个时间是邵云环、许杏虎、朱颖三位新闻同行遇难的时间。如果这个时间我估算的不准，是对死者的不尊重。后来我住院的时候，跟邵云环的丈夫在病房聊天，他说他的那块手表当时被震得停下来了，正好是我说的那个时间。我当时一听，心里一下子放松了，因为自己没有报错。

记　者：这段战地记者的经历，对你以后的生活态度有什么影响？
吕岩松：人要积极向上，有一种精神饱满的状态，也就是乐观。这跟我经历战争肯定有关。我记得战争刚打响没有几天，国内跟我连线，我就说平时可能大家为困难、失恋、没钱、下岗等等烦恼，实际上这一切都是可以通过你的努力有所改变的，你的命运基本上还是把握在自己的手里，而这个时候，大家因为没有豁达的心胸，没有积极向上的态度，弄得精神上很痛苦，这太不值得了。人真正的无助是在战争状态之下，那个时候你已经不是你了，你已经没有任何能力把握自己命运了，那才是一种真正的悲剧。

我觉得当记者的好处，就是你可能经历很多常人经历不到的事情，能见到很多不同寻常的人，他们身上会有一些不同寻常的经历，以及与众不同的人生态度、气质等，对你的成长进步、人生观都会有一些有益的影响。有害的东西肯定也有，但是更多的是有益的。

## ／驻外记者的特质，是对文明多样性发自内心的认同，是对另一种文化、另一个民族发自内心的尊重，甚至是欣赏

1991年，刚刚离开学校两年的吕岩松，作为人民日报有史以来最年轻的驻外记者，出任莫斯科；2002年，吕岩松再次踏上俄罗斯那片土地，出任人民日报驻莫斯科首席记者。在莫斯科工作的日子里，他采写了许多优秀的新闻报道，反映俄罗斯社会与政府的最新动态、重大事件。

记　者：你先后两次任人民日报驻莫斯科记者，第一次是1991年，当时你刚参加工作一年左右；第二次是2002年，你经历过了战争，也在新闻工作岗位上取得一些成绩。请问这两次驻莫斯科，你自己有什么不同的感受吗？
吕岩松：我觉得做新闻时，经验的积累很重要。第一次去的时候二十多岁，第二次去的时候已

经三十多了。两任的时代背景也不太一样。第一任赶上"乱世"，是1991年到1993年，一开始俄罗斯还不是一个独立的国家，我等于到苏联工作，当时叫人民日报驻苏联常驻记者，去了半年多之后，苏联解体；第二任时俄罗斯已经把最困难时期度过了，在走上坡路呢。所以，两任我关注的东西不太一样。

第一次驻外时更多的是我问别人，人家没有太多兴趣听你对一个事情的看法；第二任时我已经有了一些真正属于自己的东西，和别人平等交流的机会更多一些，不仅是你在问，而且人家也有兴趣听你的看法。

第一任时没有互联网，报社对驻外记者的指导，更多的是一种宏观的指导，告诉你报社对这个地区形势总体的判断，然后给你提出一些报道上的建议、选题等等。现在是互联网时代，经常会出现这种情况，报社打电话给你，说你那里发生什么事情，请你写一篇稿子，而你却不知道这个事情。这是很正常的，千万不要以为记者在那儿偷懒。

国内的策划性报道越来越多，你只简单地报条新闻，已经很难有竞争力了。尤其报纸是一个平面媒体，需要找到自己独特的报道视角，要比别人报道更细、更深入，这样报社预约你写的报道就会比过去多很多。这样有好处，能减少驻外记者的盲目性，毕竟报社更了解读者和周围竞争的其他媒体，你作为一个环节，可以更好的为报社服务。也有不好的一面，你打"遭遇仗"的次数越来越多，而按部就班去关注一个问题，收集资料，采访，然后水到渠成把一个自己比较满意的报道发回报社，这种情况比过去要少很多。

还有生活节奏、新闻报道节奏越来越快，新闻竞争越来越激烈了。第二任的时候，我强烈地感觉到电视、网络对报纸产生的竞争压力。比如我第一次在莫斯科常驻的时候，包括在南斯拉夫，我可以发消息，第二天大家看到还是新闻，因为电视还没有那么普及，相对没有那么强大，另外网络也还没有发展起来。但是现在你要搞这种纯客观的、纯描述性的消息报道，肯定不行了。

## ／一个真正好的国际报道记者，肯定是既对国内特别了解，又对驻在国有比常人深入 得多的理解和把握

记　者：请你谈谈驻外记者报道视角，如何做到深入了解国外生活的同时，保持中国的视角。

吕岩松：咱们现在派人出去常驻，这个人能够对这个国家有多少了解？就算他再了解，比如我们也有在一个国家待十年的记者，但他和在那个国家出生的华侨，或者是在那个国家上学然后留下来工作的人，能比吗？对生活的了解是没法比的。所以现在媒体出现一种情况，比如特约记者，就找当地人，他们对那个社会更了解。这样是不是说以后咱们就别派驻外记者了？我接触过这样一些人，他们对当地情况很了解，已经和那个国家人没有什么区别了，然而就是因为他对那个国家的了解同当地人没有任何区别了，他就不可能完全地承担起驻外记者这个工作，因为他没有了中国人的视角。

没有中国人的视角，就没有中国的利益了。我们报国际新闻并不是报着玩的，我们有自己的视角，我们关注什么事情是从我们的国家出发，我们不是看西洋镜。中国现在已经和世界的关系发生了历史性的变化，中国已经离不开世界，世界也离不开中国了。如果只是了解当地生活，并不了解中国受众的需求和兴奋点，就不可能有中国的视角，也不会理解我们为什么关注这个事情。

记　者：驻外记者是否比国内记者有更高的素质要求？

吕岩松：首先我不太同意你所说的内外的意思，不能那么比。驻外记者最大劣势是什么？我们在那个国家，我们不是在那个文化氛围当中长大的，另外我们在那个社会中的人脉、人际关

系，以及自己可以推心置腹给你提供信息的信息源泉，都远远无法和在国内当记者相比。

另外，你是外国记者，人家可能对你更敏感一些。所以在国外工作，非常容易浮在社会表面上，看问题只是看那些表象的东西，即便你有自我暗示，有这种思考性，但是你还是停留在表面上。这是一种天生的劣势。可以这么说，时间长了，看外国问题停留在表面，或者没有能够深入到内核里面，你回到国内之后，看国内问题也会形成一个不好的惯性，也容易看生活看表面。

以我的亲身经验，觉得驻外记者身上应具备的是对文明多样性的、发自内心的认同。具体就是对另一种文化、另一个民族的发自内心的尊重，甚至是一种欣赏。我觉得这很重要。是发自内心的，而不是装的。真正尊重人家，还是假装尊重人家，人家是能够看出来的。你如果不尊重人家的话，人家是不会接受你的采访，不会认真对待你，给你提供有用的信息。

只有尊重还不够，还需要一定的理解。这种理解不是能不能听懂这种语言，而是说进入人家的文化。如果人家跟你说完之后，你没有理解，没有互动，那人家没有兴趣再说第二句了。

记 者：听说你采访过普京，能和我们分享一下这段采访经历吗？
吕岩松：采访了两次普京，第一次是2002年，那次是《人民日报》专访，在俄罗斯克里姆林宫，我随当时的社长一起去的。第二次采访是在2004年，普京来中国访问之前，和我一起采访的还有中央电视台的一位中学生记者。

2002年那次是普京第一次单独接受一家外国媒体的采访，在那之前，他都是接受几家记者联合采访。采访完之后，我说我夫人认为您是这个世界上最有魅力的领导人之一，您给她签个名吧。他说行，就签了名。我接触过好多总统的采访，我感觉跟他交流的时候，他跟常人说话是没有区别的，用那种平和的语调、平和的眼神去跟你聊。很真诚的。而有些领导人语调不是这样，比如叶利钦是另外一种风范了。

2004年采访那次，那位学生记者想请普京题词，她不会说俄语，我帮她做翻译。我说，总统先生，这个小记者想让你给中国的青年人提个词。但是我说"青年人"的时候，我用了"孩子"这个词。普京马上就说，孩子？他或者是确认，或者是要纠正。我纠正说是青年人。他马上写了非常好的一段话。可见，他这个人很敏锐，眼里不揉沙子，也是一种很强的个性。

## ／作为记者，思考的习惯非常重要；这种习惯给我一种抒发性情的幸福感

吕岩松在2000年获得了第四届"范长江新闻奖"，他始终为自己所从事的事业感到光荣与自豪，同时也越来越深切地认识到肩负使命的重大，同时也不断思考着一名新闻记者的职业价值。

记 者：我们知道，你大学期间学的并不是新闻专业，请问你当年毕业时为什么选择了人民日报？
吕岩松：其实，当时我已经被推荐读研究生了。一天中午吃饭，一个同学说人民日报来招聘，说人民日报要恢复在莫斯科的记者站，当时我们同学还加了一句话意思说人家对记者的素质要求挺高的。这些话触动了我。我吃完中午饭就开始找人民日报的电话，查114，查国际部的电话，然后赶快就坐车去了。多远呀，坐332路公交到动物园，倒103，103又到美术馆，倒112，到报社的时候人家已经快下班了。见了一面，人家说行，明天、后天来考试吧。就这样来了。

我想，这有几个方面原因吧。一个可能是个性好强，听说人家要求素质很高，心想这肯定是好工作，感觉自己素质不错就想试试。还有一个，潜意识里有一种冲动，学习了俄语，就很想早点到说那个语言的国家看看。

记 者：起初你对记者这个职业有怎样的认识？实际工作之后，和你想象中的一样吗？

吕岩松：找工作的时候，我没有刻意去想记者究竟是什么样的工作。工作后，如果说反差比较大的话，那就是所有职业都一样，手心和手背两面，也就是诱惑的、很好的一面和很苦的、困难的一面。大部分人找工作之前都是想手心比较多一些，看手背看得比较少。所以现在孩子找工作的时候，我建议多看看手背，因为手背决定你的承受能力。

之前总觉得国际记者更多的是一天到晚西装革履，开着车，在高层进行采访。实际上，这种采访也有，你会采访总统、总理，也要出席各种国际会议，但更多的还是很艰苦细致的工作。不仅是采访，还有案头工作，你要用更多的时间研究问题。在南斯拉夫时，记者就是和危险联系在一起的，因为记者要深入生活，新闻更多的还是突发性事件，那做记者可不就是苦嘛。外国人对记者的理解，就是吃苦，这是新闻职业应该的，是你的本分。现在大家对记者吃苦什么的，已经习惯了，这次汶川大地震没有人去表白自己多苦多累，但是以前不是这样的。

我觉得记者永远是在后台，不要走到前台来，你的任务就是传达信息，你在事件和受众之间是一个沟通的作用，你是一个媒介，而你不要成为新闻本身。我到现在还坚持这种想法。

记　者：你怎样理解记者这个职业？
吕岩松：尽可能去传达一个事件的精神实质，而不是仅仅报道一个事件本身。举个例子，当时中国对俄罗斯的报道铺天盖地，但是两个国家人民的了解还需要加深，因为我们更多报道的是一个片断、一个侧面。比如说农业问题，我写了农业生产的一个环节，而不是全景式的把俄罗斯的农业展现出来。虽然我们每条新闻都是真的，但是这个真新闻在整个生活中能有多大的代表性呢？这是一方面。另一方面，即使各个领域都在搞全景式报道，但还不能缺少记者对生活的理解，对俄罗斯的理解。记者必须得对这个国家有一种很深的理解，能够很透彻的把握。

所以，我觉得记者不光是传达信息，实际上还要帮助人们去认识生活，把握生活的本质，让人们从积极的角度看待生活。这种职业需要从业人员勤于思考，比常人付出更多努力。这种思考，需要很多理论的功底，然后又需要实践的积累。所以我觉得当记者，一方面要特别务实，另外一方面应该有一种站在更宏大、甚至是悲天悯人的这种角度的思考。

作为记者，思考的习惯非常重要。这种习惯给我一种幸福的感觉，我觉得自己并不是在卖苦力，有一种抒发性情的感觉。我写的报道某种意义上也正是我的思考，我的理解，我用心的体会。我观察了，我思考了，又变成我的作品了，这是一种乐趣。所以，我热爱这个职业，不光是一种社会责任感、一种道义感，而是这个工作同时还能给我带来乐趣。

记　者：你理解的记者的职业精神是什么？
吕岩松：这种精神可以概括为，不辱使命，人民的利益、祖国的需要高于一切；深入实际、调查研究的求实作风；不计名利、乐于奉献的敬业精神；清正廉洁、严于律己的职业道德风范；刻苦钻研、积极探索的创新精神。
作为记者，应该具备正直、坦诚、豁达的品质，要有较强的综合素质，比如理解能力、概括能力、表达能力、逻辑能力，最主要的是不自负，自以为是是新闻工作最大的忌讳。

## ／上北大的人也许是一个平凡的人，但他毕竟在一个不平凡的环境里待过，这是他的一次人生经历

1984年，志向医学的吕岩松意外地收到了北京大学的高考录取通知书。初进北大校园的他，似乎并未适应自己的化学专业。北大开放民主的校园氛围，给了他第二次专业选择机会，他走进了自己感兴趣的俄语系。5年的北大学习生活，如春雨润物般滋养着吕岩松，为他的人生铺筑了一条很好的路基。

记　者：你当初高考时为什么选择了北京大学。
吕岩松：其实我当时没有报北京大学。北京大学多厉害啊，那肯定不敢报。而且当初我一门心

思要学医，就想着报医学院，在我们黑龙江当时招的重点医科大学只有北京医学院。但我自己感觉分数不够，不敢报，最后我报了北师大生物系。分数出来之后，我的分数很高，就被老师改到了北京大学技术物理系。我学了一年化学专业，1985年转到俄语系。

记　者：为什么会转俄语呢？
吕岩松：那肯定是没有学好化学专业，学好了就不会转了。一方面有压力，我觉得肯定好多北大学生都碰到的情况，好学生一下变成一般的学生，甚至相对差一些的学生。另一方面，我上高中学的是俄语不是英语，大二马上要开专业英语，自己有些担心学不好。还有一个原因，化学涉及做实验。但我们高中没有实验室，根本就没有接触过实验，所以我觉得有些吃力。当然，我觉得主要原因还是我确实喜欢俄罗斯文学。

转系挺不容易的，跟调动工作差不多。当时学校也是刚刚开始允许转系。第一要考试，第二是原来的院系同意放你，而另一边同意接收你。我遇到了很好的老师，比较顺利。这样我就到了俄罗斯语言文学系，俄罗斯语言文学专业。

俄语系当时分了两个班，一个是英语班，一个是俄语班。英语班是高中学英语的，从来没有学过俄语，我高中已经学过俄语了，按理转过去之后，跟他们大二一起读，完全能够跟上。但是，当时觉得我在技术物理系不是好学生，那到俄语系一定要当好学生，就主动降了一级。

记　者：北大给你留下印象比较深刻的东西是什么？
吕岩松：我觉得还是一种校园的多样性，给我留下的印象很深。北大可能教会了我宽容，你喜欢也好，不喜欢也好，你接受也好，不接受也好，这个东西都是存在的，那可能这就是事物的多样性了。另外，我到北大之后，真的知道自己在世界上永远是一个渺小的人。还有什么呢？我觉得传统挺重要的。北大的传统和精神传承得很好，有些靠老师，有些是高年级学生影响了低年级学生。我们本科入校的时候就是十七八岁，像一张白纸，你能够变成一个北大人，除了老师，除了校园文化、社团，很重要一点是你的高年级同学的影响。也许你没有跟他深入交谈过，也许他没有教过你任何一份东西，但是他的言行举止，他在一个研讨会上、一个讲座上提问的方式、提出的问题，都对你产生了很大的影响。你成为三四年级学生的时候，你又去把你的师弟、师妹带成了北大人。

你在那个环境中，得到的是一种润物细无声的熏陶，是一种境界，是一种潜移默化的影响。北大有这样一种环境，能够让学生没有过早地把年轻人应该有的锐气、朝气化解为成熟。我觉得这是北大的优势，就是让学生真正把那个年龄段特有的一些东西保持住。

另外，因为北大多元，北大那种环境更多的不是让学生简单地完成学业、离开学校时对很多事情已经有一个成熟的看法，而是让他们带着一些困惑离开学校，也就是让他们觉得很多东西还没法去判断，其心志、阅历还不够让自己形成一个主导的想法。我个人觉得，让他们带着这种感觉离开学校步入社会，是件挺好的事情。这说明这个学校确实是宏大的。也就是让你知道好多东西还没有懂，有待去了解，需要你不断地花时间在生活中慢慢感悟。

上北大的人也许是一个很平凡的人，但是这个平凡的人毕竟在一个不平凡的环境里待过，是他的一次人生经历。

采写/李芸 史彦 赵琬微 宋卫平

# 从作家到出版家

北京大学学籍卡

姓　　名／聂震宁
性　　别／男
出生日期／1951年1月
籍　　贯／江苏
入学时间／1986年
毕业时间／1988年
所在院系／中文系
专　　业／作家班
获得学历／本科
获得学位／学士
工作单位／中国出版集团公司
现任职务／总裁

## 毕业后主要经历

1988-1996年　先后任漓江出版社编辑室主任、副总编辑、总编辑、社长

1996-1998年　任广西新闻出版局（版权局）副局长

1999-2002年　任人民文学出版社社长兼总编辑

2002-2007年　任中国出版集团副总裁

2007年至今　任中国出版集团总裁

重要社会兼职：全国政协第十、十一届委员，中国出版工作者协会副主席，中国版权协会副会长，中国期刊协会副会长，中国作家协会全国委员会委员

聂震宁

2008年9月，聂震宁获得出版界最高奖项"韬奋出版奖"。评选中有两个很重要的原则：一是出版发行体制改革中的领军人物，二是有突出业绩、在业界有广泛影响的人物。新闻出版总署署长柳斌杰说，我们要把那些埋头苦干、终身致力于出版事业、对出版事业的发展真正做出贡献的人，作为我们的出版家彪炳史册。

## ／我的作品里面有悲苦、有调侃、有揶揄、有抒情，但却没有厌世

记　者：你1986年考入北大中文系首届作家班，那时候35岁。在这之前，你已经是青年作家。为什么要进入北大？

聂震宁："文化大革命"之后，中国作家协会文学讲习所（即后来的鲁迅文学院）恢复并培养了一批作家，1984年，我考入文讲所成为第八期学员，我们这批青年作家是经过"文化大革命"从社会底层艰难走出来的。那时文学创作很热，北大想为我们办一个作家班，来帮助我们成长，同时也能丰富学校的生源和教学成果。1986年，北大就从文讲所第七期和第八期共100多名学员中招生。第七期是文学编辑专业，第八期是文学创作专业，两个专业学员大多数都是当时知名的青年作家。

在是否考北大的事情上，班上出现了很大的分化，有些同学放弃了，但是我没有。考北大难度很大，有好几门考试，从《诗经》一直考到现当代文学。

进北大前，我的文学创作势头正好。我的想法是，既然搞文学，就应该对文学有很好的钻研，无论是对作品的鉴赏，还是理论的学习和修养。考入北大以后，我愈发觉得我来得对，真应该认真学习一番才是。在北大期间，我也还在写作，发表短篇小说《长乐》之后，接着又发表了"长乐"系列短篇小说以及中篇小说《暗河》等，其中《长乐》被选入《1986年全国优秀短篇小说选》。当时给我们上课的都是中文系一流的老师，记得在课堂上，讲授当代文学的张琼老师很认真地就我的作品《长乐》评价了一番，让我深受教益和鼓舞。

在北大，单单一个文学并不能覆盖我全部的学习时间。你想，北大的学问有多大？那是汪洋大海。那时有很多讲座，一看讲座海报就让人激动。能去的讲座我尽量去，可也耽误了不少创作时间，但这让我的学习收益非常丰富。北大给我滋养的不仅是文学，还有历史、哲学等学科。在图书馆，我读了不少中外文学作品，同时，读柏拉图、亚里士多德、叔本华、弗洛伊德、弗洛姆，还有丹纳的《艺术哲学》，中国的孔孟老庄、现代大师，读的很杂，并不系统，只是以读为乐、以博为快而已。

在北大，感受到最强烈的是北大精神，那就是创新精神和兼容并包精神。许多采访都会问到我在北大学到了什么。事实上，我觉得在北大更多的是受到了思想的、精神的深刻影响。这些对我来说太重要了。它给我带来的不仅是知识，也不仅是理念，还是一种思想，更是一种思维方法和人生追求。这种思维方法对我后来从事出版工作有着根本性的影响，比如对出版业本质的认识，对出版价值的判断，以及出版如何创新，如何评价文化产品等。

北大中文系办这个作家班对我们来说是受益终身的，使我们不少同学能够持续地写下去，不仅关注自我的精神世界，也能对民族对社会对人类抱有深度的关怀和认识，培养了我们的文化精神和底蕴。

记　者：1980年代是一个文学创作热情很高的时期，你的作品《去温泉之路》、《长乐》、《暗河》等在当时取得了不同凡响的成绩，你的创作灵感是否来源于丰富的人生经历？

聂震宁：说我的作品"不同凡响"可不敢当。可以这么说，我的创作主要来自对生活的感受，

来自于我生活的那个小县城和后来的一些经历。县城人的心态，我觉得我琢磨得还是比较准的。表面上写的是一个小城，其实写的是我们民族文化心理的某些特点。我的人生经历比较坎坷，但我对生活充满热爱，所以我的作品里面有悲苦，有调侃，有揶揄，有抒情，却没有厌世。

我有很多人生的经历还没有写，比如我做过六年多的插队知识青年，却没有正面写过知识青年的经历。为什么呢？我觉得那六年多的经历太宝贵了，那是我人生经历最宝贵的财富之一，是"压箱底"的生活积累，如果写出一般化的作品就太可惜了。此生一定会好好写一本。

记　者：你如何看待当今的"浅阅读"现象？

聂震宁：浅阅读在任何时代都存在，包括陶渊明那种"好读书，不求甚解"，也有一点浅阅读的意思。从某种意义上说，博览群书很可能就是一种浅阅读。在没有互联网的时代，浅阅读主要是对报纸和杂志的阅读，还有对书的浏览。那么现在，更多指的是互联网上的阅读。互联网阅读和杂志阅读有多大区别？都带有浅阅读性质，所以不必责怪互联网时代。

作为阅读，我认为广博和深入要兼顾。一个青年也好，一个专业工作者也好，要想深度阅读，单靠互联网是不行的。互联网上有很多很好的资料。但是如果以为互联网阅读才是真正的阅读，而过去传统的阅读过时了，那我们这个社会、民族就可能流于肤浅了，我们的逻辑思维能力、专业语言能力，特别是综合的文化修养等很多方面都会受到负面的影响。

中国改革开放30年，信息越来越开放，但科学巨匠、文学巨匠、艺术大师却很少产生出来。为什么？钻研不够，专心不够，专业不够。我们的社会现在不是说阅读面不够，而是钻研度不够，因而创新能力不够。这方面应该引起我们每个人深思。

现在，我们提倡大家深度阅读，把阅读看成是修身养性，同时也是提高自己创造能力很重要的事情。在2007年"两会"期间，我和30位政协委员共同提出一个提案，开展全民阅读活动。阅读是需要提倡的。我国自古就有"劝读"的传统。读书首先要成为各人内在的需求，同时也需要有外力的推动和规范。一个人随随便便拎起本书就看，看完就扔，当然是可以的，但是一个民族这样就不可以。一个民族、一个社会、一个国家要提倡深度的阅读，广泛的阅读。有人把国民阅读率下降归结为互联网发展，有一定的道理。可是，在欧美发达国家，互联网也很发达，图书阅读率还是很好，这就值得我们深思。实话说，我们这里的阅读习惯本来就不够好，现在提倡开展全民阅读，一点都不为过。

## ／写作是要追求个性的，可作为一个编辑要有包容的心态

记　者：你抱着一个文学梦走进了北大，希望能创作出更多的好作品，毕业后却走上了出版业。

聂震宁：北大在文学学习方面给我的一个很大影响，就是提醒了我，文学是多面的，多层次的，这跟一个作家的判断是不太一样的。创作是要追求个性，于是有些作家就认为，除了自己一类的作品之外，其他的作品都是废纸一堆。可作为一个编辑就要有包容的心态。在上北大之前，我的文学创作相对来说路子要窄一些，比较坚守一些独特的文学风格，经过北大两年的学习，作为作家，我的文学路子开阔了很多。而作为出版家，不仅视野开阔了，更具有了包容的胸怀。

记　者：你毕业后进入出版行业的过程是怎样的？

聂震宁：在考入北大前，也就是1985年底，我还在文讲所上学，工作关系就调到了漓江出版社。当时我已经有做出版人的意识和准备了，同时也在策划选题。但我还是想以写小说为主，兼做出版。"长乐系列小说"、《暗河》就是在北大期间创作的。当时，做作家是我第一位的考虑，做出版是我第二位的考虑。

毕业后，回到漓江出版社，任编辑室主任，编辑大型文学杂志《漓江》，基本上还是在文学氛围里工作。当时对杂志还没有提出太高的经营上的要求，是那种作品本位的编辑工作。到了1990年，让我提任漓江出版社副总编辑，这时我就觉得要很好地做出一番业绩来，要不辜负大家对我的推荐和组织上对我的信任，于是我一下子就投进出版工作来了。

那时，漓江出版社在出版外国文学方面很有成绩，中国文学图书出得也不错。我们觉得知识类读物应该可以很好地抓一下。当时知识类图书市场上绝大多数是理科的，文科的很少。我们认为"重理轻文"的传统需要调整，于是就策划了《文科知识百万个为什么》这个选题。我从1990年2月份开始到北京来组稿，当年12月就出书，共有22种。我邀请到了冰心先生任总主编，我忝列执行总主编，负责组织联络。特别需要提到的是，丛书中哲学、政治、经济、心理学、军事、历史、文学、语言、写作、美术、音乐等分册，邀请到了许多知名的学者、教授、专家担任主编，质量有了保证，也很有号召力。丛书第一次印刷2万套，这在当时是很了不起的销量。书出版后，我们和中国青年报社还联合举办《文科知识百万个为什么》有奖读书活动，搞得很是热闹。接着这套书就获得了第五届"中国图书奖"一等奖。

做这些事情的时候，我必须把自己放在一个出版人的岗位上，全身心地投入，文学创作只好放在一边。做完这套书后，我在出版工作上就一发不可收拾。我不断地在策划选题，不断地对出版进行思考。文学创作越来越少，出版成了我生活的一部分，这也是没办法的事情。不过，文学与出版，都很有意义，所不同的是，写作是把一个邮票大的小镇生活写给全世界人看，而出版是要把全世界的东西告诉给一个邮票大的地方。一个出版家必须要有比较广博的知识，更为系统一些的学识，北大的学习为我打下了一个比较好的底子。

记　者：从文学创作到从事出版管理工作，你始终保持着激情，这种激情来自于何处？

聂震宁：我是有些激情，但也不是激情四射那种。我的激情，首先来源于对文化的热爱。我总觉得能够从事和文化相关的事业太好了。直接操作一些文化项目和产品，并获得成功，我乐于去奋斗，也许需要很长时间，但是会激励着我继续向前。再者，我的激情来自于对出版工作强烈的责任感、使命感。

我总想着要努力，还想着要有所成功。但我并不急于求成或者好高骛远。当初在漓江出版社，我不能够说我要做全国第一，但是我可以说我要在哪些方面成为全国一流；后来到了人民文学出版社，它已经是一流出版社了，这个时候我会要求出版社始终保持着全面一流的状态，保持进取的精神；现在在中国出版集团就更不用说，是一个点多面宽的企业集团，下属出版单位、发行单位参差不齐，有百年老店，也有新办的出版社，有持续发展的发行机构，也有处于转型期艰难跋涉的发行机构。那么，中国出版集团应该给自己确定一个什么样的定位？我这个总裁应该有一个怎样的精神状态？首先，它是出版业的"国家队"，应当发挥示范带头作用，要把体现国家出版水平看作是自己的责任。同时，改革发展当中它还要有一些独特的贡献，为出版产业整体实力壮大作出贡献。只要保持这样的进取状态，你就会觉得还有很多事情需要去做。

## ／采取文化管理事实上是务本之道，因为出版业本就是文化

记　者：从漓江出版社到人民文学出版社，再到现在的中国出版集团，你作为管理者总会采取一些行之有效的改革，取得社会效益和经济效益的双丰收。在改革的过程中，你的思路一般是什么？你最看重什么？

聂震宁：我特别注意团队的精神状态。我认为这和我的性格有关。我的小说写得比较抒情，但是也比较理性，没有非常放肆的东西。管理企业应该是偏于理性的，但是企业管理仅仅靠理性又不免少了些人文精神，缺少感染力。于是我在文学创作上的感性特质就辅助了我的管理，增

强了我的影响力。1994年，我在漓江出版社社长任上，提出了一个社训：爱书、爱社、和为贵。那时提出"和为贵"，是不是有些感染力？

记　者：后来你到了人民文学出版社，所进行的改革是不是也从这些软性的东西开始？

聂震宁：你说的很准确。1999年，我到人民文学出版社任社长，我首先做的就是和大家一起总结出版社50年来的优良传统，把已经弱化的传统重新构建出来，使其从思想、精神、文化上发扬光大。当时文学出版业界竞争激烈，风起云涌，群雄逐鹿，而人民文学出版社的经营状况不太好，使得大家感到很受挤压，而且有些忿忿不平。面对这样的局面，我想必须用一些口号来振奋大家的精神。"新中国文学出版事业从这里开始"，这是我亲自拟定的。后来有些出版社效仿这个句式拟广告，可见感染力不小。

我还为人民文学出版社拟了另外一个口号，也是在优良传统基础上构建出的两大精神之一，就是"筑成我们的文学家园"。当时，文学出版市场竞争非常激烈，我在人民文学出版社说，我们不仅要在文学出版上获取良好的社会效益和经济效益，还要成为一个文学活动机构，成为作者、读者、文学爱好者的一个精神家园。至今，人民文学出版社还在用这两个口号。

除此之外，我也进行了一个比较简单的刚性管理，把奖励制度建立起来。有了奖励制度，也就有了激励机制和约束机制，大家一下子觉得要好好干，不干就不行了。管理方法太软性，一个企业不能很好地维持一种有威力的运作；太刚性，可能会使得整个企业的氛围不够圆润，人际关系紧张，运作不够灵活自如。管理企业应该刚柔相济，这是非常必要的。

在中国出版界，我可能是比较早地提出企业文化管理的。很长一段时间以来，出版企业的经营管理者都到经济界去学习经管知识，很有必要。但我认为出版企业的管理需要进行文化管理。文化管理是管理科学中一个重要流派，主张在管理过程中实施价值观、道德观和行为准则的管理。我们出版业经营的是文化产品，采取文化管理正是务本之道。出版业之"本"就是文化，在实施一般的企业经营管理方法的同时，加以文化价值的提升，从一定意义上也就是让出版业不要脱离本原。

记　者：出版业作为特殊的行业，在推进体制改革中是否遇到一定的阻力？

聂震宁：凡改革总会有阻力，否则那就不是改革。问题是既要改革，也要协调，不可以不改革，也不可以把改革简单化。就拿出版业的文化贡献力这个问题来说。有人以为既然改革了，只要出版单位不违法，就让产业和市场自我发展，文化的贡献力自在其中。其实，文化生产要有国家的宏观指导，要体现国家的文化意志，否则，国家的文化建设就可能是一种散漫的、无序的、无核心价值体系的建设，况且市场有时候还会失灵，这是非常危险的。可是，有了国家的主导，就能解决文化安全和快速发展的问题吗？靠国家也就是政府来安排运作，还是按照市场经济规律去实施，这是我们要讨论的问题。看来，一些不适宜用市场办法解决的文化基础设施建设和重大发展项目，需要用政府的力量去做，而大多数文化产品则要推向市场，进行产业化运作。不能所有文化任务都交给政府去做，否则这个文化本身将缺少活力。因为很多文化产品是根据大众的需要、受众的需要、读者的需要去做，不能跟读者、受众、观众离得太远。这是社会主义市场经济体制对出版业提出的必然要求，是文化大发展大繁荣提出的必然要求，是我国出版业为了实现又好又快发展而提出来的必然要求。

## ／中国出版集团的出版物要做"官窑"

记　者：在世界"文化软实力"竞争中，我国的处境如何？

聂震宁：国家现在高度重视"文化软实力"问题，这既符合国际竞争的需要，也符合我国社会发展的需要。中华民族必须要在文化上有大发展，否则就会变成一个畸形社会。

我们国家的"文化软实力"对国际社会产生着一些有益的影响，但是跟我们这么一个历史悠久的文明古国和经济、人口大国的地位不相称。作为一个经济大国，我国与世界其他国家的经贸活动和国际社会交流已经很多了，但是我们的文化产品，特别是文化元素走出去并且受到欢迎，数量还是少之又少。别国人对中国文化感兴趣，来看看寺庙、宫殿、风景，固然很好，但毕竟只是一种猎奇。而我们当代创造的东西，特别是文化产品，别人并不急着要看、要消费。我们的文化传播力、创造力不够，因而文化的吸引力、感召力不够。

今年在北大和台湾南华大学共同举办的一个论坛上，我提出一个概念：文化软实力与文化硬实力。文化硬实力是什么？是生产和经营文化产品的实力，是文化产业的产业属性。若我们只讲"文化软实力"，容易使文化建设越来越虚，越来越理念化，必须用"文化硬实力"来支撑"文化软实力"，进而形成国家的软实力，壮大国家综合实力。我国的文化产业并不强，还处于计划经济向市场经济转型的过程中，还没有真正形成产业化、现代化、国际化的运作机制。

记　者：出版业在其中承担着什么样的责任？

聂震宁：出版物是什么？出版物是文化最主要的载体。我国几千年的文化大部分是通过出版物和少数一些器皿、器物和建筑传承下来的。出版物往往是文化产品最初的产品，包括电影、电视剧、戏剧在内，内容的最初形态都是出版物。文化的传播经常是从出版物传播开始的。

出版业应该在提升国家"文化软实力"方面大有作为。在这方面，还需要用新的技术支持新的物质形态的出版，比如数字化网络化技术，应该加大力度运用到出版上来。

记　者：我国出版业在实施出版"走出去"战略上有哪些具体策略？

聂震宁：出版要"走出去"，既要看我们有什么可以走出去，还要看国际市场有什么要求。现在看来，我们与国际市场的需求距离还比较远。在文化的基本态势方面，西强我弱是一个真实状态。在这种情况下，必须要有重点战略、重点推进、重点突破。一个出版社一年出版500种书，每种书出来以后市场上哪本反响好就卖哪本，那不行。必须要有重点地推进，重点去运作。比如《中国读本》、《狼图腾》、《藏獒》、《于丹〈论语〉心得》等，这些都在国际上已经取得了比较突出的业绩，这就是实施重点战略的成果。

记　者：中国出版集团作为我国出版业"国家队"，对自己有什么要求？

聂震宁：　要求是全方位的。作为国家的出版产业集团，既要文化，又要产业；既要产品，又要市场；既要绩效，又要队伍；既要规模，又要标准。这当中，品质是第一位的。一切工作都得讲品质。那么，中国出版集团的品质要求是什么？那就是要成为国家出版业的"官窑"。我多次对中国出版集团所属的出版社说，中国出版集团的出版业务要有"官窑"意识。中国古代瓷器有官窑、民窑之分。官窑体现着当时的国家文化意志，传承着当时的主流文化品味，荟萃了当时的艺术精品，具有很高的艺术价值。古代官窑的生产制作管理非常严格，由朝廷直接管理，严重违规那是要杀头的，那才叫全面的流程管理、严格的质量监控。官窑的次品要统统被毁掉。我们今天看到的官瓷和民瓷就很不一样，官瓷就是精品，民瓷就很少是精品。不服气不行。中国出版集团也应该树立国家出版业的"官窑"意识，不要把自己的责任、使命、地位放弃了。这就是我们对自己的要求。

采写/孟庆伟 穆莉 吴琦

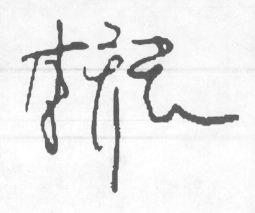

众里寻他千百度

## 北京大学学籍卡

姓　　名／李彦宏
性　　别／男
出生日期／1968年11月
籍　　贯／山西
入学时间／1987年
毕业时间／1991年
所在院系／信息管理学院
专　　业／图书情报学
获得学历／本科
获得学位／学士
工作单位／百度
现任职务／董事长兼CEO

## 毕业后主要经历

1991年　美国布法罗纽约州立大学获计算机科学硕士

1994年　在道·琼斯公司任工程师，设计的实时金融系统，
　　　　迄今仍被广泛地应用于华尔街各大公司的网站。

1996年　发明超链分析技术，并获得专利。

1997年　在国际知名企业INFOSEEK主任工程师等职务

1999年至今　创建百度并任董事长兼CEO

From Weiming Lake to Media: A Collective Memoir

Kodak E100VS 0501

李彦宏／提供图片

他是一个年轻的计算机工程师，英俊文雅、书卷气十足，迷恋技术，崇尚简约，经营着一个页面最简单但用户最多的中文搜索引擎——百度。它每天响应来自138个国家超过数亿次的搜索请求，积累了海量的中文网页数据库。这个年轻的工程师就是百度的创始人、CEO李彦宏。

## ╱百度：一个北大毕业生创办的公司

李彦宏出生于山西阳泉。他是家中5个小孩儿中的老四，也是家中唯一的男孩。他从小被父母寄予了厚望，和姐姐们一起长大也使得他的性格比普通的男孩多了几分腼腆。在现在阳泉一中的校园里，作为学校的优秀毕业生，李彦宏的照片被悬挂在学校里显眼的位置。

记　者：你从小就是个学习特别好的孩子吧？我们了解你当年考北大的时候是阳泉市的高考状元？
李彦宏：对，我高考的时候是我们那个城市的第一名，但我一直不是班里面学习最好的学生，中考的时候我是班里的第二名，是我从小学到初中毕业考得最好的一次。高考也一样，是整个高中考试最好的一次。我觉得自己是个"考试型"的学生，不遇到大阵势，激情就迸发不出来。

记　者：看到网上有句话："美国8年人生历程，西方文明改变了李彦宏的人生观。"您觉得这句话说得准确吗？北大的经历和美国的经历对你的人生分别有什么影响？
李彦宏：应该说，进入北大，是我第一次从山西一个小城市来到北京这样一个大都市；到了美国，也是我第一次从东方来到西方。很显然，两段经历对我来说都非常重要。考进北大，当时功课负担并不重。同学们觉得功课能应付了就行了，大家都开始发展自己的兴趣，有喜欢音乐的，有喜欢文学的。我当时的兴趣在计算机上，发现光学自己的专业课不行，还要把计算机学好，我就去旁听计算机系的课，要听的课一下子就多了很多。

我在北大最重要的决定，就是出国，当时正赶上中国学生出国潮，大家都想出国，所以就给自己定下了出国的目标。虽然在出国之前并没有想好毕业以后做什么，但无疑，在美国的学习与工作的经历都与我今天创办百度是密不可分的。

记　者：申请出国顺利吗？
李彦宏：选学校和专业费了点劲儿，其他倒没什么。因为当时美国没有与"图书情报"相对应的专业，所以我必须换专业，而换专业拿奖学金就比较难。所以当时也比较实际，不是我选学校，而是哪个学校给我钱我就去。申请了大概二十几个学校，交了不少报名费。那时候几十美金的报名费，挺让人心疼的。后来选了去纽约州立大学，学计算机专业。当时美国人认为中国人的计算机水平很落后，排名前几名的学校都不要大陆来的学生。不过我这个学校还是不错的，在计算机领域能排在全美30名之内。

记　者：好多人都觉得中国学生出去以后学习成绩老是排在前面。到了美国后，跟你之前对出国的想象一样吗？
李彦宏：我之前也是这么想的，到美国后发现我这个专业根本不是这样。美国比较聪明的学生也都去学热门专业，计算机专业就算其中一个热门。同时，美国的学生也比较有创造力。再者，要想学好这个专业也需要一定的硬件条件，比如要天天守着计算机，守着互联网。当时在中国、在北京，我们根本就不具备这个条件。另外还有很多别的不利因素，比如我晚到了一个学期，又换了专业，对语言环境不适应等等。不过，第二年的时候，我就可以如鱼得水了。

记　者：百度公司里的职员都知道你对北大的感情很深，你亲自回自北大进行校园招聘，你觉得北大的几年学习经历对你今后的生活有什么影响？
李彦宏：人的一生走好关键的几步就行了，考进北大就是我人生中关键的一步。因为北大，我喜欢上了计算机，还走出了国门。2000年回来创业的时候我在北大资源楼租了几间办公室，我记得从我办公室的窗口斜望去，我在北大读书时住的43号楼一览无余。每到晚上，43号楼的灯光总能勾起我对大学生活的无限回忆。

2002年初，百度公司搬到了更加宽敞的海泰大厦。在海泰大厦也可以看到北大的全貌，包括三角地，来来往往的学生都可以看得一清二楚。后来，百度又搬到理想国际大厦，同样可以看到北大。这可能就是大家口中的北大情结吧。

## ／上帝关上了一扇门，就一定会给你打开一个窗，百度就是上帝给我开的窗户

在美国读了两年半书后，李彦宏放弃了攻读博士学位的机会，进入到美国工业界寻求发展，技术出色的李彦宏很快在华尔街和硅谷的互联网领域崭露头角。他也从一个穷学生变成美国的中产阶级。

记　者：当时为什么放弃读博士，而出来就业呢？
李彦宏：因为我发现自己不喜欢做纯的学术研究或做课题。博士生研究的课题很专，可能这个世界上很少有人知道你在研究什么。这不是我想要的，而美国的工业界做的事情更加实际。做一个研究项目，可能两年之内就能见到产品。这个产品，可能会改变使用者的生活方式，作为这个产品的设计者，我会很有成就感。我会走到哪儿都去跟人家说，你用的这个东西就是我做的。这种满足感不是读博士能实现的。所以我在读到两年半的时候，决定离开校园开始工作。

记　者：你的创业启动金是120万美金，当时你想到会得到这么多风险投资吗？
李彦宏：没有，我当时希望的是100万，我去见投资商，他们问我，在搜索技术上，谁能排在前三名。我列出了三个人的名单，后来有一个投资商就给我说其中的一个人打电话，问了同样的问题，就是整个搜索引擎领域内，技术最厉害的是谁？这个人回答是，这三个人里面一定包括李彦宏。风险投资商又问我需要多长时间能把搜索引擎做出来，我说6个月。他们就说你先回去吧，我们再想一想。结果没过几天，他们说我给你120万，这样资金会比较宽裕。结果我们只用了4个月就做出来了这个搜索引擎，没让他们失望。

记　者：你觉得促使你创业成功的最重要因素是什么？
李彦宏：我觉得创业成功和机遇是分不开的，所谓时势造英雄嘛。我的机会赶得不错，这点我必须承认。在我进入美国工业界开始工作时，正好是美国互联网商业化的时候。我回国创业时，中国的经济已经处于快速的发展时期，而且中国的互联网刚刚发展起来，应该说，百度的成功首先得益于处在一个良好的外部环境中。

同时，对于一个创业者来说，最重要的就是专注。在美国工作的时候，我每天都在琢磨着搜索引擎技术，最终发明了"超链分析"技术。而百度从创立的那天起，我也一直坚持做自己最擅长的搜索技术，即使在当时很多人并不看好搜索引擎技术。但事实证明，百度的坚持不仅为百度赢来了近80%的市场份额，超过92%的用户到达率，也说明百度已经成为网民访问互联网内容的最重要的入口。

## ／日子过得是不是充实，是不是高兴，只有你自己知道，不能用金钱来衡量

百度于2005年8月5日正式在纳斯达克上市，开盘价27美金，当天交易结束时，收盘于122美金，涨幅354%。这是美国股市有史以来，外国公司在这里的最高涨幅。一夜之间，百度成为了一家市值40亿美金的公司，李彦宏则拥有了超过9亿美元的个人资产。

记　者：互联网的迅速发展使得这个行业很多创新者跻身"福布斯富豪榜"，你也是其中之一。你认为这是一个创业者成功的标准吗？

李彦宏：按照我的经验，人还是要做自己喜欢做的事情，做自己擅长做的事情，你一定能做的很好。因为如果你不喜欢的话，碰到困难很可能就退缩了。财富的积累并不是成功的全部，和真正的幸福也不见得是成正比的。我经常说"世界上最幸福的一定不是最有钱的，而最有钱的肯定不是最幸福的"。说实在的，我的生活在百度上市前后并没有明显的变化。自己喜欢什么，日子过得是不是充实，是不是高兴，只有你自己知道，不能用金钱来衡量。我理解的"成功"是做自己喜欢、自己擅长的事情，并给社会创造价值，得到社会认可。我想的更多的还是个人精神上的充实和满足。

记　者：从外人看来，你走得一直挺顺的，你自己也是这么看的吗？

李彦宏：任何人要想取得成功都需要经过一番艰苦的努力，不可能都是一帆风顺，百度的发展也不例外。

记得在2000年春天，我住在北京的一个三星级宾馆里。那个宾馆一面是办公的区域，另外一面是住的地方。我每天在宾馆里来回穿梭，需要睡觉的时候回房间去，不睡觉的时候就在办公室工作。有一天，我一睡醒就去办公室工作，可一推开办公室的门就发现，由于北京的沙尘暴，我的办公桌已经铺满了厚厚的一层灰土。看到那种景象，心中确实一酸，我放弃了在美国舒服的生活和工作环境，回到北京创业，每天除了睡觉就是工作，情绪很压抑。但当我看到跟我一起工作的那些刚刚毕业的"战友"的时候，我内心又重新充满了激情与干劲。

而2003年的非典时期对百度来说也是一个关键时期，当时北京许多单位已经开始放假，对于我来说，也可以选择回到美国待一段时间。但是，我仍然是每天去公司上班，我们很多员工，也坚持每天上班。百度的工程师脚踏实地、一点一滴地在做他们应该做的事情。通过我们的努力，非典期间，百度的搜索引擎在质量上突飞猛进，流量一天天地增长，而正是由于我们在困难时期的不断努力，百度在2003年底的时候，超过了所有的其他的中文搜索引擎成为流量和使用人数最多的中文搜索引擎。

记　者：你曾经想过如果事业失败了怎么办吗？

李彦宏：在我创业初期的时候，我经常跟别人讨论这个问题，当时的想法就是，大不了就回美国去继续编我的程序吧，反正再找个工作让自己过得很舒服是没问题的。虽然编程序也挺忙，但总是有闲暇时间，而自己创业之后，忙的程度和之前就不是一个数量级了。

百度成立以后，我每天早上一起来，就开始看一些公司相关的数据，看一下业界又发生了什么事情。晚上睡觉前还想一想团队安排得是不是合适，员工有没有发挥出自己最大的潜力。当然，百度从创立初期的7人发展到7000多人的规模，已经改变了亿万网民获取信息的方式，想来，这种辛苦和忙碌也是值得的。

记　者：百度今天的一切，你觉得是比你想象的更好还是一切在想象之中？

李彦宏：基本在我想象当中，但我总觉得今天只是一个开始，还有太多的事情要去做。以前公司小的时候，几个工程师做了一个搜索引擎，也觉得挺好。可现在有上千个工程师，每个人都忙忙碌碌的，还有做不完的事。随着互联网的发展，百度所要挑战的技术课题也会不断增加。不过，我很少想自己做了百度有多了不起，更多的会去想几年或更久的时间以后会是什么样子，怎么能在现在的基础上把百度做得更好，百度如何能取得更长远的发展才是我们想的最多的问题。

记 者：平时都喜欢干点什么？

李彦宏：我爱好挺多的，但是有好多都没有时间去做。小时候还动过当演员的念头，刚刚上小学的时候，我父亲所在单位的文工团表演晋剧，我父亲老带我去看，看多了，我也就跟着学。后来阳泉有个晋剧团要招演员，我特好奇就去考了一下，结果还考上了。在北大的时候，我还尝试过跳舞，还参加了天安门的集体舞大联欢。

另外，我还比较喜欢玩"杀人游戏"，其实滑雪、滑冰、游泳等我都喜欢，但就是没有时间去做。

记 者：正常的情况下你每天上网多长时间？你在网上用什么名字？

李彦宏：在八九个小时左右。在网络里，我基本用的都是自己的真名字。

记 者：你现在有多少业余时间？

李彦宏：我自己都不知道，因为我生活和工作没有明显的界限。比如说上网到底是生活还是工作，上网是我的一大爱好，同时我的工作也是上网，有时很难有个明确的界定。

记 者：你未来的规划是什么？

李彦宏：一直以来，我的理想都是"用技术改变人们的生活"，百度现在做的事情就是为人们提供更快捷的信息获取方式。现在中国有2亿网民使用百度，未来，我们希望百度能为更多的网民提供更加便捷的信息服务。

我始终认为，中国互联网的发展阶段才刚刚开始，百度要走的路还很长。这个大幕才刚刚拉开一点点，人们只是看到一个缝。里面美妙的景色大多数人都没有看到，我也只能想象。但我希望把这个大幕真正的拉开，让大家都能看看里面的风景。

采写/张荣 刘艳雪

（本文根据对李彦宏的邮件采访、李彦宏在公开场合的演讲稿、《鲁豫有约》李彦宏采访、《相信中国》揭开百度迷局资料整理完成）

总有一种力量让我们泪流满面

北京大学学籍卡

姓　　名／沈颢
性　　别／男
出生日期／1971年3月
籍　　贯／浙江
入学时间／1988年
毕业时间／1992年
所在院系／中文系
专　　业／中国语言文学
获得学历／本科生
获得学位／学士
工作单位／南方报业
现任职务／21世纪报系总编辑

**毕业后主要经历**

1992年　《南方周末》记者、新闻部主任
1999年　《城市画报》执行副主编
2000年　《21世纪经济报道》报社主编
2003年至今 21世纪报系发行人、总编辑

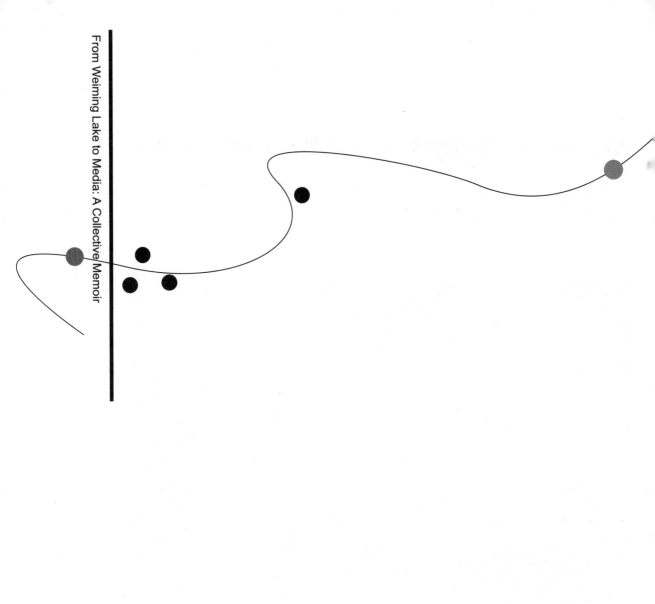

From Weining Lake to Media: A Collective Memoir

沈颢

1999年，《南方周末》头版新年致辞："总有一种力量它让我们泪流满面，总有一种力量它让我们抖擞精神，总有一种力量它驱使我们不断寻求正义、爱心、良知。"

这篇被誉为《南方周末》史上最好的新年致辞，激起了很多人纯真的新闻理想，也让人们记住了一个名字：沈颢。

## ／诗人有种温暖的孤独感

记者：北大中文系是你当年高考的第一志愿吗？为什么选择中文？

沈颢：应该是的。只是当时不知道中国语言文学系其实就是中文系，到学校时四处找中国语言文学系的牌子，但一直没找到。有想过读新闻系，但北大当时没有。

记者：当时对自己未来的发展方向和职业选择有什么初步的规划吗？想过作新闻吗？

沈颢：没什么太多的规划，希望是比较自由的职业，依稀想过做新闻，但也想过毕业后去编字典什么的。

记者：20世纪80年代的北大人给人的感觉总是很理想主义的，你当年的大学生活是什么样子的？

沈颢：大学生活，先涨潮，再退潮，然后再等着涨潮。不喜欢的课也不太去上。会到处去听一些感兴趣的课，乱七八糟的，什么都有。

记者：当时毕业要修多少学分？课业负担重吗？考试多还是论文多？你的成绩怎么样？

沈颢：我好像都忘了。和所有同学一样，我们毕业了。

记者：据说你在学校期间担任了五四诗社的社长？还有很多人说，你是北大1990年代初的一位"重要的校园诗人"。你的作品是什么风格的？当时诗社有什么样的活动呢？

沈颢：我没参加过诗社，但有时候会去参加他们的活动，主要是去听别人的朗诵，觉得这种表达自我的方式非常特别，而且非常简练。

记者："诗人"的生活状态在你身上持续了多久？还是说，现在仍然还在？你觉得那一段日子对你日后的生活、工作有什么样的影响？

沈颢：思想求本质，表达要独特。这可能就是对后来媒体工作的影响。诗人有时候会不自觉地保存一点孤独感，不是冷的那种，而是温暖的那类，温暖的孤独感，是其他人很难有的一种感觉。

记者：当时课余时间都做些什么？夜晚卧谈话题主要是什么？

沈颢：看书，听音乐，运动，约会，闲逛，聚会。谈话的主题，都和青春有关。

## ／传媒是一个有可能让理想和现实结合起来的行业

从北大中文系毕业后，沈颢进入《南方周末》，成了一名普通记者。1999年，接手《城市画报》并出任执行副主编，成功做出了一份深受市民喜爱的主打城市生活的资讯类画报。他给人的印象，一直是一个细腻而又饱含理想主义的文人。

记者：当时去《南方周末》是工作分配还是自主择业？选择做新闻是实现理想还是现实使然？如果不做新闻，你会选择什么职业？

沈颢：南方报业来北大招人，我去应聘。选择做新闻，刚开始七分现实，三分理想，现在反而七分理想，三分现实。如果不做新闻，以前也假设过很多种可能，现在想起来反而模糊了。

记者：能跟我们谈谈你工作之初的情况吗？

沈颢：做新闻的人，需要有好奇心。工作之初，对周围世界的好奇心让我能够比较顺利地适应工作状态。当时的《南方周末》是一份偏娱乐休闲的报纸，但基因里有对社会的关注与批判精神。

记者：你身上所流露出来的"铁肩担道义"的新闻理想，是从工作之初一直持续到现在的吗？

沈颢：我认为它确实是中国特色的新闻核心理想之一，我希望自己一直能有这样的精神，但也自觉能力有限。

记者：《总有一种力量让我们泪流满面》应该是中国新闻界一篇标杆性的文章，能介绍一下当时这篇文章的写作背景吗？

沈颢：这是一个小组合作写出的一篇文章，反映的是20世纪90年代中后期那一代《南方周末》新闻人的理想与精神。1998年底，我在负责《南方周末》的新年特刊，一直想着应该在头版发一篇新年献辞，但没想好写什么。其间我请我的领导，当时《南方周末》的主编江艺平老师写了一篇，但文章出来后我俩都觉得更适合当成主编寄语，然后我就把文章做了个标题"让无力者有力，让悲观者前行"，发到其他版面了。

等到报纸其他版面做得差不多的时候，我想起来应该写什么了，我希望把从左方主编开始形成的南方周末的传统精神，再加上年轻一代对新闻理想的追求，综合起来做一个完整的阐述。因为当时时间紧，我想好标题后，与同事张平聊了一下想法，让他执笔。他写完后，江艺平老师和我都觉得还需要修改，要既有激情又有理性，我当时又改了一稿，但自己也不是很满意，就对江艺平老师说，如果想不出更好的，就准备放弃。晚上回到家里，半夜里起来，凭记忆又重新写了一稿。第二天早上给江艺平老师和钱钢老师看，他们都觉得十分满意了。

记者：《总有一种力量让我们泪流满面》，觉得你是一个细腻而又理想主义的人；可是作为报社的主编，又应当是一个铁腕而又现实的人，你怎么评价自己呢？更偏理想还是更偏现实？

沈颢：我觉得传媒领域是唯一有可能让两者结合起来的。这也是它的魅力所在。当然对个人来说，既要照顾现实，又要与同事合作追求新闻精神，有时确实觉得有点分裂，甚至左右为难，我也不知道自己怎么就过来了，大概一方面比较坚持，另一方面合作者都非常支持。

记者：1990年代初对南方报业集团是一个很重要的阶段，当时你的工作环境是什么样的，比如报道环境、同业竞争、主要新闻理念跟现在有什么不同？

沈颢：压力很大。因为新闻基础很弱，人才缺乏，理念偏旧，说实话和北京这种人才济济眼界宽阔的情况根本没法比。但好在南方报业有非常开放的精神，年轻一代得以充分发挥，一方面从大学挑选优秀毕业生，另一方面大量从全国各地引进既有理想又有新闻实践的人才，所以推进速度非常快，形成今天向全国输出人才的局面。

## ／我没有类型倾向，只是愿意做有脑子的媒体

*2000年，沈颢创办《21世纪经济报道》并出任报社主编，创刊一年实现盈利。*

记者：当时南方报业创办《21世纪经济报道》的时候，为什么选择由你这样一位没有经济学背景的新闻人来接手这一重担呢？

沈颢：南方报业本来的规划中没有一份经济类报纸。1999年底的时候，我做了一份经济类报纸的方案给了集团的领导李孟昱社长；李社长很喜欢那个方案。那时候集团高层要在惠州开业务讨论会，本来我没有资格参加这个会，但社长特地把我叫去了，我在会上详细讲了自己的想法。

当时自己有点忐忑不安，不知道自己离开《南方周末》时就一直在考虑的这个方案能不能引起共鸣。结果李社长力挺，社委会成员基本都表态支持，当时就居然初步通过了，要求我开始物色人员、刊号、资金。当时我还在《城市画报》工作，我的集团分管领导是罗裕潮社委，他不仅支持，而且后来还帮忙解决了刊号问题。团队方面，后来我找了之前一起工作过的《南方周末》的三位同事，当时《南方周末》的集团分管领导江艺平社委非常支持。这个过程进展顺利，超出我原来的想象，应该说南方报业给了中国财经类媒体一个崭新的机会。

记者：《21世纪经济报道》成立之初，与市场上当时其他几家财经平面媒体的差异化定位是什么？现在有什么变化吗？

沈颢：当时有《中国经营报》、三大证券报，还有传统的《经济日报》、《经济参考报》等等。但我们觉得都够不上真正的市场化，对即将到来的财经新闻的井喷式需求以及主流化趋势没有真正的认识。所以我们就乘虚而入了。后来就有大量的财经类媒体跟进，更强化了这种方向。

记者：《21世纪经济报道》曾经创造了一个奇迹——成立第二年就盈利。你觉得这其中最主要的推力是什么？而你作为一个"文人"，在这个过程中是否有一个心理上的"转型"呢？

沈颢：最重要的是顺应时代潮流，如果有可能，要走得比别人稍快一步，这样，就会及时地得到"进步溢价"。至于个人心理转型，其实也说不上，作为一个媒体人，这些都是自然而然的事。

记者：财经新闻和时政新闻的报道环境相比，有人说更宽松一些，有人说约束条件更多一些，你怎么看？你更愿意做财经记者还是时政记者？你更愿意做财经报纸的主编还是时政类新闻报纸的主编？

沈颢：放长时间看，其实都差不多，不同的新闻种类最核心的区别是视角的不同，同一个题材通过不同的视角都可以写出精彩而专业的报道，只是有时候有些题材天然地偏向于某种类型。当然处在中国这样的环境，财经新闻表面上显得更宽松一些，那是因为大家对这两类新闻的认识水准不够平衡。说到个人的偏好，我没有类型倾向，只是愿意做"有脑子的媒体"。

记者：《21世纪经济报道》下一步的发展目标是什么？会进一步缩短发行周期或者扩版吗？还是有什么别的拓宽发展渠道的途径？

沈颢：让《21世纪经济报道》的新闻更专业更权威更有影响力，是我们下一步的目标，也是一直在考虑的事情。我们会尝试采用更多的方法。

记者：2003年初开始，《21世纪经济报道》开始推广"企业公民"的概念，这是出于怎样的考虑？

沈颢：一直在跟商业机构打交道，最直接的感受是中国的企业发展很快，但缺乏系统的商业伦理，企业与社会之间的关系一直没处理好，所以才会产生很多怪现象。提出并研究"企业公民"这样一种价值观，是我们试图寻找答案的一次努力。我个人也非常愿意推动它。

记者：你对即将从事新闻工作的北大的学弟学妹们，有什么样的建议？

沈颢：做几年新闻，不仅能让自己得到某种思想的释放，更是认识社会的最迅速最直接的方式。无论你最终做什么，新闻行业的经历能让你在未来跑得更快、更自由。

采写/辛传

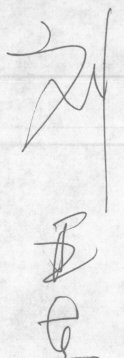

# 游刃文理的科技记者

北京大学学籍卡

姓　　名／刘亚东
性　　别／男
出生日期／1962年
籍　　贯／辽宁
入学时间／1989年
毕业时间／1992年
所在院系／国际政治系
专　　业／国际关系
获得学历／博士研究生
获得学位／法学博士
工作单位／科技日报社
现任职务／编委

**毕业后主要经历**

1992年　科技日报记者
1994年　科技日报驻联合国首席记者
2003年至今　科技日报社编委
2008年获长江韬奋奖

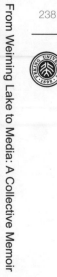

刘亚东

## ╱我心里总有一种难以割舍的人文情怀

记　者：你在清华大学无线电电子学系读的本科和硕士，但毕业后没有去当工程师，而是读北大文科博士。这个跨度很大，你怎么会有这么大的决心？

刘亚东：我也经常问自己这个问题，但从来没有满意的答案。每个人都可以规划前途，设计未来，但人生的方向盘不完全是由自己把握的。从我的成长来说，小学、初中到高中，文理两方面发展比较均衡。尤其是我很会写作文，记得我五年级时做的作文，老师让他们高中的同学传阅。我是1979年考上清华大学的。那时的社会风气是重理轻文，而且理科的尖子生要上清华。我理科成绩好，曾获全国数学竞赛优胜奖，当然就报了清华。但我心里总是有一种难以割舍的人文情怀，可能这是我后来再考北大的原动力。

另外，可能与我个人的性格也有关系。我非常好奇，往好了说是求知欲比较强。在清华无线电电子学系读了8年，硕士毕业的时候，觉得对这个领域略知一二了，很想到一个新的领域去看看。从清华毕业以后，1987年到1989年，在国务院国际问题研究中心工作了两年。当时一面给中央写有关国际问题的研究报告，一面温习功课，准备报考北大的博士研究生。1989年，我如愿以偿，正式进入北京大学国际政治系。我还记得考试那天在北大图书馆，黑压压一片考生。后来国政系录取了两个，一个是我，国际关系专业；另一个是孔寒冰，共产主义运动史专业，他和我同屋，现在已是北大教授了。

记　者：清华和北大，这两所中国最具知名度的高等学府你都上过了。相比而言，你对两所大学的校园生活有哪些难忘的回忆？

刘亚东：北大和清华这两所学校，确实有着很不相同的文化。由于我本科是在清华读的，人家都说我是清华的人，但我也非常喜欢北大的文化。清华的作风是严谨务实，学校里的规矩特别多，每个班既有班主任，又有政治辅导员，什么都循规蹈矩，按部就班。我小时候是个马大哈，经常丢三落四。清华园的八年生活彻底改掉了我这个坏毛病。

到北大以后，我感到北大名不虚传，有一种民主、自由的环境，思想非常活跃。这既指学生思想，也指教师思想。比如在博士公共课上，老师敢于探讨富有争议的问题。同学之间，每个人都有一个相对独立的空间，学校也不怎么干涉学生的生活。所以说，这两个学校的差别还是很明显的。清华、北大都是我的母校，清华教我踏实苦干、逻辑思维，而北大给我最宝贵的东西是探索未知的勇气。

记　者：北大哪些老师给你留下比较深的印象？

刘亚东：除了我的导师，就是王缉思老师了，他现在是北大国际关系学院的院长。王缉思跟我既是师生关系，又是师兄弟关系，我们是同一个导师门下的学生。在日常的学习生活中，缉思给了我很多的指导和帮助。我感受最深的是他的探索激情、治学态度、刻苦作风和诚恳的为人。应该说王缉思身上比较充分地反映了北大的品格，浓缩了这所百年老校世传的精神。记得我从他那里借来一些书看，发现有些书都翻烂了，可见他读书多么用功。书都读烂了，你说吃透没吃透。

记者：你博士研究生毕业后，为什么没涉足国际政治，而最终选择去做新闻工作？

刘亚东：我在北大读博期间，没想到会跟新闻结缘，更没有想过自己今后会当记者。所以说，人生道路的选择，有必然性的一面，但也的确有一些偶然因素在起作用。

毕业时，面临着工作选择。有导师介绍的，有单位主动找上来的，也有系里提供的机会，各种各样的选择。我开始选择工作的时候，《科技日报》国际部的工作吸引了我。根据我的情况，具有自然科学和社会科学两种知识背景，做科技新闻可能更好一些，更能发挥作用。于是，我就进入新闻界。到现在为止，我已经在《科技日报》工作了16年，我从没有打算离开新闻这个行业。

## ／驻外5年，我跑遍美国，成了一个"活地图"

记 者：你原来是研究国际关系的，没有做过记者。工作的时候是如何适应新环境的？

刘亚东：我适应新的环境还是比较快的。每个人的情况不一样，我在语言和文字方面的比较敏感，可能跟从小喜欢读书有关。刚到科技日报国际部上班，一个老同志好心对我说，你刚来，就从简讯写起吧，简讯是什么你知道吗？我嘴上应承心里却在想，开什么玩笑，我又不是刚毕业的本科生。第二天，我就在《科技日报》上发表了一篇评论，评论的题目叫做《政治家科技化——1992年美国总统大选新动向》，那时正好是1992年美国总统大选期间。这篇评论一炮打响，评上了报社好新闻。第一个月我的发稿量就是全报社第一名，第二个月就打破了报社发稿量的最高纪录。

1993年9月，我到摩纳哥蒙特卡洛，报道2000年奥运会的申办活动。在蒙特卡洛短短的9天里，我总共发稿并见报27篇，平均每天5000字，并且多篇获奖。那时可没有笔记本电脑，都是手写。报社特别给予我通报表扬，将我的工作表现誉为"特别能战斗精神"。不久，我被破格评为主任记者。

记 者：你工作2年后，就被派往美国了。在美国的工作经历对你的新闻事业有什么助益？

刘亚东：那是1994年，我去美国担任《科技日报》驻联合国首席记者。5年里，我几乎跑遍了美国，除了蒙大拿那种罕见人烟的地方，其他的州我几乎全都去过。而且不是停留一下就走，每次都是认认真真地去工作，也抓到不少选题。不谦虚地说，我这个人就是一个美国活地图。

在美国5年的新闻职业生涯，最大的收获是我开始真正理解了新闻，同时开阔了视野，使自己对新闻的认识有了全球化的高度和厚度。我们国家的新闻传播，应该走全球化的方向。不能老是局限于对内传播，还必须针对外面的世界。搞好对外传播，必须跟西方的主流媒体有所互动。我们不一定完全同意西方的观点，但是必须有互动，这毕竟是一个潮流。

记 者：国际科技报道与国内科技报道有哪些不同特点？你在国际、国内科技报道方面有什么心得？

刘亚东：我的体会是，搞国际科技报道，要"胸怀祖国"；搞国内科技报道，要"放眼世界"。

一方面，我们搞国际科技报道的出发点和落脚点，都是为我们国家的发展服务。这就要求我们必须针对国内科技发展水平和需求，对浩繁的国际科技新闻线索和素材进行取舍，这样，你至少能够在新闻选题上赢得读者。在美国工作期间，我每做一则新闻报道时，通常首先想到的是，国内有哪些、有多少读者会关注这一事件的发生和发展。事实证明，我在这个问题上考虑得越多，判断得越准确，新闻报道的效果就会越好。

另一方面，我们搞国内科技报道不能固步自封。特别是在全球化进程不断加速的今天，我们更应当学会以国际的视野和视角来捕捉、报道国内科技新闻，从而使我们的国内科技新闻报道无悖于时代的潮流和发展的脉动。

记 者：你在美国和媒体打交道很多，如何理解西方媒体和我国媒体之间的差异？

刘亚东：我觉得中国媒体应该借鉴和学习西方新闻传播方面的一些优点。比如，中央号召新闻要"三贴近"，即贴近实际、贴近群众、贴近生活。西方媒体对新闻的要求实际上也是"贴近"，因为要不"贴近"，就没人看他的电视，买他的报纸。再如，美国的很多大城市都有外国记者俱乐部，专门给驻美各国记者提供服务。在外国记者俱乐部，你会结识很多记者，你会感觉到：第一，他们大都非常敬业、非常刻苦，这确实是国内不少同行比不了的；第二，人家的采访非常深入、细致，这种职业精神确实值得学习。

另外，西方媒体也不是都好，有好的，有差的，而且媒体之间的风格有很大的差异。举两个电视台为例，BBC和CNN。BBC比较沉闷，可能受英国文化影响，主持人端着架子，表情比较严肃。从新闻角度来看，我更喜欢CNN，感觉CNN充满了朝气。它的专题报道，喜欢讲故事，经常是从一个普通人或一件小事情说起，是一种富于激情的、充满人性温暖的报道风格。

## ／科技记者要在某一个领域成为专家

记　者：你认为我国科技传媒主要存在哪些问题？

刘亚东：一是权威性不够。我这里指的不是科技学术刊物，而是大众科技传媒。《纽约时报》有个科学版，它不是一个学术刊物，但很多专家、学者都会看这个版面，从中了解各自学科的发展动态。这说明它确实是权威性的。我想，我们的大众科技传媒没有一家能够做到这一点。权威性不够有两个原因，一是缺乏一支高水平、专业化的科技新闻采编队伍。懂科技的不懂新闻，懂新闻的不懂科技，这是我们这个行业存在的一个普遍问题。二是我们不少大众科技传媒对外部世界关注不够。"以我为主"是对的，但绝不能搞成"自恋"。我在很多场合都发表过这个观点：作为中国的一家大众科技传媒，如果在头版，甚至在头版头条，见不到大量来自发达国家的科技报道，你的权威性从何谈起？中国毕竟还是一个发展中国家。

二是通俗性不够。我们的很多科技报道貌似高深，普通人根本看不懂是什么东西，可专家看了又觉得太浅。专家看不惯，百姓看不明白，两头不落好。时下好的科普和科幻作品少之又少，我们现在缺少高士其那样的大家，更没有自己的阿西莫夫。我觉得，科技报道最好能兼顾权威性和通俗性，要是做不到的话，至少也要占一头。最要不得的是"上不去，下不来"，我们很多大众科技传媒目前就是这样一个"四不像"的状态。

记　者：怎样才能解决科技报道中的通俗化问题？

刘亚东：翻开很多科技类报纸，有不少读起来像"天书"一样的报道。当一则科技报道里大量地充斥着艰涩的术语时，那通常不是由于我们的记者或编辑想炫耀自己的学问，而是由于他们在这些术语面前束手无策，无能为力，只好采取偷懒的办法，把这些术语简单地堆砌上去。结果是讨好了少数专家（很可能专家也不领情），得罪了广大读者，使这些报道看上去像是一盘让人咽不下去的猪头肉。

当然，科技新闻报道不可能完全回避术语。要想解决这个问题离不开两条，一是解释，二是翻译。解释，是指把一个专业术语，根据自己的理解，用详析、类比、背景介绍、相关连接等各种手段阐述清楚，让人明了；翻译，是指把一种学术语言，用自己的话，也就是大多数人都能懂的话表达出来，解人疑惑。解释和翻译，这是科技新闻写作的基本功。一则好的科技报道，不管谁做，怎么做，最后总是离不开这两件法宝。把术语还给专家，把知识传给读者，这应该成为科技新闻写作的一个座右铭。

记　者：祝贺你刚获得第九届长江韬奋奖，你觉得一个好记者需要具备哪些素质？

刘亚东：我想有几条可能是必须要强调的：

第一是认真刻苦，勇于求索的精神。其实，做任何一项工作都是需要这种精神的。没有这个精神，我不相信你能把工作做得出色。记者的工作可能更特殊一些，比如采访过程中要有百折不挠的劲头，新闻的时效性往往还要求记者有惊人的爆发力，在极短时间里拿出你的"干货"来，等等。吃这碗饭不容易，怕吃苦，做事马马虎虎，你趁早甭来凑热闹。

第二，作为记者，还要有很强的与人交往的能力，这也是记者职业的一项特殊要求。一个好的记者就是一个社会活动家。优秀、出色的记者，他的社会关系肯定特别多，朋友特别多。这就要求当记者的人性格不能太内向。在采访过程中，善于和人打交道的记者才更容易和被采访者沟通和交流。通常，采访者和被采访者之间有一条鸿沟，或者说一堵墙，记者就是要想办法迅速把这条沟填平，把这堵墙推倒。

第三，要有渊博的学识和广泛的兴趣。俗话说，艺多不压人。我有这种体会，在采访和写作中，以前不经意学到的一点儿八竿子打不着的东西，竟然派上了用场。比如，我喜欢合唱。在清华大学读书时，我从星期一就开始盼星期六，因为星期六可以去文艺社团唱合唱。后来到美国，我每周跟教会的人一起唱歌。不是信仰他们的宗教，而是希望通过合唱多交朋友，了解他们的生活。一首合唱歌曲中声部的搭配，与一篇文章的结构安排就有很多共通的地方，我在这方面受益匪浅。一个没什么业余爱好，甚至从来不会开玩笑的人，我想像不出他能当一名好记者。

记　者：科技记者跟普通记者相比，有哪些独特之处？

刘亚东：最独特的地方是，除了一般新闻知识外，对科技记者还有专业的要求。我非常赞同一个说法，就是要做专家型记者。科技记者尤其如此。因为你采访的是科技问题，如果没有相关的专业知识，与采访对象就无法平等对话。假如要去采访钱学森这样的大科学家，起码你得做两个月的准备，不然你去问什么，采访什么？当然也不可能要求对所有专业都精通，但至少能够对几个领域比较熟悉，最好在其中一个领域你成为专家。这就要求科技记者平时不断学习，充实自己。记者出身的托夫勒就是一个好的榜样，他写出了《第三次浪潮》，成为一个未来学专家。我想这也应该是每个科技记者追求的最高境界。

## ／新闻与生活之间存在着血肉的联系

记　者：现在有些新闻单位宁愿用其他专业的学生，而不喜欢新闻专业的学生。你原来学的就不是新闻专业，能谈谈对这个问题的看法吗？

刘亚东：你提出了一个很有趣的问题。一方面我非常遗憾，过去没有像你们这样去科班系统地学习新闻理论。我一直希望以后有时间的话，能够系统地进行学习，因为新闻理论非常重要。但另一方面，我又感觉新闻确实有它的自身特点，更多的是偏重实践。就像学英语一样，理论上句法、语法都搞清楚了，重要吗？很重要。但是你不实践，张不开口说不出话，你说你的理论有用吗？没用，或者没大用。在我看来，新闻专业更多应偏重于实践，而且实践中要有悟性。

我特别喜欢讲悟性这个词。有的人对新闻有很高的悟性，他知道这个报道该怎么写才好看。我认识一些刚刚参加工作的年轻人，他们的新闻报道往往选题好，切入角度又巧。你说这个东西是谁教的？课本上能学到吗？学不到，这真的就是一种悟性，搞新闻需要这样的悟性。

记　者：你觉得搞新闻难吗？怎样才能写出好的新闻作品？

刘亚东：我对新闻的理解很肤浅，也很简单，就是讲故事。陈述事实，这是记者的本分，也是做新闻的妙诀。一则好的新闻，其实就是一个好的故事。人人都会讲故事，但并不是所有记者都能写出好新闻。日常工作中，我遇到不少这样的事例，某记者闲聊时绘声绘色地给大家讲述一件趣事，但他自己没有意识到其新闻价值，反倒让旁听的其他记者写成新闻，还获了大奖。

社会生活是丰富多彩的，科技发展更是日新月异、斑斓绚丽。但就是这样一个美好的世界，在一些记者的笔下却变得千篇一律，面目可憎，缺乏生气。原因就在于他们其实并不知道新闻与生活之间的血肉联系，对新闻的模式化、概念化理解窒息了他们的创新天赋。从本质上看，新闻是事实，而不是概念。虽然新闻作品中不可能没有概念和判断，但也必须以事实为基础。我在新闻写作中遵循的一条原则是：多摆事实，少讲道理，更不要代替读者下结论。当我做到这些时，作品便亲切自然；而当我做不到时，作品便味如嚼蜡。多摆事实，还应注意从那些读者所熟悉的事实入手，这样会使作品对读者更具贴近性。总之，你写的东西一定要想法儿让人看得下去。做新闻报道，写每一个字都要想着看这篇文章的人。用行话说，就是心里装着读者。

采写/史彦 李芸 宋卫平 赵琬微

# 追问奔涌的时代河流

北京大学学籍卡

姓　　名／王利芬
性　　别／女
出生日期／1965年5月
籍　　贯／湖北
入学时间／1991年
毕业时间／1994年
所在院系／中文系
专　　业／中国现当代文学
获得学历／博士研究生
获得学位／博士
工作单位／中央电视台
现任职务／《我们》总制片人、主持人

## 毕业后主要经历

1995年　《新闻调查》高级记者、编导、《对话》栏目制片人兼主持人
2002年　筹备《经济信息联播》并担任制片人
2003年　担任资讯节目工作室主任
　　　　任央视经济频道《经济信息联播》、《第一时间》
　　　　《全球资讯榜》、《经济半小时》总制片人
2004年　赴美国研究美国电视媒体
2005年　筹办央视重点栏目《赢在中国》
2006年　创办央视一套谈话节目《我们》　任总制片人兼主持人

王利芬／提供图片

## ╱实现我的梦想，上中国最好的大学

记者：你在北大中文系读了4年博士。很想了解一下北大对你的影响？为什么在北大毕业以后，你选择了电视行业？

王利芬：一个人只能活一次，而且不可逆。生命的每一个阶段都值得自己足够地去尊敬。对我的人生轨迹来说，在北大读书是非常重要的一步。当年考进来很不容易，因为考博士的年龄放宽到45岁，而我才20多岁，考的又是谢冕老师的博士生，强有力的竞争对手很多，因此，考上了非常高兴。

记得还在十六七岁的时候，我就曾经问过，北京大学在中国是一个什么样的位置？回答是中国最好的大学。当时我就说，我一定要读北大，一定要读到博士。这是我的一个志向，一个理想。我硕士毕业以后，在武汉大学中文系当老师，教的是硕士班，已经很不错了，很多人说，你为什么还要考北大？我说，我一定要上北大，实现我自己原来的一个梦想，上中国最好的大学。另外那时候心高气傲，就觉得我不上北大谁上啊？

很多博士毕业以后到社科院做研究，或者是留在北大做教授。我觉得那种生活我已经历过，不大适合我的性格。太平静，基本上是教书、写书，影响的人有限，顶多一百来个人，讲大课也就一百来个人；而写书，最多也就几万册。我要找一个特别有挑战性的工作，正赶上《东方时空》创办，就这样进了中央电视台。

我觉得北大这一站是挺好的，尤其女孩子读博士很有好处。因为女孩子比较感性，分析问题的能力不如男孩子天生的逻辑性比较强，她们更爱从经验出发、情感出发、感觉出发，所以她不是智慧型的，容易做出错误的判断。如果你读完博士，你就会在大量纷繁复杂的事情中理出一条线索来，这实际上是博士论文要求你具备的分析能力。我觉得这个能力是非常重要的。

记者：在北大期间对你有特别影响的老师是哪位？北大的学习对你做电视有什么帮助吗？

王利芬：那就是我的导师谢冕先生。他是一个特别阳光的人，是一个心理健康、积极向上的人，富有人文精神、人道主义理念和人格魅力。这都是在我做的所有电视节目中提倡的。

我做过的电视节目，无论《新闻调查》、《对话》，还是现在的《我们》，都要与大量的知识分子打交道。如果你受过了博士教育的训练，懂得一些学术术语，在一些领域里面有发言权，就能够找到跟他们对接的方式。很快地，我和老师们打电话，请某个教授学者，就容易了，因为我跟他们的话语系统是很相似的，我也很熟悉那种生活，这点很重要。我在电视台工作这么多年，有实践经验，又能够和外面的精英打交道，能够把他们的思想变成电视语言进行表达，这样的传播力和影响力是不一样的。

另外，我原来的专业是文学评论，看过很多长篇小说。文学作品也是在刻画人物，表现人生。在电视节目中我接触这么多优秀的人，我也是在观察他们的人生，他们怎样判断事物，怎样度过自己的难关；观察他们怎样判断他人，怎样做出决策。应该说原来文学专业所学的都是非常有利于我的。你跟什么人同行，你就大概能够从什么人那里学到什么东西，这个是很重要的。

## ╱在电视的职业理想中，我找到了人生价值实现的方式

记者：你说过，在《新闻调查》找到了自己职业的起点。

王利芬：《新闻调查》是我树立职业理想的地方。我所说的职业理想，就是做一个真正的记者，因为我觉得自己身上的气质与记者非常接近。再加上在这个栏目内似乎弥漫着一些理想主

义色彩的东西，这些都与我这个文科大学生的精神特质十分接近。我觉得在这里找到了人生价值实现的方式，或者说我实现人生意义的一个支点。

在《新闻调查》的三年多的时间里，我真可谓"埋头拉车不问路"，在我眼里，只有事，没有人，学生气十足，只懂得做事，不懂得做人，只懂得向前冲，不懂得两点之前的距离有时并不是直线最短。只懂得自己的能力就是一切，就像一个考高分的高中生，不懂得即使有能力，让别人的感受不好也是一种没有能力的体现。

我是一个喜怒皆形于色，从面部表情可以长驱直入看到我心灵深处的人，不知暗暗发过多少誓要改掉这种一眼见底的现状，变得有城府，变得深沉，但总不奏效，现在恐怕早已定型，再说许多看似有城府的人想什么我似乎也知道，所以也就变本加厉，索性直来直去，也许这可能是许多人愿意与我谈话的原因吧。

记 者：你做过《对话》栏目的制片人和主持人，为什么在这个节目最走红的时候，你去了美国，而且走了一年？

王利芬：我想弄清楚美国电视的运作和理念。两个国家电视行业的差异太大了。中国电视市场没有竞争，而美国是一个高度市场化的国家，市场化意味着什么呢？你没有看家本领你就吃不了饭，你就得失业。我记得我在CNN采访的时候，一个编辑后面有800个人候选，你可以不好好干，没有关系，那我就换一个人，后面有800个人等着。市场化就像一个大池子，给电视行业里的任何一个工种都积累了大批的人才，你随时可以调用，这是人家干电视最好的一个环境。而我们的电视还没有推向市场，基本上是国家控制的，也算是大锅饭。有没有优胜劣汰的机制，所有在岗人员的职业心态是不一样的，对自己的职业要求也是不一样的。人一竞争，所有的潜力都出来了。如果没有竞争，你觉得你在这个位置上一生可以做下去，就没什么动力了；如果马上有一批人等着你这个位置，你的干劲、创新的激情和动力都是不一样的。

记 者：在美国你是否对自己的职业生涯也有了新的认识与规划？

王利芬：我采访了CBS的《60分钟》栏目主持人华莱士两个小时，心情之复杂，关于职业感受之微妙真是一言难尽。我觉得做他这样一个记者是有意义的，值得一辈子全部的投入。而我，作了五年的调查记者，也无比热爱提问，还用心地研究过许多优秀记者的提问。我也本可以用提问来度过一生，来实现自我，但有很多的事情并不是你个人努力就能实现的，个人的力量在一个既定的而且需要无数年才能改变的环境和观念中显得真是无比的弱小。后来我想，不能一辈子做这个，因为你做到最后顶多是一个资深记者而已。在电视台，绝大部分人都可以做记者，好的记者都被提拔了。我所面临的环境是，让人进步的手段只有一种，就是被提拔，不管你是否适合做管理工作，不管你的才能是否在此。如果你不需要提拔，那好，太多的人需要这样了，你正好空出一个位置。

我现在显然已不是一个记者。人生不是设计出来的，是与环境妥协出来的；你做的永远不是你最想做的，而是你不得不做的。个人的选择和内心的愿望永远会在周围种种因素的影响下一点点变形，一点点地妥协，每一次变形和妥协都并不是别人强加的，而是自己找到了所谓的种种选择的理由。

## ／《赢在中国》是一个电视节目，更是一次创业者的集体跋涉

记 者：回国以后，你所做的《赢在中国》获得很大的成功。但有人说，它很像是美国真人秀《学徒》的翻版。你认为海外节目本土化是中国电视发展的趋势吗？

王利芬：所谓本土化的过程是一个很艰难的过程。要了解你借鉴来的那个产品的所在国度，更

要对你要推荐到的这个国家，比如说中国的受众心理分析有特别深入的了解和认知，而不是一个简单的形式上的东改改、西改改，如果你抓不住社会心理需求、文化需求，其他的东西都是细微末节的调整，没有用的。

对《赢在中国》这个节目，经过一段时间的思考，我把握到了两个主题词，励志、创业。前者是中国人奋斗精神的传承，是所有父母对孩子的期待，后者是我们正在提倡的和谐社会的保障，也是今天中国正在向商业社会推进过程中个人实现自我的最好舞台。有了这样上上下下地打量，我想将励志、创业作为我们主题的价值驱动，根据这个再来研发合适的电视表达方式。你看《赢在中国》，大家感受最深的就是看完之后有一种新的精神状态，对自己生命有一种重新的审视和要求。最重要的是价值观在起作用，我们从正面来励志、来激励你的人生，靠你的能力来实现你的梦想，完全把价值观念置换了，而《学徒》是金钱指挥一切。

记　者：《赢在中国》也有风险投资参与，可能跟你以前做节目不一样，我想知道这个栏目引入一些商业模式，对你个人从事电视职业有没有一些深入的影响？

王利芬：《赢在中国》是一个电视节目，更是一次创业者的集体跋涉。对我来说，是一次特别大的锻炼，跟过去不一样，它是个项目，过去我都是在做栏目，哪怕管四个栏目也是栏目，是栏目的累加。这样一个大的项目和社会及市场对接的力度是空前的，过去没有过这样的对接，只是我们电视人对你们的报道和对你们的采访。现在不一样，在我的团队里就会有风险投资，就会有企业家；它对社会资源的整合是空前的，包括网络资源、企业家资源、风投资源、选手资源、国外的一些资源，我们很多选手从国外报名参赛，我在国外也花了大量的力气去做很多推广和宣传，北美著名高校我们全部都去过。这个过程中，还特别需要一个协调能力，协调主赞助商、选手、风投、评委、场地，在3000个人面试的时候，全国铺开，100多个面试点，浩浩荡荡，北京市的摄像机、小DV都被我们借光了，很费事，很费脑力。

记　者：在这个过程中有没有让你对经营企业有一些兴趣？

王利芬：在做一件你想做的事情过程中，你会调动你所有的智慧，有许多时候你还会嫁接智慧，这个过程是你深入了解社会、深悟人性、释放潜能的过程，不和人共事永远也无法真正了解人，不做成一件事永远也不知道做事的艰辛。做事才是一个真正让人一点点变得优秀的过程。而这一点，在我制作《赢在中国》的过程中，在那些做成一些事情的人身上透彻地感觉到了。同时在这个过程中，让我对企业懂得更多了，了解得更透彻了，因为都是直接接触中国微观经济主体。但我觉得我还是做精神产品会比较好，这可能是我的长项。

## ／我们节目的灵魂，就是关注精神家园，关注社会与人都协调全面地发展

记　者：你正在做《我们》，这个栏目的节目理念和创新点在什么地方？

王利芬：我们国家正处于创富阶段，在大家都已经很自觉地有创富精神的情况下，社会文明水准亟待提高。同时中国又正处于一个巨大的转型期，每一个人所需要承受的心理成本是很大的。所以，要高度关注个体的精神家园和自我发展的过程。这也是《我们》栏目所关注的。个体和国家的关系，是这个栏目非常重要的一点；尤其是中国形象，我们最近做了一个系列《我眼中的中国》，国家形象在《我们》这个节目里处于非常重要的位置。

每一期的表达形式都不一样，我就是要创办一个和以前所有的栏目都不太一样的东西，我的表达方式不限，选题不限，我什么都可以做。"形散而神聚"，这个"聚"是关于个体的发展和国家形象的提升，就在这两个地方是聚的；"散"是表达形式适合任何一个节目内容和嘉宾的，都可以用。我们已经探索了无数种形式来做。你看有一期节目，已经完全打破了演播室和非演播室的区别，我随时穿越这个厚墙，所以任何表现形式已经不在话下了，所有的形式都要

服务于栏目的宗旨。如何作用到目前我们这个国家，我们这些转型期的人、观众，思考他们最需要的，这才是最重要的。

记　者：你从最初的《新闻调查》新闻专题节目，到做《对话》经济类访谈节目，后来做财经资讯、《赢在中国》真人秀，现在又做《我们》人物访谈节目，这是不同的社会背景下你对电视表达方式的不同理解，还是你在专注于财经类节目多年后，又回归到了关注社会话题的节目？
王利芬：我觉得也不是回归，最重要的是我所做的事情永远是紧跟这个时代的需求。如果今天再做《对话》的话，我相信那个时代已经过去了，因为《对话》最开始讲的是管理、理念，基本上在企业这个圈子里面打转，还不能说是大经济。现在企业也好，《赢在中国》的创业热情也好，都已经不是这个社会最主要的需求了，最主要的需求是我们一个富起来的国家怎么样全方位的发展。

30年改革开放的发展过程，怎样能够对接自己古老的文明，能够在世界上树立一个有教养、有内涵的民族形象？最需要的是人的全面发展，而不仅仅是为了创富，牺牲掉很多东西再去换回来的不是那么平衡的发展。所以这是我们节目最深的一个灵魂，就是希望一个社会与个人，都协调全面地发展。

采写/吴胜 费里芳 郑成雯

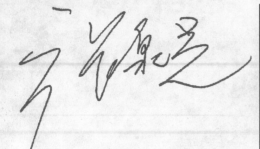

我比别人多活了几辈子

北京大学学籍卡

姓　　名／张泉灵
性　　别／女
出生日期／1973年6月
籍　　贯／浙江宁波
入学时间／1991年
毕业时间／1996年
所在院系／西语系
专　　业／德国语言文学
获得学历／本科
获得学位／学士
工作单位／中央电视台
现任职务／主持人

**毕业后主要经历**

1997年　考入中央电视台国际部
　　　　先后担任《中国报道》记者、编导、主持人
　　　　《人物新周刊》、《新闻会客厅》、《一年又一年》主持人
　　　　《东方时空》总主持人
2008年　赶赴四川地震灾区，发回大量现场报道
　　　　荣获全国三八红旗手称号

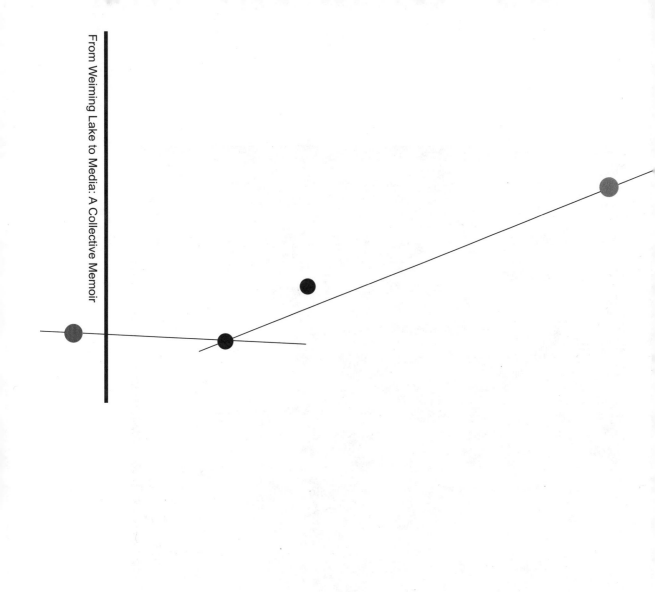

张泉灵

**／在北大最重要的收获是我真正找到一个我喜欢的事情，就是做电视、当记者**

记　者：为什么会选择上北大？

张泉灵：考进北大本来不是我的第一想法，我原来想做一个国际经济法的律师，估计是受美国法庭片的影响，从中学开始我就擅长各种辩论。我是1991年考大学的，那时，中国刚刚改革开放，国际贸易、国际经济这类专业特别热门。我的第一志愿是华东政法学院国际经济系，但我们那年有一个提前招生栏，北大和复旦都属于提前招生的学校，需要军训一年。上海还有一个规定，必须填一个外地志愿。因此我就填了北大在上海只招一个人的专业，就是德语专业，结果莫名其妙被北大招到德语系。

我的同学大多数在中学时就学过德语，或是父母任驻德外交官。军训第一天，一个同班同学热情地跟我打了招呼，我跟他说，对不起，我不是你们那儿的人，听不懂你们家乡话。那个人狐疑地看着我半天说，我在用德语跟你打招呼。其实，我不太喜欢这个专业，毕业后的前途一目了然，终身做一个翻译或是出国留学。因此在北大，德语课我一直不太用功，包括其他的大课，能逃的都逃了。

记　者：那在北大有什么收获？

张泉灵：收获还是很多的。一是北大诸多良好的选修课课程安排，二是北大丰富的业余生活，包括各种社团活动及各种内容丰富的讲座。选修课学分我在第一学年就全修完了，之后上课完全不是为了学分，而是觉得有意思，终于有一天能摆脱中学时被动的学习模式，可以自己选课，简直幸福无比。我选课就像看书一样，特别杂，我学过法医学、旅游山水、地理、动物心理学等，这些都是我特别喜欢的。

在北大最重要的收获是我真正找到一个我喜欢的事情，就是做电视、当记者。我发现只有从事这个行业才可以每天去研究不同的事物，每天面对新的地方、新的人和有趣的事情。大三时，北大和中央电视台合作一个专题片《中华文明之光》，选择由北大的教授和北大学生来做嘉宾主持，有机会可以免费到祖国大好河山旅游。这对穷学生来说是可望而不可及的事情，而且还是由当时中国最好的教授、研究这方面的专家给你做导游。其中有一集是在中央电视台演播室录节目，往演播台上一坐，整个全部灯光打开的时候，我突然有一种感觉，就是那种你浑身血液被点燃的感觉，如果要事后去描绘的话，那就是我的生命被点亮了。

记　者：校园里还有什么难忘的事吗？

张泉灵：我在大四时，拍了一个电视剧《阳光路》，参加全国大学生电视剧展播，故事情节现在想起来很简单，里头的男主角就是撒贝宁，他演一位山鹰社成员，交了一个女朋友，就是我，我想让他毕业后出国，他却想去西藏工作，就是这么一个脉络。这是在大学期间非常愉快的一次经历，可以合法地不上课，又可以和一群有趣的人做自己喜欢的事情。戏剧是我一个非常重要的业余爱好，我从小学就是上海少年宫戏剧队的成员，演戏一直是我的一个梦想，如果不是妈妈坚决反对，也许我会去报考上戏、中戏或者北京电影学院。

记　者：那你怎么理解"北大"这两个字？

张泉灵：我觉得北大精神，每个人都会有不同的理解，不同阶段会有不同的想法。我前不久去看望季羡林先生，他的秘书跟我说，去年他们送季老回学校，推着他走在未名湖畔，那天正好是学生们毕业穿礼服照相的日子，大家突然看见季老非常惊喜，季老在北大就像一座丰碑。学生们纷纷跟在后面，骑自行车的学生看见季老立马翻身下车，向季老鞠躬。这一幕深刻地印在我的脑子里，我觉得这是北大非常重要的一个精神，对季老的尊重不仅仅是对这个人，而是对知识的一种尊重。

北大其实有很多有些矛盾的性格，我认为北大是非常包容的一个地方，有这么多的学科，不同思想的碰撞，各色人等，你会发现北大学生个性差别很大。我的一个中学同学上了清华，我们之间经常讨论北大和清华的区别，我说在北大人看来最浪漫的一件事情，就是在未名湖畔看到满头银发的一对老教授，手握着手迎着夕阳走来。他说清华的同学们通常在早上戴着一个耳机，围绕操场跑三千米，喊着要为祖国健康工作50年的口号。

## ／白岩松给我打了一个电话，他说我一直想告诉你，直播其实就是一层纸，我觉得你已经捅开了

记　者：讲一下你离开北大的工作经历吧，是怎么走上记者、主持人这一行的？

张泉灵：我1997年进入中央电视台，当时在四套《中国报道》栏目，我的主持人生涯就是从那儿开始的。那三年给了我丰富的知识积累和人脉的积累，也是我职业生涯中最刻苦、最用功学习的三年，我学了好多基础经济学方面的知识。

2001年底，我进入《东方时空》"时空连线"，采访中我真正地接触到了中国社会基层，如阜阳奶粉事件、多次矿难、嘉禾拆迁事件等等。这打开了我作为一个新闻人的视野，让我看到了新闻本身的魅力。

2006年，我开始主持《人物新周刊》栏目。这段经历给了我很好的演播室锻炼的机会。做直播主播，你要有演播室掌控能力，而不仅仅是坐着说。演播室掌控需要有很多设计的环节，你本身就要是一个节目策划人，才能够清楚地去掌握这一切，而不仅仅是流利表达。我从一个流利的表达者变成一个真正去掌控演播室流程的人。虽然这个栏目取消了，但是我觉得这种技巧和方式可以被广泛运用。

记　者：到目前为止，你认为在自己的职业生涯中有哪几次采访对你触动最大？

张泉灵：记者这个职业使得你永远可以去一些别人去不了的地方，经历一些别人经历不了的事情，你的一辈子就像别人几辈子一样。

第一次是2002年，我去阿富汗喀布尔采访。战争原来只是文学作品上描写的，但当它真实出现在面前的时候，颠覆了我很多的想象。我一直在想，那些人是怎么生活下去的？23年的战争，把他们的家园全部摧毁，那种摧毁看上去会让你觉得心颤。喀布尔往北70公里原来是世界上最大的葡萄园之一，现在全被炸平了，留下了很多弹坑。我们的向导不到30岁，在塔利班统治之前是一所中学的老师，塔利班统治之后就失业了，给外国记者当导游。在路边看到一所联合国儿童基金会开设的露天学校，没有校舍，没有桌椅板凳，只有一块黑板。当你看到这个场景时，你会对自己的人生有新的看法。

那年夏天，我从阿富汗回来之后去了罗布泊。到了罗布泊，生存条件如此艰苦，使你发现，人生的快乐有时很简单。原来想要的很多东西，你都会觉得不重要，用现在时髦的话说就是"活在当下"，要善于体会正在你身边的那种幸福。这是使我的人生观发生很大变化的两次采访。

记　者：谈谈你在非典时的主持经历吧，当时你一个人在主持岗位坚守了很多天。

张泉灵：2003年非典，从5月1日开始，新闻频道开始直播。当时领导说，如果二楼有任何一个人得了非典，这层楼就要被封掉。我们的播出系统正在二楼，这就是说如果谁在里面干活，就要一直坚持待在里面。当时我每天都要做两到三个小时的直播，真发生这样的事，我就出不来了。你说恐惧吗？恐惧是有点，但我更多觉得的是一种巨大的责任感。之前做记者很多时候是因为兴趣，但那次，我第一次强烈地体会到一种职业责任感。

那次经历对我的职业能力也有很大提高。我之前有一个障碍，就是对着镜头没有稿子说话，会本能地紧张，远不如对人说话那么流利。但通过那些天连续直播，把我这个恐惧打掉了，这在我职业生涯中是非常重要的一件事情。而且以前的直播，大都有流程单，每一秒、每一分钟你都知道要发生什么，最多有一些技术上的障碍，但那次直播要面对各种各样的不可预见的情况。比如直播马上要开始了，但是导播告诉你，嘉宾临时来不了，你需要一个人说。直播5分钟之后，你又不知道接下来是什么，播着播着就会加一小时，原定三天的直播，后来播了十几天，只有我一个人在主播台上。要相信你的团队，要相信你自己，一定能够扛过去。那是我职业上的一次飞跃。

记得播到5月4日那一天，我讲了一个故事，说有一个妈妈，是一个护士，在北京西边一家医院，她的儿子每天都会问爸爸，说妈妈为什么还回不来，爸爸每天就带他去爬西山，在西山上可以看到那个医院，然后告诉他妈妈说，每天两点我们要到那儿去看，那个妈妈每天也会在两点的时候在医院走廊里朝着西山的方向摆手，虽然他们彼此看不见。我在讲述过程中一直强忍着，但在结尾时还是掉下了眼泪。那天播完后，白岩松给我打了一个电话，他说我一直想告诉你，直播其实就是一层纸，那层纸没人可以帮你捅开，你得自己捅开，他说，我觉得你捅开了。

记　者：你觉得一个记者的基本素质是什么？你的出镜报道风格是什么？
张泉灵：好多人问过我这个问题，我觉得一个记者起码得有90分以上的体力，90分以上的情商，这个情商包括你自己的心理状态、跟别人打交道的能力，还得有80分以上的智商，三者缺一不可。

谈到出镜报道风格，我觉得这和我平时判断事情的方式和思维方式有关。我到一个新鲜的地方，永远在找最重要的事情。我到一个新的环境当中会本能地找最重要的人、最重要的事情和环境中最有意思的细节。

## ／2008年，对于一个新闻人的成长，也许是空前绝后的

记　者：2008年你马不停蹄地出现在几次大型采访当中，几乎没有间歇。听说去汶川采访，你是主动请战的？
张泉灵：珠峰火炬报道刚结束，汶川地震就发生了。对于大事的判断你要有一个基本知识的积累，当年唐山大地震影响到了14个省，当我在网上看到汶川地震波及到更多的省区时，我就感到这是一个超大的事件。我第一个想到的是自己所在的栏目《东方时空》有没有派人去？所以第一个电话打给了《东方时空》的制片人，他告诉我已经有两拨人去机场了，我说我这边离那儿近，能不能去？之后给成都机场打电话，发现机场已经关闭。我想我们有人去了，这件事情我就没有那么大压力了，但晚上看电视，越看越不对。给老公打电话，他说一个记者不去现场太可惜了，你的职业生涯当中也许就碰到这一次。所以我就给新闻中心的庄主任打电话，我说你要后方缺人我就回来，你要前方缺人我就想办法去前方。他说你要是身体没有问题，当然希望你去前方。

记　者：在地震灾区，有哪些事最打动你？
张泉灵：在灾区感人的故事每天都会碰到。耿达乡当时是一个几千人被围困的孤岛，采访时我问村民：你们最需要什么？最缺什么？他们说缺吃的、缺穿的、缺住的、缺水、什么都缺，但有人特地拉住我说，下回你们再来要给我们送点玉米种子，因为现在不种的话，秋天就没有的吃了。在那种环境下，他们还想着生产自救的事。大家都往我们手里塞带给外面亲人的字条，字条上都说我很好，我很平安。在那种环境下，他们能活得好吗？但他们都说自己很好，让我触动很大。

记　者：听说你在汶川采访时，老公找不着你，都急坏了。

张泉灵：5月15日我们开始往漩口镇走，走到一个滚石区，需要打散队伍，迅速通过。当时我们这支队伍共有200多人，有特警、公安边防、医疗队，得打散通过再集合。进漩口时，谁都不知道走进去要多长时间，原来开车只需要半个小时，谁知道那个山路特别难走，很多路断了还要绕，一走就走了九个小时。老公往我们办公室打电话，一直没有音讯，后来他在电视里看到我，又找到武警的哥们，武警都有卫星电话，告诉他说没关系，你老婆正在我这里。

记　者：你关于汶川道路不通的报道广获好评，怎么想到做这一条报道？

张泉灵：回到宾馆之后，可能是夜里两点多钟了，本能地开电视，发现我跟整个信息系统是割裂的，特别郁闷，甚至感到崩溃，接下来应该做什么？成为一个大问题。我想，谁在不间断地看电视呢？那个人就是我老公。然后我就给他打电话，我说你看了一天电视，有什么没有看明白的地方？我老公说，总理都拍桌子了，说要12点以前把路修通，为什么修不通？第二天早上一起来，我们就直接去断路的现场。我觉得这是新闻的关键点，通过报道，解释了为什么路一直修不通。

记　者：作为女记者，在前线方便吗？

张泉灵：我觉得野外生存虽然有男女之分，但是有技巧，当你了解了这些技巧，你就不会成为大家的拖累。只要你不成为拖累，你就不会影响整个团队的工作，而且女同志还会成为整个团队的力量源泉。领导教育小战士说，人家中央电视台女孩子，比你们大十多岁，还在那儿走呢，你有什么不能走的？

记者：女人对美都比较在乎，比如在摄像机里面如何好看，你有没有在你出镜的时候，跟摄像进行这方面的沟通？

张泉灵：其实我们在直播的时候，必须体现环境，摄像习惯用广角拍，因为用了广角之后环境会纳进去更多，信息量会更大。但是广角拍，出镜记者会不好看。我都不在乎摄像用广角拍，我还在乎啥？

记　者：汶川这12天采访，除了一连串的荣誉，你觉得还给你带来了什么？

张泉灵：再次提高了我的单兵作战能力。平时我是主播，直播时有一个团队，只要做好自己的事情就可以了。我已经很久没有当过单兵记者了，单兵记者需要很多素质，比如说对事情的判断能力、报道点的寻找、公关能力等等，所有这一切都得靠你去调整。在通讯不畅的情况下，你去找选题，采访，用最快的速度把它完成，自己做自己的后勤保障和技术支撑，然后把它发出去。汶川采访还让我的人生观发生很大变化。你会非常珍惜你已经拥有的东西，它唤起你内心的那种爱，那种帮助别人的欲望，有了这种心情，人就会活得很幸福。

记　者：获得英模称号以后，有什么不一样的体会吗？

张泉灵：应该是一种对荣誉的惶恐感吧。说句实话，在那儿的人都在付出，你恰巧是作为一个强势媒体的一个早期到达的人而已。如果我不在中央电视台，如果我晚去两天，就算我付出再多，也可能不会得到这个荣誉。另外，我们台的环境不太拿获奖当回事。在我的身边得过最高荣誉的人有的是，全国十佳青年有好几个，全国各种级别的劳模都有，大家不是还得干活吗？该怎么干还怎么干。

记　者：这次中央电视台的汶川直播受到各方好评，你怎么看这一点？

张泉灵：跟我们用电视直播记录的方式有关，跟内容更有直接的关系，我们的汶川报道让人觉得好，是因为在地震灾区的人们表现得太好。汶川报道的成功在于放手让中央电视台去做。我更愿意说，给中央台多大的平台，中央台就能释放多大的能量，这是最关键的。再有就是在汶川报道中，有一大批人得到了锻炼，有那么多主播可以做这样大型的直播，这在以前是很难想象的。2008年，对于一个新闻人的成长，也许是空前绝后的。

## 采访手记

采访张泉灵，是在中央电视台新闻中心一间大办公室进行的。屋里人很多，电话一个接一个。我们提出是不是换个安静点的屋子，泉灵却爽快地回绝了，因为她想赶紧采访完抽空回家，去看她那位因为打篮球扭伤脚的老公。而随着采访的进行我们也发现，"环境"对她的影响完全可以忽略不计。或许因为采访是她的专业，对面的她时不时地反问我们，她的回答就像她的报道，有故事，有细节，活灵活现。

汶川抗震救灾报道为泉灵赢得了一连串的荣誉，但在同事眼里她和平时并无两样。前些日子，部门让她提供以前的获奖证书，结果她早弄丢了。问她平时有没有注意网上关于自己的评论？她笑着反问："他们说你好和说你坏，影响你吗？"

奥运会期间，她在IBC担任注册记者，得空时帮着其他岗位做了很多不该主持人做但又缺人做的事，如整理播出串联单、查找资料等。她说：当你被派到一台机器上做一个钉子时，永远不要想象你是那个最出彩的部件，你要保证整个机器的运行。

泉灵喜欢每天都去不同的地方，面对不同的人。她获取信息的主要渠道就是跟人聊天，也总爱在第一时间把采访收获与办公室的同事分享，所以身边的人都叫她"小灵通"。

除了工作，她喜欢郊游、滑雪和看书，看的书很杂，除了捡老公看剩的，还有寄给她的各种期刊。她说自己很懒，不是必须做的事情不会去做，所以不愿写博客，也没想过出书，平时除了出长差，只要在北京，就会陪老公和儿子。"否则又要干活，又要看书，哪儿有陪儿子的时间？"

采写/穆莉 孟庆伟

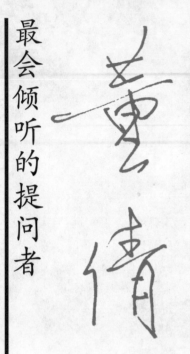

北京大学学籍卡

姓　　名／董倩
性　　别／女
出生日期／1973年
籍　　贯／北京
入学时间／1991年
毕业时间／1995年
所在院系／历史系
专　　业／历史
获得学历／本科
获得学位／学士
工作单位／中央电视台
现任职务／主持人

# 最会倾听的提问者

**毕业后主要经历**

1995年　《焦点访谈》国际组编辑

1996年　《东方之子》出镜记者

2001年　《新闻调查》出镜记者、《央视论坛》主持人

2007年　美国耶鲁大学访问学者

2008年至今　新闻频道《新闻1+1》主持人

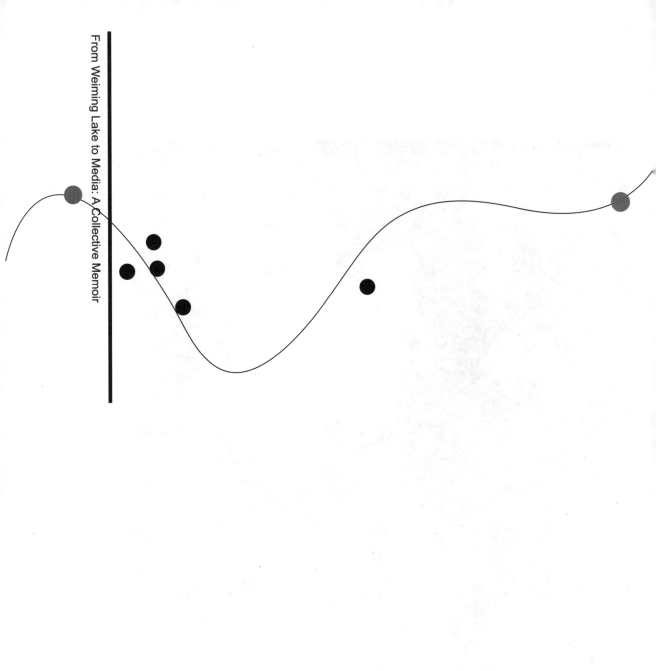

From Weining Lake to Media: A Collective Memoir

董倩

## ／我考入历史系，但是我不喜欢历史，怎么办？

记者：你在学校读的是历史，为什么要选择历史作为自己的专业？

董倩：这个问题很多人问过，每问一次都引起我的思考。学历史，当你是十几岁的孩子时，面对历史的感受，和你到了40岁的时候再看历史的感受是完全不一样的。当时学历史是"不得不"，因为我报的是北大英语系，可是英语系对专业分数还是有要求的，我那次考试英语成绩一般，但是我总分够了北大的提档线。我要么去二类学校上英语系，要么就留在北大读一个文史哲。

命运往往受一些莫名其妙因素的影响，我考大学那年霍达的《穆斯林的葬礼》特别风靡，那部小说就是以北大为背景描写了一段美好的爱情故事，把北大的学习生活和感情生活描写得非常唯美。那个时候我就想，就冲这部小说我也得去念，只要能留在北大就行，最后只有文、史、哲、考古这些专业可以选择。想来想去，历史有故事，还是学历史吧，就这样进了历史系。

但是一到了历史系才知道，历史不是故事，是理论。当时我住的是36号楼，隔壁就是英语系学生，每天跟她们一块出去，我心里就觉得自己没有得到最心爱的东西，只能每天看着别人去接触你自己最心爱的东西，当时几乎每天都是含着眼泪，这样过了好久好久。第一年我根本没有调整过来，很绝望，沉浸在失落里面出不来，不好好学，也学不进去。所以我就觉得第一年很快就那么过去了。

记者：那之后呢，如何从这种情绪中走出来呢？

董倩：在北大的时候都不开心，就是因为专业问题，一直困扰着我。但是北大的图书馆给了我很多，我经常逃课去图书馆看书。图书馆太可爱了，我想读什么就读什么。有些书我读不很懂，就复印下来回家自己再认真读。

还有北大的未名湖，现在想想仍然是美的，春夏秋冬每次季节转换的时候，我都去湖边绕一绕。在北大四年没找男朋友，和我一起去湖边散步的是我下铺的同学。再就是上滑冰课的时候，老师把我们放到未名湖冰上自己滑。还有印象比较深的就是北大的篮球馆，也是在未名湖旁边，我们常常在那儿打篮球。

北大就像母亲一样，她包容一切，你爱这儿也好，不爱这儿也好，她用她的气息来感染你，她就是给我这种感觉。我可以不喜欢历史系，但是我非常喜欢北大，它就是一种氛围，让你感觉到你周围的人每天都是行色匆匆，每天都有一种求知的、向上的朝气。

1990年代初的老师对学生好得一塌糊涂。我们有一个讲明史的老师，名字叫什么我都忘了，姓张，永远穿一身洗得已经发白的蓝中山装，苍白的头发，往讲台上一坐，就讲明史，我对他的印象极深，老先生的风范是无人能比的。英语系的老教授很倜傥，即便年纪大了，身板也永远那么直，穿衣服永远都是那么精神。历史系的老师就相对穿中式的衣服比较多。我总跑到国政系听课，不为别的，就是爱听。

记者：你觉得北大的经历跟现在的工作有一些什么样的联系吗？

董倩：唯一的好处就是北大是个金字招牌，它会让你很自信，尤其当别人说你是北大毕业的时候。其实我知道从知识的角度来说，我没有从北大得到什么，但是它就像一枚勋章一样，永远放在你家里，就好像奥林匹克奖牌。但越是这样，你越要非常清醒地知道，名和实之间有时候是不符的，我就是最大的一个例子。北大给了我一个勋章、金牌样的东西，但是我盛名之下，其实难符，所以我更加知道，一个人从什么地方毕业，不意味他有多大本事，普通大学毕业的学生未必就不如名牌大学的学生。

/ 《东方之子》制片人时间说：给你半年时间，要行你就干下去，
　 不行你该去哪儿去哪儿

记者：我特别羡慕你的经历，北京八中毕业后读北大，然后又在央视的各个著名的栏目做记者
和主持人，像《焦点访谈》、《东方之子》、《新闻调查》、《央视论坛》、《新闻1+1》，
觉得你一路走得很顺利。
董倩：一点都不顺利，外人看都觉得顺利，其实并不是。我进了电视台，当时根本不懂电视，连
什么是编辑机都不知道，我所熟悉的是在自己家里看到的电视节目，而远远不是"电视"本身。

进每一个栏目刚做的时候，我都是以一种达不到基础水平的状态进去的，要踮着脚尖才能够摸
到基础水平线，甚至这样还摸不到。后来我才知道，在电视台是没有人主动辅导一个新人的，
不懂的就要勤着问，赔着笑脸勤着问。北大的四年养出来了清高，还有比别人多上几倍的自
尊，甚至是傲慢。当我每天看着办公室里的同事出出进进忙这忙那，自己却像个木头一样傻呆
呆地坐在分给我的办公桌前不知所措时，一切轰然倒塌，取代它们的是自卑。

记者：听说《东方之子》的制片人时间是你的伯乐？
董倩：我刚进台的时候正是南斯拉夫战争，那些东西我熟悉，于是就负责收集资料给我们的编
辑。真正面对面进行采访是在《东方之子》，我记得当时制片人时间跟《东方之子》的人说，
"我发现了一个非常好的采访者，她一定会成为一个非常好的采访者，我把话撂这儿了。"所
有的人都不相信，这跟痴人说梦没有什么区别，因为当时我不会采访，没有采访经验，而且基
本上采访的效果都一团糟。你想我那时候24岁，刚毕业一年，可能会做吗？根本不可能，一切
都是靠一种本能，先靠本能问，然后在问的过程中琢磨怎么改进。所以他们都用怀疑的目光看
着。时间跟我说："我告诉你啊，我的上级、我的同级、我的下级都在怀疑我的眼光，我给你
半年时间，看我是不是错了，我从来没错过，但是在你身上我也许会错，给你半年时间，要行
你就干下去，不行你该去哪儿去哪儿。"

这话给我的刺激特别大，我本来不想去《东方之子》，按照我的规划我想出国念书，我还惦记
着我的英文呢，但我是个内心特别要强的人，一听这话撂出来了，我想看看自己到底能干多
好。我妈从来不说我不行，但我妈经常用说我不行的方式鼓励我，但这次别人不是为了鼓励我
而说我不行，这个痛苦没有人能想象得出来。没有人能帮我，因为采访是一个只有自己能完成
的任务，尤其是电视采访，当摄像机和无数的眼睛盯着你的时候，你能靠得上谁啊？你说不
出来一句整话，你说不出来一个观点，你不能理解对方说出来的意思，那时候无论亲爹亲妈，还
是对你多好的人都帮不上你，只有靠你自己。摄像机面前，你不可能向任何人求助。

记者：从一开始缺乏经验，一直到现在成为这么有经验的记者，你觉得这是怎样的一个变化过程？
董倩：我觉得自己的变化就是从虚弱到充实。最开始的时候，我就摸着石头过河，就好像初下
水，不知深浅，一切都是小心翼翼地生怕踩空，或者怕踩了一个石头滑倒。我会永远记住，我
面对的那个摄像机不是一个人，那里面意味着无数人的注视，无数双挑剔的眼睛，我必须谨言
慎行，所以开始时特别心虚。但是现在让我上节目我有把握了，对一个话题我充分地理解了，
我进行了长期的关注。另外在准备节目之前我会做分析，我之前接触过这个话题，我心里有底
了，脚迈下去的时候，我知道它下面到底是沙子还是台阶，我心里有数，所以特别踏实。

/ 在《央视论坛》做陌生的话题太艰难了，什么时候想起来都觉得艰难，
　 但艰难时期往往是人成长最快的时候

记者：做记者的时候，会面临一些自己不熟悉的领域，你怎么去克服那些心理障碍？

董倩：看资料，这是最主要的。在《央视论坛》我就是这个角色，我必须得对我自己负责，策划帮你找好了话题，按照他对这个问题的理解来设置问题，但如果你能够进入更深层次的对话，那不是更好吗？我干了三年半的《新闻调查》之后，我觉得自己原地踏步，虽然对所有社会问题都有所接触，但我接触的都是点，整个行业整个系统是怎么回事，系统之间是怎么经纬纵横的，我一点都不知道，我接触的都是个案。我得金话筒奖的时候，要不是编导耿志民在后台做缜密的思考，根本没有我什么事，我实际上就是完成了他的意思。所以我离开《新闻调查》，当时张洁说这么好的机会你就走了。是，它是一个好机会，它可以让人迅速地成名，但是我执意要走，我主动地走，我说什么都得走，我必须走。

我就想，我要找一个途径，或者出去学习，或者找一个新的平台，让我每天能接触新闻，让我不得不去看。正好2003年5月新闻频道成立，出现了一个《央视论坛》，领导找上我说你能不能做这个主持人，这是一个非常艰苦的工作，不见天日，不像《新闻调查》那样，每天接触大量的人，鲜活的，一线的，有意思的。《央视论坛》每天都在演播室，每天就是眼前那两个专家，进行枯燥的探讨。而且每天光资料就有两指头厚，A4纸，密密麻麻的，谈税收，谈财政政策，谈货币从紧。要不然就谈我们国家的整个养老体系、卫生保健体系、教育体系。

你要把自己变成每个领域的专家，然后你才能懂。最起码要粗放地了解咱们国家最大的问题是什么，为什么攻克不了，现在最大的障碍是什么，怎么解决这个障碍。不知道怎么办？看材料！一宿一宿地看，我当时住在台里的宿舍，每天晚上看着天黑，然后又看着天亮，每天几乎都是这样。第二天早上起来去录像，人迅速地瘦下来，很好的减肥方法。

另外，从一开始我就知道，因为我不懂，所以听。要是一上来我什么都懂，我就容不得你说了，那就是我说了。比如说我现在做了大量的演播室的评论节目之后，再做《面对面》的采访，领导老跟我急，说你能不能少说点话，让对方多说点，后来张洁也说我有这个病，说你不再适合做《新闻调查》记者了，你什么都知道。刚做评论节目时，什么都不懂，迫使你认真地听。经过了漫长的时间打磨之后，渐渐开始懂了，一懂反而听得就更有意思了，一开始就是为了听而听，因为别人得看着你啊。渐渐听懂了之后，你就要听他说得有没有道理，马上就能提出问题来。如果你不听，牢牢按照自己的一二三四五六七问的话，你永远不会进行深入的交谈。这是我的看法，到现在我仍然这么想。所以我觉得在《央视论坛》做陌生的话题太艰难了，什么时候想起来都觉得艰难，但是艰难往往是人成长最快的时候。

记者：现在你采访的领域很多，基本上方方面面的都有，你自己最感兴趣的是什么？
董倩：时政。我从认字开始就看《参考消息》，因为家里面就订这一份报，先看后面第四版，后来渐渐多起来了。我就是天生对时政感兴趣。在时政里，我更关心的是国际政治。

**／我从各方面都不具备成为明星的素质，我脑子没往那边想过，我就知道我想把问题问清楚**

记者：你心目中好的采访是怎样的？
董倩：我自己认为棒的采访，就是我自己对这个事特别清楚，从头到尾问出干干净净的问题，一点都不跑题，漂漂亮亮的半个小时全做出来了，编导不用怎么剪辑，这是我最喜欢的。我不会因为别人说我采访好，我就说它好，那可能是经过剪辑出来的，不叫本事。有一些采访我问了一个小时，还在边缘呢，出现那种情况我回到家后背都会疼，急的！怎么就油盐不进呢！我就琢磨，先找找自己的原因。

现在演播室做直播主要是我跟岩松，我们俩会商量，岩松你想说什么话，我要通过我的一切准备，把你说的这个观点给烘托出来，给你添柴点火。但是真正的采访不是的，不管是专家也好，普通人物也好，你没问清楚，人家就会跑题。他跑了以后，你得给他拉回来。所以为什么说要学会倾听，不听根本就不行，你想走神都走不了。所以说掌控能力特别重要。

中央电视台标准的底线是不出错就行，所以你只能对自己有更高的要求，第一不出错，第二要稍微精彩一些，第三在有限的直播时间内充实更多的内容。但是真正有价值的访谈是做不了直播的，30分钟再加上短片，再加上广告，再加上打断，再加上片头，所剩不多了。虽然不是直播，但是心里要有一种直播状态，不能一味撒开了问，摄像每一次换带子我心都特别紧，我不希望我的访谈在一个小时之外，包括《面对面》。《面对面》就是录一盘带子，录多了有一个很大的问题是，编导可以断章取义。如果你很强，提问一环套一环，往前走，他剪都剪不掉。《新闻会客厅》特别好，它基本上没法剪，它是一个纯访谈式的，对记者要求高，因为你要呈现出最有价值的内容。

记者：我在网上看到有人写评论，说现在幸好还有董倩这样的记者。你觉得自己跟其他的主持人有哪些不一样的地方？
董倩：我不知道别人是怎样，我就知道我自己，我想要把问题弄清楚。电视在某种程度上对于主持人来说是个名利场，你得始终清楚自己要什么。对我来说，我从各方面都不具备成为明星受到别人关注的素质，所以我脑子没太多往那边想。我就是想，这样的工作给我提供了一个平台，让我轻而易举地就接触到别人接触不到的人，这是电视台给我的优势。所以我要利用这个优势，把一些事情弄清楚，在弄清楚的过程中很扎实地了解这件事，我不想成为别人关注的对象。

## ╱在美国，我第一次意识到自己工作的重要性

记者：2007年你去了耶鲁学习，这么多年你都一直梦想着出国吗？
董倩：我真的特别想走，我几乎每一年都想走，到了2007年我终于可以走了。内心经历过一个从喧嚣到归于平静，从虚幻到理智的过程。

一开始我周围的同事都走，全都是去美国，人都是要比的，你走我也走。我觉得工作和人之间就跟男女婚姻一样，你开始觉得对方还不错，慢慢接触以后觉得越来越有可取的地方，越来越离不开他。但是你心里面还有对其他美好事物的追求，你要压抑着它，就像井喷一样，你越压它，它蓄势的能量就越大，所以我就知道我一定要走。

到电视台工作十几年之后，我知道我要走一定是有目的地走，而不是说仅仅为了出国读个学位，听上去好听。我哪怕就去那儿待一年，什么都不干，我去看，我看我愿意看的，去接触，接触这个社会。不管你承认也好，不愿意承认也好，美国就是这个世界上最强大的力量，制度上、文化上、经济上都很强大，为什么？我想知道。正好有这么一个机会，就是去耶鲁大学。申请去一个学期。其实我去了以后，就是看、听、跟不同的人接触，在外国人堆里生活，这是第一次。一直说中国强大了，要融入国际社会，我想看看我能不能融入。通过这半年我发现不容易，关键是文化上，语言太重要了，你没有语言，一切无法交流。

记者：在美国你肯定关注了不少媒体，和他们对比你觉得国内媒体有哪些不同？
董倩：美国的媒体不管是节目的样式还是主持人都特别自然。在美国的经历，让我第一次意识到我自己工作的重要性。早晨起来，电视里出现的都是年轻的姑娘，穿得漂漂亮亮的，越往夜里衣服的颜色越深，主持人的年纪越大，男的越多，女的越少。后来我知道，原来在重要的时间段中出现的都是男人。我回中央电视台一看，我也是在重要时间段出现，我是女人，由此我就得出这个结论，我也挺重要的。

采写/仲伟宁

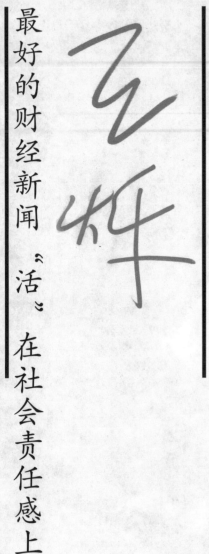

最好的财经新闻 "活" 在社会责任感上

北京大学学籍卡

姓　　名／王烁
性　　别／男
出生日期／1972年
籍　　贯／四川
入学时间／1992年
毕业时间／1995年
所在院系／外哲所
专　　业／分析哲学
获得学历／研究生
获得学位／硕士
工作单位／《财经》杂志
现任职务／执行主编

**毕业后主要经历**

1995年　《人民日报》国际新闻部任编辑
1998年　《财经》杂志编辑
2005年　《财经》杂志执行主编

From Weiming Lake to Media: A Collective Memoir

王烁

## ／能在一个清冷单纯的环境读三年书，对我帮助很大

记者：很多人都想不到你是哲学专业出身，读了7年的哲学。

王烁：对。我1992年从中国人民大学哲学系毕业，然后考上北大外国哲学所，1995年毕业。在北大我学的是分析哲学，读了三年，导师是陈启伟先生。

记者：在北大，学习、生活上有没有印象特别深刻的经历？

王烁：1993年、1994年的时候，熊伟先生还在世。他是北大外哲所的创始人之一，一个比较著名的海德格尔哲学研究者。早年在德国上学的时候，熊伟先生曾经听过海德格尔的课。他当时年纪非常大了，身体也不好，但是主动要求给我们刚刚入学的年轻学生上德语课。熊伟先生上德语课非常有特点，就是学生根本不用从语法学起，也不用去学发音，什么都不学。他直接拿一本德国的德语哲学原著开始教。因为当时的要求是不用管发音，也不用管语法，只要能看懂就行。

听、说、读、写，只要一个读。他直接拿着非常艰深的德语的文本让我们学，告诉我们为什么这个词是这个意思。但是那个效果非常好，那一批学生们都可以读懂原著。很可惜，这个课没有上完，大概上了三四节课之后，熊先生的健康状况就不允许他坚持教课了，不久就去世。所以，我们也许是接受熊先生这种非常有特色的德语教育的最后一批北大的学生了。

记者：在外哲所的三年你最大的收获是什么？

王烁：我最大的收获是读了很多很多书，那个时候我能同时读两三本书，摊在桌子上，看这一本，又看另外一本。具体地说，我觉得对个人思维方式的形成影响比较大的是休谟的书，他的《人性论》我看了很多遍。另外，《论语》作为儒家几个经典文献之一，对我影响也比较大。

我在北大的三年时间，主要是在外哲所读书。外哲所在北大是一个非常独特的地方。老师不多，但都比较注重研究，师生之间的关系应该说是君子之交，非常单纯，老师就是传道授业者，学生就是读书，然后提问。除此之外，基本上没有其他的交流。我相信这在北大校园里面也是很另类的，其他系大概不会这样。我在那里度过了与世隔绝的、非常清冷的、非常单纯的三年时光，跟我以前在大学和之后到社会上的感受完全不一样。

记者：在北大学习生活了三年，你如何看待北大精神？

王烁：在1992年至1995年，当时的外部环境是非常喧闹的。我能在那样一个隔绝的、清冷的地方老老实实地读三年书，对我来说有很大的帮助。外哲所的环境是极为自由和包容的，因为确实没有人在你的学业之外管你太多，在学业上老师们也非常尊重学生的独立思想。这是不是北大的精神我不知道，但这至少是北大外哲所几十年来秉承的一个风格。

## ／要做新闻的话，经济报道是一个非常有空间的地方

从北大毕业后，王烁选择了媒体，进入了《人民日报》。他对哲学精髓的领悟、对事物的好奇心、强烈的社会责任感为他走上新闻之路准备好了诸多条件。在《人民日报》国际新闻部做了三年的夜班编辑。其间，国家发生了很多激动人心的大事，也使他渐渐清楚地认识到：做新闻，只有做经济报道才有意思。

记者：从人大到北大，你都是学哲学。但在硕士毕业之后却放弃了学习了七年的专业，走进了《人民日报》。你为什么选择了媒体？

王烁：1995年从北大外哲所毕业的时候，我就很清楚地知道我不想再继续读哲学的博士了。因为，我觉得哲学太难了，我的哲学教育所能给我带来的积极的、正面的因素，十之七八我想我

已经获得了，剩下的十之二三要继续追求，就要付出极大的努力，要远远超出这十之七八。

我非常不喜欢"学哲学就神经"的这种说法，但我能理解为什么有的时候追求太深，会导致一些别人不理解的举止发生。所以剩下的十之二三呢，我就可以不必再去追求了，就需要找份工作。

当时我对新闻比较感兴趣，这也和自己的教育经历相匹配，做新闻是一个比较自然的选择。我们很多同学本科毕业之后都做新闻了。我投了很多简历，那时候市场上几乎没有市场化的媒体，所以就找官方媒体，最后就找到《人民日报》了。我在国际部做了接近三年的夜班编辑，基本上就是前方记者发稿，我帮着人家改改。

记者：从研究西方哲学到一个比较专业的新闻领域，你是如何完成知识积累的？
王烁：我在北大的时候就读了很多书。我记得我同时学了两门"二外"，一门德语，一门日语，学得都不错，都能达到阅读国外新闻杂志的水平。同时，我还考律师资格，因为我对法律也很感兴趣。我在北大的图书馆里，把所有能找到的法律书通读了一遍，然后就去考律师资格，后来也考上了。读完法律教材后，自己再看许多问题，包括报纸、新闻，包括接触的各种事情，就会试着用所学的法律知识去做分析，得出自己的结论。

在1995年之前，即使今天也是，在社会上有很多事情都是明显地跟法律相悖的。这非常有意思，也促进和增加了我的好奇心。我会想：为什么法律是这样的，而事实不是这样的？比如说当时很多人看到的"价格同盟"的事情。很明显，1994年说的反不正当竞争法已经明确禁止价格同盟的做法。从那以后很长时间报纸上都在说"价格同盟"，并认为这些事情之所以猖獗，是因为我们国家法律建设不健全。

我当时就非常疑惑：明明我们有一部法律已经宣布这个事情是违法的，为什么还认为法制不健全？这个时候我才知道人民群众对法律是非常无知的。在我后来从业的13年间，我更加知道了人民群众在某些特定的情况下是可以对法律非常无知的。我想，这也是做新闻工作有的时候会有的成就感，因为我们的报道范围比较大，我们对社会的责任也就很大。

记者：你为什么对财经新闻感兴趣？
王烁：在1995年，我是《人民日报》国际部编辑，做国际新闻，1998年才开始到《财经》做经济新闻。1995到1998年期间我很清楚地知道，你要做新闻的话，经济报道是一个非常有空间的地方。理由很简单：第一，因为很多事情在发生；第二，这些领域你可以大有作为，相对而言障碍比较小。

事实上，那几年确实有很多激动人心的事情发生。我还记得我的研究生同学陈涛，曾经做过《南方周末》首席财经记者，曾很激动地跟我说：现在做新闻的话，只有做经济新闻才有意思。我当时很赞同他的话。但是现在我知道，我们首先是新闻工作者，其次才是做经济报道的新闻工作者。

## ╱ 《财经》第一期出版时，我就说这是中国最好的杂志

在《财经》仅有的几位开创者当中，王烁是其中之一。十年来，《财经》执著地坚守权威性、公正性、专业性的新闻原则，秉承"独立、独家、独到"的编辑理念，为"争取新闻自由"，做"负责任"的新闻奋斗不息，成为中国财经媒体的成功典范。

记者：你从1998年参与创办《财经》，到现在任杂志的执行主编，在团队中是一个什么样的角色？

王烁：创刊的时候，只有主编胡舒立、我和少数几位同事。我一直做编辑，如果需要，我也去采访。现在虽然我是《财经》的执行主编，但我的角色是主编胡舒立的助手，我会更多地提建议。

现在我还清楚地记得《财经》第一期（时名《MONEY》）出版的时候，拿着这本杂志我非常开心。我说：舒立，我觉得这本杂志是中国最好的杂志。我当时有这样的信心，固然是因为自己是井底之蛙，但自豪感是确实的。

然后，第三期的时候，舒立问我有一篇文章怎么样，我说这个文章不能登，因为在《财经》杂志上登的每一篇文章都要是好的。我这样说可能有些骄狂，但是我可以说，我们确实是这么遵循的。所以在《财经》规模还不像今天这么大的时候，我们在编辑每一篇文章的时候，每一个同事都能感受到肩负的压力。

到今天杂志的稿件这么多，我还是这么看。我想《财经》注重品质，注重深度，注重可靠性，这个使命始终都是一样的。媒体从来就有一个使命，即要"活"在社会责任感上。

记者：做一流的财经报道绝对不是件容易的事情，你们如何操作？是否承受了很多的压力？
王烁：虽然是杂志，但我们的行动速度非常快。我们记者工作的速度是向日报看齐的。这一方面是源于新闻竞争的压力，另一方面是由于中国对新闻的管理体制。

新闻报道事前空间比事后空间大得多。这个空间之间的差距就是我们要追求的。之所以要行动这么快，就是追求这个差距。我们第一时间将事件报道出去，至于之后有什么反应那就再说了。任何一个事情都有很多方面，各种方面之间的博弈也许能够为我所用。

比如，2003年在对非典的报道过程中，当时媒体面临外部压力也很大。在那个时候，媒体要想有自我突破的话，从记者开始，不仅需要勇气，更需要判断力。坦率地说，在非典报道中做出关键决策的人，是我们的主编胡舒立。事实证明她的判断是正确的，所以我们做了一个突破性的报道，而且推动了整个事情的演变，同时我们也获得了巨大的收益。这是一个非常好的事情。

到"5·12汶川地震"的时候，情况就完全不同了，压力主要是源于新闻竞争。"5·12汶川地震"基本上是一个开放的新闻现场，没有什么障碍。在这个突发事件当中，各个媒体都八仙过海，各显神通。同样，《财经》一方面履行自己的责任，一方面又尽量把握报道。从新闻操作的角度来说，大家同场竞技，平等较量，但我们的反应速度是比较快的，可以说是发挥了突破性的作用。

记者：你们对"真实性"的追求，可以做到对事实百分之百的曝光吗？
王烁：我从侧面回答你的问题。有些文章发表之后，很多读者会问我们：你还知道些什么？读者以为我们还知道另外一些东西，但是没有发表。是的，也许我们还知道另外一些东西，但那些东西可能就是谣言，或者是未经证实的事情，基本上只要能够证实的我们都发表了。

记者：《财经》采写的稿件有没有因为某些原因没有发出去的情况？或者有压力？
王烁：当然有。从开始做《财经》那天起，我们就知道这个行业面临着很多职业约束。在我从业的十年间，中国发生的事情很多，新闻很多，出现了越来越多的报道空间，如果你在某个方面推到不能再推了，有两个选择：一是停下来抱怨，此外还有另一个选择，可以去做别的新闻。

现在的新闻空间并没有窄到只有一个选择，你可以换另外一个地方去做另外一个可以推动的事情。我们很忙，《财经》有很多事情要做，所以一旦在某一个事情中推不动了，我们就停下来去做别的事情。我想这是我们跟许多同行比较大的区别。

## ／任何一个纸面媒体，必须在两三年之内寻找到网络生存方式，否则直面死亡

记者：你如何看待《财经》的精神？

王烁：《财经》的精神，我们另外一个创始人、编辑总监杨大明曾给我们总结了三个比较简单、明快的解释：独立、独家、独到。后来我做过一个更复杂的阐释：第一个是批判精神，第二个是自由主义，第三个是承认和理解中国问题的复杂性，但始终追求超越。媒体不能因为环境的复杂性，就不想有所作为，应该始终有所作为。

记者：《财经》如何能够"十年如一日"地把握和在报道中贯彻这一理念？

王烁：首先，也是最主要的，《财经》能够十年都坚持同样的办刊理念，最核心的因素就是团队。办刊的人不变，理念就很难变。我也注意到，哪怕是刚加入《财经》的一些新同事，通过我们的文章、我们的报道、我们的杂志所表现出来的人文价值观对《财经》给予了非常大的认同。他们的认同程度让我们有时候感到吃惊。

我想这源于两方面的因素：第一，我们十年间在每一篇文章里面都能够贯穿我们的努力；第二，我们把办刊理念归纳为"独立、独家、独到"，琅琅上口，大家一听就会明白，就会理解，《财经》也能做得到。

记者：什么样的人可以作《财经》？你选人的标准是什么？

王烁：选人呢，第一要有好奇心；第二要能够坚持；第三价值观要鲜明，不得强求每个人认识都一样，但是要彼此兼容。

对新闻记者的素质要求首先是职业道德。记者的声誉现在变得好像不太好了，说记者、媒体没有社会责任感的攻击现在太泛滥了，到处都是。很多人认为记者为了哗众取宠，不惜牺牲他人的权益。这种理解是错的。记者的职业道德是如实地去报道事实的全部真相。这是他的权利，也是义务。

如果能够秉持这个尺度，哪怕是在今天的中国，记者也能在绝大多数情况下追求到全部的事实。同时，我觉得今天的中国有足够的空间，允许记者致力于追求全部的真相。这对新闻工作者来说是一个很严肃的要求，也应该这么做。

在《财经》和一群性格接近、又相对单纯的人一起合作，大家相互激励，特别是遇到困难的时候并肩作战，共同去想一些办法。真实地感觉到相濡以沫的感情，这个是很难得的。我的领导、主编胡舒立，在新闻观、新闻的操作方式、对新闻的价值判断上对我有很多影响。在《财经》工作，虽然十年间也有同事离开，但是我们的核心团队始终在，《财经》的基础就从未动摇。

记者：在新媒体的冲击下，许多传统媒体都走上了"网媒结合"的道路，《财经》也不例外。今年3月25日，你们的财经网诞生了，你们打算如何利用它？

王烁：2007年，中国经济增长率为11.7%，但是报纸的广告总额却下降了1%，杂志跟上一年持平是10%，但是持平并不是一个好的信号。互联网对传统媒体的冲击不是几年以后的事情，现在已经发生了。

在美国，最好的纸面媒体几年前已经转型。前段时间我在国外开会，一位图书出版行业的发言人说：十年内《纽约时报》、《华盛顿邮报》将会成为非赢利性的报纸。在中国，对纸面媒体转型的挑战就是眼下发生的事情。虽然现在《财经》无论是在影响力还是在商业模式上都是非常成功的。可是我坦率地说，这种好日子在我们心里已经结束了。

我们的转型必须从现在开始。我觉得任何一个纸面媒体，如果它希望保存影响力，希望在商业上是一个持续发展的状态，它必须要在两三年之内寻找到在网络上的生存方式，否则的话，就是一个直面死亡的过程，而且很难逆转。

采写/孟庆伟 仲伟宁 穆莉

中国人民的美国朋友
埃德加·斯諾
之墓
叶剑英 一九七七年十二月十三日
IN MEMORY OF EDGAR SNOW
AN AMERICAN FRIEND OF THE CHINESE PEOPLE
1905—1972

用新闻的眼光"瞭望"

北京大学学籍卡

姓　　名／聂晓阳
性　　别／男
出生日期／1972年
籍　　贯／陕西
入学时间／1993年
毕业时间／1996年
所在院系／城市与环境学系
专　　业／人文地理学
获得学历／研究生
获得学位／硕士
工作单位／新华社
现任职务／《瞭望东方周刊》副总编

**毕业后主要经历**

1996年　入新华社，任新华社驻耶路撒冷分社记者
　　　　新华社驻巴格达分社负责人
　　　　作为随队记者参加中国首次国家北极考察队
　　　　并参与地震、洪灾等重大报道
2005年　《瞭望东方周刊》副总编

聂晓阳

1998年1月，聂晓阳在首都记者中最早一批到达张北地震现场，在震区三天三夜里写出的报道被路透社转发时称"中国官方媒体打破了在自然灾害面前的冷漠"。

1999年夏，作为随队记者乘坐"雪龙号"破冰船参加中国首次国家北极科学考察队，远赴北极核心区进行为期75天的科考报道。

2002年2月，前往耶路撒冷，在以巴冲突最危乱的时刻告诉中国读者那里发生的一切。

## ╱作为记者，我经常感觉自己是很多人的眼睛，也是很多人的腿

记　者：在你的记者履历中，许多大事发生时，你总是冲在前面，"冒险"似乎是你的特质？

聂晓阳：上学的时候，如果有人问，谁会为去一个千疮百孔、没有安全保证的地方而激动，我的答案是两种人：一种是疯子，一种是傻子。但记者这个职业让我理解和明白了更多。一些看起来是疯子和傻子才做的事情，其实是最有吸引力的诱惑。

没有人喜欢冒险。记得我在巴格达做战地记者时，人家一问我儿子：爸爸在哪里？小家伙就回答说："爸爸在电话里，爸爸在地图上。"

之所以去冒险，原因很简单，因为我是记者，任何新闻事件发生，不论多么危险，记者都有责任到达现场，发出自己的声音。

记　者：做战地记者，充满危险，但同时战地也是一个巨大的新闻宝库，谁当战地记者谁出名，你如何看待这种"名利"？

聂晓阳：记得2002年，我刚去巴格达不久，曾经在日记中写道：巴格达是地狱也是天堂，是生命的地狱，是新闻的天堂。只要随脚一踢，那里的新闻到处都是。

一个身处地狱的人思考名利是不现实的，也是不允许的。我始终认为，一个记者的人品决定他的业品。从小到大，我认为我是个踏实认真的人。大学毕业后走上工作岗位，不管是采访任何新闻事件，也无论是在国内还是国外，我都告诉自己踏踏实实做事，老老实实做人。

而作为记者，我经常感觉自己是很多人的眼睛，也是很多人的腿。通过这双眼睛去发现、去见证很多人不能亲眼目睹的事情，通过这双腿的奔跑去记录很多人不能亲自达到的地方所发生的一切。然后，再把我所到达的新闻现场和所看到的细节，一一呈现给受众。他们的知情和回应是对我最大的褒奖。

记　者：这次汶川地震，你参加报道了吗？

聂晓阳：很遗憾，我当时正在休假。后来从新闻报道得知灾情之重超乎想象，就坐不住了。震后第三天，和家人一起看电视里的报道，6岁的儿子忽然问我：爸爸，你不是记者吗，你怎么不去采访啊？我听后十分羞愧。我就给四川分社的领导发了一个短信，希望把我作为分社成员给安排采访任务。最后，我是作为志愿者在震后第四天去的灾区，在北川等重灾区调研震后不同阶段的救助需求，然后把这些信息反馈给我的一个朋友。这位朋友后来很快给灾区发送了100顶帐篷和1万件抚慰受灾儿童心灵的玩具。我在这位朋友的资助下，还为北川中学高三全体毕业生制作了毕业合影纪念册。

## ╱用心去"感受"新闻，将对生命的尊重，落笔在字里行间

记　者：你在博客中，写到这样一段话："当历史还是新闻的时候，我用笨拙的笔记录事件的

一鳞半爪。当新闻成为历史的时候，我祈祷拥有更先进科技的人们，也能拥有更先进的文明。这样，透过穿越往事的眼睛，未来将不再重复今天的悲剧。"这是你撰写出版两本战地亲历书籍的初衷吗？

聂晓阳：应该说，在耶路撒冷和巴格达的那段日子里，我的思绪始终被爆炸和枪声折磨着，这种折磨一直持续到我回到北京。今天发生在那里的一切，都将成为明天的历史。但后人能读到的历史，多半是对当局者的颂扬和对英雄的赞美。人民所承受的苦难，人性在社会变迁中受到的伤害，往往很难从正史中读到。

关注战争状态下的人，关注无法主宰自己命运的被占领国家的人们的生活、命运和喜怒哀乐，以一个中国记者的视角，真实地反映普通民众在战后社会剧变中的生存状态，是我写作的最根本出发点。

另外一方面，我也在困惑中记录和思考历史。我在书中写到：许多伊拉克人在旧货市场"淘"生活。旧货市场之"旧"，令人惊叹。我买了一枚有萨达姆头像的旧币，却忍不住在想：历史真的能够购买吗？

记　者：从你的新闻从业经历中能找到很多你主动去发现新闻、进行深度调查和思考的事例，这是不是你心中一个好记者的标准？

聂晓阳：我最早从事科技报道，后来又做环境报道、时政报道。我觉得，不管报道什么领域和内容，都要求记者主动去发现新闻，并探究新闻的价值在哪里，随后坚持自己的判断。

记得我1996年刚进新华社的时候，有一次我得到一个新闻线索，是北京一所高校发生了一起电子侵权案。一个学生被国外大学录取了，她的室友嫉妒，就以她的名义回绝了学校，最后这位学生失去了出国留学的机会，于是她把室友告上法庭。这是我国第一例电子邮件侵权案。我发现了这条线索，并采写了稿件。但当时有领导和同事认为这根本就不是新闻，不值得报道，还有的说这是一个丢人的新闻。虽然当时我刚参加工作，但我还是坚持说服了他们，播发了这条稿件。后来，这个报道产生了较好的社会影响，两名大学生庭外和解，美国那所学校看到这条新闻后，决定重新录取了这名学生。

我还想说，记者只有用心去"感受"新闻，才能写出彰显人性光辉的作品。1998年1月，张北发生地震，我作为首都记者中最早一批到达地震灾区的记者，在震区的三天三夜里写出十多篇报道。稿件播发后很多读者都深受感动，新华社的外国改稿专家看后流下了眼泪，外电路透社在转发这组报道时称"中国官方媒体打破了在自然灾害面前的冷漠"。我当时那组报道取得成功主要就是得益于用心去感受灾区发生的一切，感受灾区人民的一切。例如稿件中，详细地报道了严冬的张北，帐篷里多少温度、帐篷外多少温度、帐篷里住了多少人，灾民的衣食住行都处在怎样的状态中。对生命的尊重，落笔在字里行间。

## ／在我眼里，北大到处都是开放的课堂

记　者：你在北大攻读了人文地理的研究生，地理和新闻似乎没有多大的关联？

聂晓阳：当时我读的是城市与环境学系，前身是地理系。地理学包含理科、文科、工科的知识，是一门综合性很强的学科，同时也是一个古老的学科。所以我倒是觉得，学这门学科对做记者很有帮助。因为新闻也是一个综合性很强的学科，记者这个职业需要的知识背景比较广，看问题时，不是用一个过于专业、狭隘的角度，而是用一个综合、平衡的角度去看。从专业背景来说，我觉得，学地理的学生、尤其是学人文地理的学生，拥有地域视角，这个背景对从事记者这个职业还是有好处的。

记　者：你一直是个理科生，在北大获得的是理学硕士学位，当时在读书时，你有没有想过自己今后会当记者？

聂晓阳：没想过。说起来，这还有一个插曲。我当时在北大读研究生期间，曾经在南京大学——霍普金斯大学中美研究中心研习一年，当时就中英香港谈判做过一个独立研究，从我的专业角度进行了思考和评述，而且最后这个研究报告是用英语写的。出于研究的需要，我当时广泛收集资料，其中很多是各种公开的新闻报道，包括外文报道，很重要的来源是新华社的报道。

后来毕业时，除了考试成绩，这份英文研究报告也是新华社录取我的重要砝码。我很感谢北大和我的导师王恩涌先生开放的教育理念和胸怀，支持并资助我到另外一所大学去研习。这段经历既是我踏入新闻行业的一块敲门砖，也培养了我对新闻的最初认识，开始对新闻产生了浓厚的兴趣。

记　者：北大给你留下了哪些深刻印象？

聂晓阳：应该说，北大包容的精神和丰富的资源给了我很大帮助。另外一方面，现在回想在北大的学习经历，一些学习制度和架构对我也非常有益。比如学生可以自由选课。当时我选修了很多外系的课程，国际政治、心理学、经济学，这些课程的学习大大地弥补了我这个理科生的缺陷。北大老师在课堂上都有出色的表现，他们学术严谨，语言精彩，把他们的讲课内容记录下来，就是很好的一个积累，甚至是一个很好的新闻特稿的文本。用事实说话，非常幽默，语言简练、到位、逻辑性很强。

除了在课堂上学到的知识，我当时还积极参加了许多北大的学生社团。通过参加社团活动，我认识了很多朋友，各个系的都有，包括力学系的、历史系的，和这些同学和朋友在一起就是很好的课堂。我从他们身上学到很多东西。

在北大的学习是非常丰富多彩的，即使一个月不出校门，你还有老师、同学、图书馆、还可以选修许多精彩的课程、聆听名人讲座。在我眼里，北大到处都是开放的课堂。

还有一点，北大非常重视能力的培养。在课堂上，老师大多用讨论、启发的方式，给你布置很多任务，提出问题，然后让你自己去寻找答案，寻找解决的方式。北大重视实践，在北大期间，我去云南做过一周的考察，去陕西做过一个月的考察，还在深圳做过一个月的实习，学到很多在课堂上学不到的东西。

在北大，一是知识，二是能力，还有很重要的一点是，通过学习，潜移默化中给自己注入了理想主义的情怀。进北大之前，你可能只是希望毕业后有份好工作。但当你从北大毕业出来后，你一定在思考，我的理想就是要拥有一份伟大的事业。所以北大彻底将一个年轻人的工作观转变成事业观。这激励着你不断去奋斗。北大教会我的是去做一份事业，踏踏实实，精益求精。在这里，我一个理科生，打下了今后从事新闻工作的良好基础。

记　者：北大学习的经历对你今后从事新闻工作最大的影响是什么？

聂晓阳：现在看来，是北大人敢为人先的精神。1999年，我参加北极科考报道。到北极以后，国产飞机第一次在北极上空试飞，很多人不敢上飞机。我说这有什么好惧怕的，我们本来到北极来就是来探险的。2002年，去耶路撒冷也是我主动提出的，当时单位本来要派我去条件相对比较好的地方。还有后来去伊拉克，也是我反复请缨才获准去的。到伊拉克后，越是军事禁区、越是戒严地带，我越要往前冲，穿过重重封锁，后来写出获得中国国际新闻奖一等奖的通讯。我觉得记者首先应具备的精神就是要敢为人先，不断突破和克服自我。职业使命高于一切。

记 者：你回国后开始做杂志，请你从《瞭望东方周刊》这本杂志谈一谈新闻的地域性特征？

聂晓阳：我觉得地域不是做新闻的局限。只要善于发现，很多地域性的新闻其实都有全国性甚至国际性的传播价值。但是地域的确会影响新闻的选择、品质乃至气质。新闻也的确是有地缘属性的。《瞭望东方周刊》是新华社新闻事业改革的产物，更是新闻理想主义的产物，《瞭望东方周刊》将目标市场定位在上海。当初的创办者包括后来加入的我，家都在北京，我们为了这本更加注重新闻属性和市场规律的周刊都付出了很大个人代价。工作到凌晨两三点是常事。我记得有一次总编辑姜军在截稿时听到又一条封面文章被枪毙的时候，打电话给我说他累得都要吐了，实在支撑不住了。还有一次，常务副总编辑韩松凌晨一点多到办公室赶一个急稿，推开门一看，办公室里灯火通明，熬夜的好几个编辑记者还都没有走。有一个记者实在太累了，就铺张报纸睡在地上。为什么我们要舍弃北京奔赴上海，就是因为创办者们认为上海有更好的国际化和现代化的氛围，有发育更成熟的新兴阶层目标受众，同时也是为了远离既有的新华社的机关氛围，更好地融合海派文化。

记 者：请你谈谈对传媒转型及未来发展的看法？

聂晓阳：中国改革开放30年最根本的变化，我认为乃是以人为本的公民社会的崛起。除了民生，人们更加注重民权。顺应这一变化，大批媒体自然应该从国家统治工具回归其作为社会公共平台的属性，成为超越集团利益的为了公共利益进行信息传递的社会公器。

我认为，有理想的新闻媒体一定还要注意受众的变化：越来越多的受众喜欢被说服，而不喜欢被灌输。传统的中国受众习惯于一对多的媒体传播，新闻信息来源单一。但是网络的出现缔造了一个几乎是全民传播的时代，新闻信息的传播是多对多，受众面对繁杂甚至相互冲突的信息，他们就需要选择、判断和被说服。人们不再简单接受媒体告诉他一个苹果是红的。人们需要知道的是，除了向着太阳的这一面是红的，背对太阳的一面是不是仍是青的？苹果表面看起来不错，但其里面是不是有虫子？人们不希望媒体告诉他们一个简单的结论，人们期望媒体能展示更全面的实际情况，从而引导他们作出自己的判断。

谈论传媒转型不能不提及网络。网页的互联及搜索引擎使网络成为所有媒体的媒体。这样，传统媒体的必看性大为削弱，改为追求首选性和阅读的忠诚度；媒体的价值也越来越多地由独家报道转变为精准解读，由资讯平台转变为意见平台，由消息纸变为看法纸或言论纸。

在网络和手机等移动新媒体的冲击下，相当部分时效类"消息纸"将无可避免地面临被取代的威胁。但即使这样，被取代的也只能是传统媒体的载体，而不是传统媒体本身。媒体还将存在，只不过其载体结构也许会发生变化，媒体会更加重视网络版和网络传播。从目前看，传统媒体至少有三方面优势：第一是权威，公信力比较好。传统媒体的话语权威力不仅在于传递信息，更在于以人们信任的方式塑造信息；第二大优势是专业。互联网上每个人都是记者，但传统媒体是专业记者在做新闻，信息的含金量是不一样的；第三是信息的原创，现在信息的来源渠道还主要掌握在传统媒体手上。

预见的未来，周刊等非时效类的深度纸媒仍然有发展的空间。虽然网络信息海量，但这也意味着很多信息被埋没了；网络信息传播快，但往往是零碎的、缺乏深度。这种情况下，大家对深度的、全景式的、解读式的新闻信息仍有很大需求，因此对周报、周刊来说，还有自己发展的生存空间。

关于未来，我有一个担心，那就是我们现在实际上正在进入一个"后媒体时代"。在这个时代，很多新闻实际上不是记者挖掘的，而是被人根据策划故意安排的。媒体日益成为很多人表演作秀和炒作的舞台。表面看来是记者在报道，实际上更多地是老练的被报道对象在利用媒体做符合自己利益的展示。很高兴已经有传媒研究者注意到这一现象，但作为媒体人自身，我们怎么面对这一趋势呢？

采访手记

采访聂晓阳是二进宫完成的，倒不是因为第一次采访不充分，而是没想到一次采访之后，竟成为朋友。

第一次采访的时间定在周六上午10点，地点在新华社附近一个叫阿忆的咖啡厅。聂晓阳如期而至，平缓而简单的一句"我是聂晓阳"一下子将初次相见的陌生与拘谨挥散而去，随后的谈话轻松而淡定，这不仅是因为一种亲和，我想更多的是因为我们心中共同拥有的一方净土——北大。

听得出来，聂晓阳很在乎北大，或者说他这个人就很北大。采访中他给我讲述了他毕业后初到新华社时，曾经自己发现一条新闻线索，并进行采访写回了稿件，可部门一位老同志说，稿子不能发，因为单位有规定，不是组织分配的采访任务写回的稿件，是不予采用的。"我当时初生牛犊，我告诉这位老同志，我感觉记者就是应该去发现一切有新闻价值的事件并发出报道。可这位老同志竟以这是北大人的劣根为由评判我半天，并要我写检查。我没有按照他的话做，我仍然说服他，说服其他的人，最后，稿件发了出去。"聂晓阳告诉我，他当时并没去理会那位老同志的万般理由，只是坚持自己的想法，但他心里记下了那位老同志将北大牵扯入对他的评判，他要用自己努力的工作，诠释北大毕业生的作为。

采访结束时，没等我说稿件完成后将交由他审阅，他就对我强调了他要看稿件，聂晓阳说："不是别的，只是这本书与北大有关。"

第二次采访是在聂晓阳的家中，给我的感觉像是和一位老朋友聊天，谈谈人生，谈谈理想。我们聊了很多，家庭观、事业观。在聂晓阳看来，记者这份职业不仅仅带给了他激情与冒险，更多的是对人生的思索和感悟。"在中东近3年的时间里，我最挂念的，和最挂念我的人是外祖父。我从小在他身边长大，后来又在他身边读中学。我的每一寸成长都是他最大的欢喜，我的每一点细微的缺点都是他最大的心忧。在耶路撒冷和巴格达的日子里，我最担心的就是已经80多岁的他突然撒手人寰，但是这样的情景最终还是发生了。当我终于彻底结束了在中东的任期回国，外祖父已经于一周前永远闭上了双眼……"这是聂晓阳从巴格达回国后出版的《为历史流泪》一书序言中的一段话。

这位出生在关中平原的西北汉子告诉我：如果一个人的一生中有很多事情能够亡羊补牢的话，孝顺则是最大的例外。

采写/朱健敏 肖潇 祃璟琳

静谧的观察 独立的表达

北京大学学籍卡

姓　　名／许知远
性　　别／男
出生日期／1976年9月
籍　　贯／江苏
入学时间／1995年
毕业时间／2000年
所在院系／计算机系
专　　业／微电子
获得学历／本科
获得学位／学士
工作单位／《生活》杂志
现任职务／联合出版人

**毕业后主要经历**

《经济观察报》记者
《生活》杂志联合出版人
《金融时报》中文网、《亚洲周刊》专栏作家
单向街书店的创办人之一

许知远

许多年过去了，而立之年的许知远依然不羁地留着他自上个世纪就保持的披肩长发，招牌式的黑边眼镜后面还是那么忧郁而深邃的眼神，似乎在告诉我们，他不但是当年那个"忧伤的年轻人"，也是那个静谧的观察者。

## ／大学时代你应该有对世界更广阔的理解，对传统与未来的深入探索，对人类普遍情感的追求

记　者：你是在1995年信息化时代大潮涌来之际进入北大学习的，专业是电子专业，当时是一种什么样的心境和感受？

许知远：我1995年考大学的时候，正值邓小平南方谈话之后，市场化的改革已经开始，大家觉得贸易、经济这样的专业特别有利，另外经济贸易还算偏文科一点，比较符合我的兴趣，所以我把这两个专业作为第一、第二志愿。电子专业是我爸爸帮我报的，填在经济贸易之后，可能他觉得这是一个特别好的专业吧，我当时觉得自己肯定能考上第一志愿，也没有在意。

中国教育出来的小孩子，很晚才有独立思考的能力，从上高中起，学校就分了文理科，在思想成熟之前，视野就被局限在狭窄的一块上，也不知道自己未来的目标是什么，最后学习成绩好的学生一般都在父母和老师的"帮助"下选了理科，选了专业。

我现在还记得，第一次开学报到时，北大南门那两排黑压压的树给我带来的扑面而来的压抑感。那天下着小雨，通往南门的那条主干道上一片红旗招展，上面写着各个院系的名字，一群来自全国各个角落、和我一样脸上的茫然多于兴奋的孩子，正在有点儿慌乱地寻找属于自己的队伍。开学后的整整一两个月，我都被一种无法说清的恍惚感和沮丧感包围着。

记　者：四年的北大生活，给你带来了怎样的影响，给你留下了什么样的记忆呢？

许知远：我就是觉得困惑，不知道自己该做什么。我们的课表里除了数学就是物理，我周围的同学每天定时去上自习，钻研着英语四级考试和托福，显然把中学的学习与生活状态带到了大学。我怀疑我那时的生活是否就是我向往已久的大学生活了，这里似乎没有孕育着某种伟大的情感，也没有给我带来特别的兴奋。

我那时的学习成绩很差，在班里排倒数第几名，因为学习范围是理科嘛，我不喜欢。然而我却是班长，那时还办过一个学生杂志，叫《微光》，后来被我们系的党委定为了反动言论。

我在北大念了五年，大三那一年我休学了，就是在期末考试前休的，因为在经过了两年的大学科班训练后，我突然对自己的行为产生了困惑。夹在好学上进的同学当中，我没有目标。一方面觉得自己浪费了好多的时间，没有好好地去利用我记忆力特别好的年龄段，一方面又不知道自己到底该干什么。说得冠冕堂皇点儿，就是对自己的存在产生了质疑，想通过自由来重新考察一下生命的意义。

突然有一天，我读到了怀特海的那句著名的话："在中学里，学生伏案学习；在大学里，他应该站起来，四面瞭望。"我如梦初醒，感觉一种前所未有的力量在胸中涌动。我开始意识到，大学不是高四、高五、高六，必须突破中学阶段的狭窄视野，大学时代应该有对世界更广阔的理解，对传统与未来的深入探索，对人类普遍情感的追求。

然后我开始慢慢尝试写作，给一些杂志写东西。每个年轻人都在找方式表达自我，我觉得语言文字就是适合我的表达方式。那时候媒体对我有很大的吸引力，因为它可以让我表达自己，而且做媒体不用正常的上下班，可以睡懒觉，可以过自由自在的生活。

记　者：作为北大的毕业生，你怎么理解北大精神和北大人的使命感？

许知远：我当年所在的北大逐渐放弃了她曾经固有的许多品质——特立独行、热情激昂。但令我记忆犹存的是北大大讲堂里的嘘声。北大人用嘘声作为武器来捍卫他们听的权利，表达他们的不满和抗争。

北大精神对于90年代中期的我来说，剩下的是一些历史的尘封，它是80年前的蔡元培时代，它是张中行笔下的红楼点滴，它意味着一种藐视常规的自由，一种堂吉诃德式的勇敢。一个世纪以来，这座校园用她的勇气，用她的理想一次次地试图向那些破败的风车冲过去，一次次地遍体鳞伤。可是，她却从来没有畏惧过，也从来没有顾影自怜过。她只是在一次次地行动，一次次地冲杀，然后又一次次地受伤……她的理想在这个具有坚固传统的民族里一次次地碰壁，一次次地被那些庸俗的人嘲笑，可是她却从来没有学会放弃。或许这一次次不停的行动，和她骨子里奔涌不息的理想主义的血液才是北大给予中国最宝贵的财富。

我们都有责任改变中国大学教育的现状，目前的大学教育没有教会学生独立思考，没有个人声音。可这是最重要的，独立思考是你发挥的前提。你通过你自己的声音、自己的叙述来自我表达，这是需要独立思考和个人能力的。现在所谓的个人表达，其实都是一样的表达。

一所大学的闻名，并不是因为它的工商管理学院，一所大学的精神也不体现在它产生了多少位富豪、多少位国家领导人上。真正的精神体现在它的那些勇于尝试、叛逆却并不幼稚的学生身上。

## ／社会对人的塑造太强大了，你不能完全逃避，但是要找到对抗的方式，要发出自己独特的声音

记　者：对自由的渴望让你进入了《经济观察报》，有很多人说，是因为许知远才看《经济观察报》的，《经济观察报》实现了你的理想吗？

许知远：我所说的那种自由的生活就是我决定我自己，我决定我自己想表达什么，用什么方式来表达，用什么样的节奏工作，而不用拼命地迎合某个节奏、某个声音。

在做报纸之前，我和几个朋友做过半年网站，没碰上什么第一桶金。后来赶上《经济观察报》招人，我们几个都没工作，就一起去了。《经济观察报》让人的视野开阔了，让我了解了新闻的特定规范，文章怎么写，应该用什么标题，在《经济观察报》基本上是学习了这些东西。其实一开始做这份工作，我就是想尝试，因为中国媒体是从宣传部门产生的，所以我去那儿是想摸着石头过河。

当时我觉得自己充满了一个少年人、青年人想要自我实现和自我炫耀的欲望。每个年轻人都有这种欲望，让别人吃惊，觉得你真牛。那是我二十五六岁的时候，那个时候就是这样一种心态，我什么都懂，我哪儿都能去，我就能写，就是特别简单的一种情绪。当然，那时我也希望自己能成为一个对别人产生影响的人。

记　者：那你做到了吗？

许知远：就是在二十五六岁的时候做到了。当然现在我没有那么强的公众性了吧，现在我对公众性的要求没有那么大渴望了，当然也渴望会有影响力。我觉得，一个人不能自我欺骗，你到底做了什么样的东西，你自己最清楚，你应该把精力用在你所做的事情上，这个事情自然会影响一些人。我就觉得我缺乏真正的成就，真正的成果。所以我希望能够做一些真正的事情。

在《经济观察报》的那几年，我一直匆匆忙忙的。在对自己创造力的沮丧暂时遮蔽了对高尚荣誉或浅薄名声的贪婪时，歌德所说的那种"静谧的激情"才会从心头泛起。

记　者：你是因为这种"静谧的激情"而在事业巅峰时决定离开《经济观察报》的吗？
许知远：我不想被塑造成为某一个体系里面的一部分，我讨厌这样。对我们来说，因为对《经济观察报》有很深的感情。从一开始我们就去了，然后看到你特别喜欢的一个东西，跟你一起成长的一个东西慢慢地变糟了。我会比别人更敏感、更痛苦，所以最后离开了。当然那时的我也很率性。

很多人说我比较散漫，比较嚣张。其实我也不嚣张，但别人总觉得北大人就是比较散漫，比较不爱服从集体的要求嘛，很多这样的讲法。其实我不是散漫，因为我能写出那么多字来，散漫的人是做不出来的，肯定是有纪律性的吧。只不过，中国社会太一致化了。所有人都一样，你稍微显得不一样了，别人就觉得这个人是奇怪的人。社会对人塑造的力量太强大了，你不能完全逃避掉，但是你要找到对抗的方式，你要发出自己独特的声音，你说的每句话得是你自己的说法。而我现在听到大部分人，说的都是一样的话。

## ／做一切职业的前提就是你要成为一个人，一个独立的人，一个丰富的人

记　者：你如何看待中国传媒行业？
许知远：现在的中国媒体环境不怎么好。一方面控制得很严格，一方面市场竞争又不择手段。今天的中国除了面临美国19世纪末的转型之外，还同样面临着CNN与互联网开创的新传播时代。在这种环境下，传媒业所面临的首要问题不是信息匮乏，而是信息泛滥。媒体在堆积了很多信息的同时，却没有提供更多的分析与观点，传媒业的一些固有的缺陷也因此明显放大出来了。一个是新闻很难客观，再有就是媒体有天然的取悦市场的倾向。

而中国新闻人面临的最主要的问题，是他们还没有学会严肃地看待自己的职业。他们首先要成为一名有尊严、有趣味、有眼光的个体，才能成为一名好的记者。其实你做一切职业的前提就是你要成为一个人，你要成为一个独立的人，一个丰富的人。所以每个人都要寻找自己的立场，自己的声音，没有立场就只是盲目地做姿态。每个人要有自己的独立意志、自己的内心世界，每个人要找到自己的节奏、自己的脚步和自己的声音。这不是一件轻松的事，但是你不能推卸这些责任，思考自身的价值是人生的重要意义和使命。

记　者：现在的年轻人更钟情于网络，网络媒体大有冲击纸媒、取代电视之势，你怎么看待网络？
许知远：沉迷网络是年轻人最愚蠢的一个最主要表现之一。网络信息太多了，太同质化了，而且网上阅读的注意力特别分散。只有专注才能理解更深，互联网是没有专注的。没有注意力的话，你什么也做不出来，所以网络时代的人特别没有思考能力。失去了思考能力与思维能力的年轻人，对信息产生了某种强迫症。为什么一个人会对一个事情有思考，就是他相关材料看了很多，想了很多，保持专注的情况下才会有思考。现在在网络上阅读，这么快从这儿跳到那儿，从那儿跳到这儿，没有任何注意力可言，所以怎么可能有思考？希望被现代传媒麻醉了的人们能去静下心思考一下自己，或者阅读一些经典著作。对于我们来说，真正有用的不是资讯，而是分析选择这些资讯的方式。

## ／我是一个社会的观察者，我内心有感觉和想法，会表达出来，这就是我的定位

记　者：2006年以后，你开始把观察和分析的对象转向了中国的具体的人和具体的事，发表了《中国纪事》。为什么会有这样的转变？

许知远：这个时代像一个塑胶花的年代，每个人打扮得一丝不苟，但是缺乏一种人的气味。我以前生活在二手的世界中，信息是通过纸张或者音像获得的，这是促使我做实地考察的原因。在过去的两年中我不断地旅行，希望通过旅行了解所有的人、所有的事儿。为什么那儿的人会有这样的表情？就是说A的表情和B的表情有什么区别呢？这是什么原因造成的呢？不同的职业会怎么塑造不同的人呢？那些地方、那个环境、那个城市、那个面孔，为什么变成那样呢？你还会看到在金光闪闪的建筑旁边有许多的乞讨人。这个世界存在许多的反差。

中国的改革开放已经30年了，余华在《兄弟》后记里有一段话，"一个西方人活四百年才能经历这样两个天壤之别的时代，一个中国人只需四十年就经历了。"仅仅30年之间，中国发生那么多变化，我们国家人们却不太善于，或者不太喜欢去分析这些变化，这种特别强烈的好奇心驱使我做这个事情。

记　者：你现在转向对中国本土文化和本身生活环境的关注。你觉得作为中国当代的知识分子应该担负什么样的角色？

许知远：这社会不光是依靠金钱来说话的，还要依据公平正义、人文关怀，这些价值观多数应该是由知识分子来提供的。我们社会在慢慢失去自我怀疑的品质，什么是应该怀疑的，我觉得这是中国知识分子应该提供的东西。

其实最重要的是观察能力，跟你去什么地方关系不大。因为你得观察，如果没有这种观察能力，你去所有地方都视而不见，它们都是一样的。我是去过一些国家，我在屋里坐着也可以看到这个国家的变化。你从墙上挂的矛、各个时代的照片就能看到。再比如你看这个地方的灯笼是什么年代的，体现怎样的审美象征，你看所有的事物都能够看出它们背后的某种关联。这是自我训练的结果，这跟我去哪儿没有关系，你在任何地方都可以成为一个旅行者。我现在探寻的还是关系，人和时代的关系，人和社会的关系，人和人之间的关系，我要探讨人性，这是任何社会的一个基础。我是一个社会的观察者，我内心有感觉和想法，会表达出来，这就是我的定位。

记　者：你能否为我们推荐一两本好书？

许知远：让别人推荐书是瞎扯，每个人都应该找自己的方法。这个社会为什么这么单一？老是用别人的思维取代自己的思维，所以就会特别一致。老是想从他人那儿找捷径，哪儿有那么多捷径？要是有捷径的话这个捷径也是被别人替换的，我给你一本书看，你觉得对；他给你一本看，你也觉得对，那你就什么也不是了。你可以知道我是什么意见，但是它只是你了解的一部分，你要学会自己去判断。

## 采访手记

去采访许知远之前，我一直在试图探寻他这名字的来历，《吕氏春秋•察今》中有句"有道之士，贵以近知远，以今知古，以益所见，知所不见"，然而当我把这段话拿给他看时，得到的回答却是："这样也太矫情了吧！"

与许知远的再一次见面几易地点，最终还是定在了他自己的书店——单向街图书馆。走过十米长廊的篱笆栅栏、碎石子路，在浓荫密布下左转右拐，还在迷糊和疑惑间，单向街便赫然出现在眼前了。

书店由画廊改成，有一种强烈的怀旧姿态。因为和大多数的书店不同，摆放在显眼的位置的，不是畅销书，而是一些已经很难买到的老书。许知远就坐在狭长的书店一角，赶着写稿子。披肩的卷发，白色衬衣，破旧的仔裤，键盘噼啪作响。再加上一副黑框眼镜，标准的许氏装扮。

书店的员工们都会喊他老许，我看他答应得很高兴，便也这样叫他。

老许并不是一个很善于与人交流的人，浑身散发着疏离的气息，骨子里作为读书人的骄傲毫不掩饰。用他自己的话说，他不是一个会自来熟的人。开始的寒暄与客套会让他有些局促。他开始摆弄手里的一些材料，把不安都写在脸上。从某种角度说，老许决然没有与年龄相衬的虚伪，甚至还充满着童真。他会率直地指出你的所有问题，不留情面。老许的声音也是清晰而有穿透力的，透过眼镜折射出来的，是专注地不停考量的眼神。这就是老许，有一种真实的犀利。这许多年在新闻界的历练，并没有让他变得有丝毫圆滑。良知和独立的表达永远是他的坚持。

我和他的缘起是三年前，他曾经上过我的几堂法语课。因此他会半开玩笑似地对我说，你若不是我的老师，我才不会见你。

采写/孟庆伟 仲伟宁 张闵

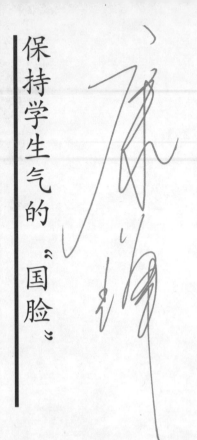

保持学生气的"国脸"

北京大学学籍卡

姓　　名／康辉
性　　别／男
出生日期／1971年1月
籍　　贯／河北
入学时间／2001年
毕业时间／2004年
所在院系／新闻与传播学院
专　　业／新闻学
获得学历／研究生
获得学位／硕士
工作单位／中央电视台
现任职务／新闻主播

**毕业后主要经历**

1993年 进入CCTV新闻中心
　　　　历任CCTV-1《晚间新闻报道》、《新闻早八点》、《现在播报》主播
　　　　新版《东方时空》、《午夜国际观察》、《世界周刊》、《今天》主持人
1997年 至今 参与主持CCTV多次大型新闻直播报道
2001年 破格晋升为主任播音员
2007年12月 任《新闻联播》主播

康辉

国家形象和声音落到几张脸上，这几张脸就成了一种符号，一种超越电视栏目和新闻本身的符号。人们把《新闻联播》的播音员称为"国脸"，康辉就是这样一张"国脸"。

## ／你就是一根萝卜，把你放在《新闻联播》的主播台上，
你也许就会成为最容易被议论的萝卜

"《新闻联播》终于换主持人了！"2006年6月5日中央电视台《新闻联播》"换脸"后，网民如此评论。当晚7时，两位年轻的播音员——34岁的康辉和28岁的李梓萌在《新闻联播》中惊鸿一现。"康李配"是这档世界上收视人数最多的电视新闻节目17年来第一次出现的新面孔，也是当时最年轻的一对拍档。

在2006年的惊鸿一瞥后，2007年12月，康辉与另外三位年轻主播一起正式加盟《新闻联播》。采访是在中央电视台旁边的一家幽静的茶馆里进行的。认识康辉的人都说，他是个非常守时的人，大事小事从不迟到。果然，这一天，他如期而至。

记者：网上有一种声音或者是一种期待，希望你给《新闻联播》注入一股新鲜的血液，希望你能成为中国的主播，你怎么看大家这种意见？
康辉：《新闻联播》这个节目太特殊了，它已经不仅仅是中央电视台一个"节目"，它变成了一个人们从中洞察中国社会政治、经济、政策、人事变动等等各个方面的一个窗口，无形当中它就变成了一个政治的风向标。一旦它有一点变化，人们都会从各种角度去解读，有时候的解读让我们这些身处其中的人都觉得很可笑。从另一方面讲，你也就越发觉得它的重要和特殊。

大家可能感觉《新闻联播》三十多年来的节目形态、定位、运作流程以及影响力，制约了主持人，使其在里面没有什么可以发挥的余地。你最重要的职责就是准确无误的、分寸得当的把所有让你传达的信息传达到位。但是从专业的角度来看，这其实是一个非常高的要求。播音中每一句话你到底要怎么拿捏，掌握什么分寸，有的时候是很难把握的。

我知道不少人，包括我们的一些领导、观众和电视台的同行，都会有意无意地看轻从事新闻播音的人，他们觉得你们就是念稿子的。但实际上让你坐在这个地方来试一下、干一下这个工作，你就会觉得不是那么简单。现在我们在很多场合呼吁要给这个工作更多理解。就拿西藏的这个事来说，一条有关西藏的新闻你到底以什么口气播报，甚至可能你脸上一些细微的表情，别人都会有不同的解读。如果刚开始你过于横眉立目，剑拔弩张，别人可能就会分析，要干吗呀？中央是不是要有什么严厉的措施呀？如果你过于平和，别人又会说：你看都闹成这样了，中央的态度还这么软弱。其实这些都是外界揣测的，这就要求我们要把握一个适度的、准确的口气和表情来播报。

所以从这个角度看，《新闻联播》可以说这是一个好做的节目，也可以说这是一个非常难做的节目。我知道大家都在想，《新闻联播》这么多年没有什么太大的变化，现在上来几个新人，能不能给《新闻联播》注入一些新鲜的血液。我觉得我现在能做的首先就是把前辈建立的节目风格传承下来，因为这么重要的一个节目要改，也不是换几个主持人就能改的。

记者：在工作十几年之后第一次上《新闻联播》这么重要的节目紧张吗？
康辉：说不紧张肯定是假的，毕竟是那么特殊重要的一个节目。但那种纯粹因为业务本身产生的手足无措的紧张，我没有，毕竟工作了这么多年嘛。这个机会幸好是在我工作了十几年之后才出现的，要是刚工作，二十多岁的时候，突然让你上"联播"，可能会有点不知天高地厚的感觉。这种关注，突然间大家对你的重视，会让一个人一下子把握不好自己，你会不太清楚自

己到底是因为什么坐到这个位置上的。所以我觉得在我工作十几年，人过35岁以后能得到这样的机会，还是挺好的，毕竟人更成熟了以后，对社会、对工作、对人际都能把握得更好一些。

记者：你对自己现在在《新闻联播》中的状态满意吗？

康辉：肯定还要继续努力，像我之前提到的《新闻联播》中特别强调的播报分寸的把握，是一个需要反复体会、拿捏的过程。到现在为止，我觉得我还没有到那个份上，和那些前辈比，像罗京老师他们往那儿一坐，即使不说话，大家也觉得他是有分量的、可信的、有权威性的，这种感觉我还需要在工作中不断积累。如果现在纯粹从播音的准确、清楚看，我没有什么问题，但更多的还是无形的东西，需要锤炼。

现在我最严格、最挑剔的观众应该是我爱人，因为她也是学这个专业的，比如说她有的时候会说你的状态是不是应该再积极一点，另外，她也会说今天你某一条新闻播的时候在语速上、节奏上还应该再调整等等。反正我的节目她有时间都看，每次都提点意见。

## ／某种程度上我对工作的认真，就是不想让自己在观众面前出洋相

1993年广播学院播音系毕业后，康辉进入CCTV新闻中心，服务至今。新闻播音是一个紧张然而又单调的工作，比起更容易大红大紫的综艺、娱乐主持人，选择坚守在播音台上确实需要耐力。康辉没有去尝试主持其他节目，在他看来，每个人都有最适合自己的位置，做一件事就要踏踏实实地做好。

在十几年的新闻工作中，康辉历任CCTV《晚间新闻报道》、《新闻早八点》等栏目主播、新版《东方时空》、《午夜国际观察》、《世界周刊》主持人。目前担任《新闻联播》播音员。而说起他的职业生涯，康辉认为从1997年开始是一个全新的变化，从那一年开始，他参与主持CCTV多次大型新闻直播报道。

记者：在电视圈和学者圈里，有很多人认为你是中央台做大型直播节目的演播室总串做得最好的男主持人，你能回忆一下第一次做大型直播的情景吗？

康辉：做得最好，那真不敢当。不过我确实是接触中央台大型直播类节目最早的主持人之一。

我第一次做大型直播是在香港回归前，1997年3月，那个节目叫《天象奇观——日全食与彗星同现》，那是中央电视台第一次做现在所谓的大型直播，即有一个总演播室，主持人带嘉宾控制各个记者站的报道点。我想当时我们台领导也想用这个节目给7月份的香港回归做一个预演，让大家适应一下这种节目形式。我也觉得特别有幸能够做中央台历史上第一次大型直播节目的主持人，而且当时是个无名小卒，刚工作了三年，台里可能也考虑到，如果让一个比较知名的主持人来做，万一有什么问题，大家的反应会更强烈一些。

整个过程挺顺利的，而对我来说最重要的收获就是，从那档节目中我开始学习除了新闻播报以外的东西了，我发觉在直播状态中，再也没有人能把你伺候得那么好，把所有的东西都给你准备好，然后你只要把内容准确说出来就可以了。你自己必须要准备些东西，包括要学会和嘉宾沟通。我们做主播，以前很少接触新闻事件的当事人，看到的都是最后成文的东西。从那个节目之后一直到现在，我都很注意与人沟通挖掘出新闻背后更深层次的故事。

记者：和你合作过的人都说你是个对待工作特别认真的人，每次直播，无论大小，案头工作做得都很细。

康辉：说实话，我这样做在某种程度上也是怕自己在工作中出洋相。尤其那种大型的直播节

目，你不能指望编导给你准备所有的文稿或者临时告诉你要说什么。每个人都有自己的工作，所以你必须自己有所准备。

更何况我在这类事情上吃过亏。2001年的时候我们做上海APEC会议的直播，当时可能是因为我们自认为整个团队开始进入到那种驾轻就熟的阶段了，但恰恰在这个时候出了问题。我印象特别深，那是第一场直播，APEC外长的记者招待会。按计划，我们的节目提前半小时开窗口，我在演播室做一个简单的铺垫，把会的内容和背景介绍一下，然后再切到记者会的现场，结束后再做一个简单的收尾。这对我们来说真的是很简单、很程序化的步骤。但那次谁也没想到，记者会开始的时间无限期地往后推，当时谁也不知道到底什么时候开始，我们往前方打电话，前方说不知道外长们的会议什么时候结束，问谁谁都不知道，整个记者会的直播现场就在那儿空着，一切都未知。我们偏偏就没有做任何填充时间的准备，像现在我们都知道会多做些垫片，会请一些相关领域的专家来演播室以防万一，可那次大家都认为这是个简单的操作，什么准备都没有。

前方不可能备播，后方只有交给演播室，这是我必须承担下来的职责，我没有别的选择，只有说，不停地说下去，最可怕的是不知道到底要说多长时间才能把这段时间撑过去。当时又是第一场会议，会刚开始，什么有关APEC更新的话题都没有。幸好我之前到上海去感受了一下会前的气氛。于是我开始介绍上海人民筹备APEC会议多么的热情，上海做好了怎样的准备等等。这些东西说多了会很水，可当时最敏感的"9·11"反恐话题尽管一定是会议上的焦点之一，但我们没有接到相关口径之前不能随意评论。我不知道自己到底在说什么，只知道我不能停。可能编导也觉得这样下去不行，于是把原来放过的一个有关上海的片子又播了一遍缓了几分钟，这几分钟简直是救命。好在这个片子快放完的时候，那边说现场差不多了。

后来我把这个直播带子调出来跑了一遍，我一个人在那儿"嘚嘚的"说了有20分钟。就是因为我吃过这种亏，所以后来即使是在万无一失的情况下，我还是自己会找些东西做准备。从某种程度上说，我对工作的认真，最简单的理由就是不想让自己出洋相。

记者：我们回到一个最初的时间，你当年广播学院毕业的时候成绩排全系第二，那时候你肯定有很多选择，为什么想到电视台去呢？

康辉：人多少会有些虚荣心，当时大家都觉得，你要到了电视台，尤其是你要能到中央电视台这种地方，肯定就是一个最好的选择。而且当时真的能来，你也会觉得自己还是不错的。所以当时没考虑过别的地方，一门心思就奔中央台。我们那时候，电台不像现在这么火，没有什么交通台等这些优秀的专业化频道。所以从同学们的毕业意向来看，电视台尤其是中央电视台还是最佳选择。

我毕业的时候也可以有一个选择就是留校。老师们都认为我肯定能当个好老师，所以系里一定让我留校，班主任、系主任只要一见到我就跟我谈留校的事，弄得我直躲着他们。我当时不想在学校里，第一个原因就是我觉得这个专业应该有实践才更有发展，另外我对自己也有一个判断，我不一定能当一个很好的老师，面对学生，我可能知道他的问题所在，但是我不能找到一个特别有效的解决这个问题的办法。你要说挑毛病谁都会，但是怎么解决这个问题，让这个学生更好地进步，这才是一个老师需要做的，我觉得我在这点上很欠缺。所以现在想来，我当时的选择是正确的。

### ／工作久了人会变得很浮躁，我来北大就是想让自己保留点学生气

电影频道"流金岁月"节目主持人潘奕霖是康辉大学时同宿舍的同学，他曾经这样回忆这个睡

在下铺的兄弟："入学时康辉身上有一个光环，他是全班高考文化分最高的。很快他被安排为班长，一年后他强烈要求辞职，最后做了学习委员一直到毕业。最后四年的总成绩他排名第二，他惋惜说是军事理论课的那一次考试没重视，不然应当是个完美落幕，这话我相信。"

熟悉康辉的人都说，他无论从哪个角度看都是"好孩子"，虽然离开学校十年有余，但康辉的形象依旧保持着一股学生时代的朝气与清新。2001年北京大学新闻与传播学院成立，一个偶然的机会使得康辉得以在工作了8年后，又重新回到校园。

记者：当时为什么想到要回归校园去北大上学？
康辉：当时就觉得工作这么多年，自己有必要系统地补充一些什么。那时候北大新闻与传播学院刚刚成立，而北大的新闻学教育历史悠久，人大新闻系当年就是从北大分出去的，所以争取到这么个机会到北大新闻传播学院读硕士学位。当时我的导师是徐泓老师，她的课我一节都没逃过，我真的觉得她是一位好老师，理论和实际结合得非常好。

记者：你原来在广院上本科的时候是大家公认的好学生，你觉得你在北大呢，算个好学生吗？
康辉：好学生的标准有很多，现在每门功课成绩好已经不是评判一个学生好坏的唯一标准，尤其在北大恐怕最不缺少这样的学生。我只能说，我是老师可能会喜欢的那种比较踏实的学生。实际上，出来工作这么多年，我觉得我身上存在的问题就是学生气太重，感觉还是不够成熟。当然好的方面就是经历了很多，但人还没变得过于复杂，还有纯粹的东西在心里面。可不好的方面就是有时候看事情会比较简单，这对于新闻工作来讲会是某种欠缺。你要把这个工作做得更好，你就必须要接受更多的社会历练，成为一个"老油条"。我是希望在把自己弄成一个"老油条"的同时，还能保留一点单纯的学生气，这应该是一个比较理想的状态。

记者：你觉得你在北大上学最大的收获是什么？
康辉：谈到北大，即使不曾走进北大，我能马上想到的就是自由和包容，这一点是这所学府百年秉承下来的最优秀的传统，无论是学生的思想发展，还是教师在学术上的引导，都体现了这一传统。这里不是培养充满匠气的读书机器的地方，在这个环境当中，大家的思想能够自由地交流、自由地碰撞，各种不同的观点都能释放出来、表达出来，我个人认为这是这所学校最可贵的品质。我们班是一个研修班，同学们都是在传媒行业一线做得很出色的，我们在交流中互相学到很多。而且在北大，学院组织的讲座和活动很多，学术气氛很好。能在走出校园那么多年后，再回到校园，感觉真的不一样。

## ／从现在开始，学习从工作之外去享受生活的乐趣

康辉认为自己是一个外表平和、内心火热的人。他希望自己这种性格能在传达新闻的时候让观众感受到质朴、真实、可信，感受到他心中的热情。

生活中的康辉有一个从学生时代延续下来的最大爱好——电影，他觉得与电视相比电影更艺术，更像是一个梦，而电视就是最真实的生活，他喜欢那种梦幻的感觉。

记者：工作之外除了喜欢电影还做点什么呢？
康辉：我这个人业余生活是属于那种比较闷的，大部分时间会躲在家里。我有两只可爱的猫孩子，它们也让我体会到更多生活的乐趣。我没养它们之前，根本不知道动物表达情感的手段会那么多，表情、眼神、肢体语言，虽然它们不会说话，可我与它们完全没有交流的障碍。和它们的共同生活让我知道了人与人有奇妙的缘分，人与动物同样如此。

我喜欢旅游，以前工作不忙的时候经常出去。我觉得旅行是一件特别享受的事情，一来长见识，二来可以让你暂时忘记当下的烦恼、工作中的不愉快和压力。我每次出去之前准备行装的时候都特别兴奋，那种感觉就像是小时候学校组织春游前的感觉一样，对未知充满期待和憧憬。但是要回来的前两天又会特别沮丧，一想到又要回来进入惯常的轨道，就会失落一下。对我来说，旅游现在真的变成奢侈品了，已经两年没有休过假。我想如果有一天工作时间可以归自己安排和支配了，我每年都要拿出一两个月的时间到处逛逛，想一想都觉得很幸福。

记者：我们问了一些你身边的人，我们发现老师、同学、同事眼中的康辉有一样，也有不一样，老师给你的评价是很乖，是个好学生而且特别孝顺；同学们说你学习特好，上学的时候从来不旷课；同事说你很完美，穿衣服讲究品味，你的衣柜打开以后永远像橱窗一样整齐。我们很想知道你认为自己是什么样的人呢？

康辉：我确实是总想追求完美，总想做到至少自己认为最好。但是完美这个事情，是永远不可能达到的，所以，我对自己的评价总比别人对我的评价来得低。从小到大都是这样，原来人家可能会说康辉你成绩不错，我就觉得这没什么，我可能更羡慕那些体育特好的人，或者那些在某一方面有特长的人，我总觉得成绩好没有什么特实际的意义。但是一到考试，我又觉得不能让别人觉得你太差，所以又会特别在意成绩，很矛盾。

一直以来我都是这种状态，包括现在在工作中督促自己。这么多年，我们这种工作性质，其实和其他行业一样，时间长了肯定有一种特别懈怠的感觉。表面看你每天接触的都是新闻，内容都不一样，但实际上你的工作程序甚至是工作时间都是固定的，日复一日，运行着同一个程序，我有的时候觉得自己疲了。怎么办？你还在做着这个工作，你还没有做别的选择，那么我就得觉得必须要坚持。从自己的角度来说，至少要做到符合自己的底线。不能说我今天不高兴、不舒服就掉到这个底线之下了，这是一个很业余的做法。

记者：在自己状态不好的期间你苛求自己吗？还是你有什么方法排解？

康辉：太累的时候我会争取休假，这样我可以在短时间内，不用考虑工作也不用考虑乱七八糟的事，通过这种方式暂时地排解一下，回来之后继续干。如果我这段时间没法休息，工作紧张，那我只能努力让自己保持一个良好的状态，我觉得这是一个职业道德、职业水准的问题。

记者：听说你在北大上学期间，曾经跟老师和同学们谈起过你说要从现在开始学习从工作之外去享受生活的乐趣。当时为什么会这么说？现在离你说这话已经过去两三年了，感觉有什么不一样吗？

康辉：说老实话，单从兴趣来讲，新闻并非我最有兴趣做的一件事情。做新闻需要你建立很多的社会关系，需要多和人沟通，这样你才能掌握更丰富的信息。可我这个人从本质上讲不是很善于与人沟通。比如我们有些同事，大家在一起吃饭、玩，他们会天然地成为一个谈话中心，其他的人都是听众。一般这种情况下我都是那个坐在旁边听的，我很少会成为这个中心。可我的工作又要求要做一个沟通中的主导和桥梁。是不是很矛盾？但我必须把工作中的自己和生活中的自己区别开来，特别是现在，几乎所有人都认为你可以把这件事情做得很好，我更不可能有什么退路。

如果纯从兴趣上来讲，我自然最想做一件与电影相关的工作。不过我也想，可能是隔着层东西在看，总觉得那个好，如果真的把感兴趣的事情变成工作，也许又会觉得完全享受不到什么乐趣了。几年前我在课堂上说那句话的时候，同学们比较诧异，他们觉得你在电视台工作，天天出头露脸的怎么还没乐趣呢？我当时可能也正处在一个工作的疲惫期，不知道自己该干什么、前面怎么继续往下走的阶段。

记者：现在你心态跟当时不一样了？

康辉：有了一些改变吧。我刚才说了我还在做这个工作，还没有做别的选择，那么我还是希望自己能做得相对好一点，让自己满意一些。现在我也开始慢慢学习从工作中找到乐趣，因为你皱着眉头也是做，高高兴兴也是做。我曾经有两年多的时间做早晨的节目，很辛苦，每天凌晨4点钟就得起来。那段时间我每天早上出门的时候就会想，我为什么要做这样的事情？我做的这个节目有人看吗？

但现在回头来看，那段时间从业务上来讲反而是我工作以来自由度最大的时期，因为早晨的节目没有那么多人去挑剔，而且领导想在早晨节目中有更多新的尝试。所以我有更多的主导性和自主权，在新闻的编排等好多方面都可以提出意见，这对我来说是非常宝贵的经验。现在对主播的工作要求越来越高，我能适应并始终走在前面，其实回头看和当初的那些辛苦都是分不开的。所以说，你改变不了工作，那么就改变自己的心态去适应工作。况且当你用心投入了以后，一定会有回报，那个时候，就是享受乐趣的时候了。

记者：你干了这么多年新闻主播了，你对这个称谓的理解是什么呢？

康辉：我的感受是：一个好的主播，首先应该被大多数公众认可，有社会公信力、诚恳、可信，不光提供信息，而且通过他的工作能对社会进步有推动。这是比较理想的境界，也是我努力的目标。

记者：如果再过十几年，你已经50岁了，你希望自己那时是一个什么生活状态？

康辉：如果我那时还在做这个工作，我希望自己是中国最好的主播之一吧，我说的这个"好"不光是靠混资历，靠工作年头，我希望能得到广大观众真正的认可。如果那时我选择了做其他的工作，我希望我能从中获得更多新的乐趣。最理想的就是，那个时候，世界和平，所有我爱的人与爱我的人都健康、快乐，有足够的钱与闲，去云游四海。

## 采访手记

如果你用Google搜索"康辉新闻联播"，会得到716,000个搜索结果。如果你参与过2007年底央视国际网络票选征求对《新闻联播》四位新主播的意见，你肯定知道康辉以近12万的选票，超越郭志坚、海霞、李梓萌，名列榜首。

采访之前，我们都觉得康辉是命运的宠儿，毕业后就直接进入中央电视台，一直主持黄金时段的新闻节目，后来幸运地成为大型直播节目的主持，现在又成了中国收视率最高的节目——《新闻联播》的男主播。对于这样的想法，康辉觉得这是典型的"围城"心态，他坦言自己"真正享受工作乐趣的时候很少"。

从1993年广播学院播音系毕业走到现在，康辉已经在主播台上坐了15年了。在这15年间，他一直以来的生活轨迹就是录影棚、化妆间、家，三点一线。长期颠倒时差、工作枯燥单调、直播精神压力大、没有节假日等等，都是他光环背后不为人知的付出。但康辉始终认为，比起他得到的认可和关注，这些付出实在微不足道。

从《晚间新闻报道》到《东方时空》，从《世界周刊》到《新闻联播》，虽然栏目换了，风格变了，但康辉一直有大批忠实的观众的拥趸。工作中勤勤勉勉、踏踏实实；生活中严谨有序、厌恶虚于应付的社交和媚俗，一如他朴实庄重而充满朝气的性格。

采访持续了两个小时，结束后，康辉很礼貌的一一与我们合影。第二天发邮件给他，希望他能提供几张不同时期的照片。隔天后，我们收到康辉三封邮件，除了照片外，还有一段这样的文字：

"很抱歉，我昨天没有查邮箱，今天才看到来信。希望没有耽误你们的事。附件中是我的几张照片，你们挑着用吧。有需要再联系。"

这段时间，中国发生的大事很多，康辉也都参与其中。"5·12汶川大地震"发生后，康辉连续坐镇直播24个小时，在节目中他甚至几次哽咽说不出话来，有些人觉得他在做秀，但又有谁知道，此时正是他父亲三周年的忌日。在地震发生一个月后，康辉在他自己的博客中这样解释了为何如此动容："三年前父亲辞世，我第一次感受到失去亲人如锥刺骨般的心痛。2008年5月12日，这种痛再度袭来，尽管那些逝去的人并非我的至亲，但却让我更懂得了什么叫骨肉相连。"

骨肉相连——我想这也是康辉与支持他的观众，和他所从事的播音主持工作之间关系的最好注脚。

采写/尤宁 张荣 刘艳雪

# 后记

北京大学是中国新闻学和新闻教育的摇篮。自1918年始，她在国内最早开设了新闻学课程，在这里诞生了第一本新闻学著作、第一份新闻学期刊、第一个新闻学研究学术团体——北京大学新闻学研究会。

九十年来，北京大学孕育了一代代新闻人。尤其是改革开放30年来，一大批北大人，从未名湖畔投入到中国传媒业波澜壮阔的变革之中。青春激扬的求学时代，上下求索的创业生涯，每个人都堪称一本书，都有一段值得珍惜的历史。

为记录这一切，北京大学新闻与传播学院在2008年组织了一次大型采访活动，07级硕士班学生历时半年，采访了30位活跃在传媒业界的北大人，形成了《我所珍惜的——30位北大传媒人访谈录》。

全书采用问答体，力求原汁原味。一端是传媒专业学生关乎理想、关乎实践、关乎成长的询问，一端是他们的学长关乎情怀、关乎坚守、关乎使命的思考。这些个性鲜明的口述历史，生动地勾勒出改革开放30年中国传媒的沧海桑田。

访谈录次序依被访者考入北大的年份排列。一张学籍卡，重现学生时代的青春容颜；摄影家黑明以精湛的技术、独到的视角，将他们的今日风采，在瞬间中定格。设计师孙初精心选取了30余幅北京大学风物照片，经过艺术处理，穿插书中，并以前卫的视觉传播理念对本书进行装帧设计。流动的湖光塔影，厚重的人文情怀，在此书中交相辉映。

感谢每一位学长在百忙之中接受采访。采写和编辑此书的每一个人，都将珍存这一段难忘的经历。

2008年10月

图书在版编目（CIP）数据

我所珍惜的——30位北大传媒人访谈录/徐泓 主编. —北京:人民出版社, 2008.10

ISBN 978-7-01-007406-1

Ⅰ.我… Ⅱ.徐… Ⅲ.传播媒介－名人－访谈录－中国 Ⅳ.K825.42

中国版本图书馆CIP数据核字（2008）第159772号

我所珍惜的——30位北大传媒人访谈录

From Weiming Lake to Media:A Collective Memoir

徐泓 主编

人民出版社 出版发行

（100706 北京朝阳门内大街166号）

深圳精典印务有限公司印刷新华书店经销

2008年10月第1版 2008年10月深圳第1次印刷

开本: 889毫米×1194毫米1/16 印张: 20.25

字数: 350千字 印数: 0.001-5,000册

ISBN 978-7-01-007406-1 定价: 58.00元